reinhardt

BEAT WELTE

LI RÖSTIS ERSTER FALL

DAS VERSCHWUNDENE BILD

Friedrich Reinhardt Verlag

Projektleitung: Alfred Rüdisühli
Korrektorat: Daniel Lüthi
Gestaltung: Siri Dettwiler
ISBN 978-3-7245-2706-0

Der Friedrich Reinhardt Verlag wird vom Bundesamt für Kultur mit einem Strukturbeitrag für die Jahre 2021–2025 unterstützt.

www.reinhardt.ch

Für meine Ehefrau Halina

Er erwischte mich auf dem Höhepunkt. Obwohl der Abend noch jung war, versuchte Roli Bucher unseren Clubrekord zu brechen: sturzbetrunken ein Bierglas auf dem Kopf, zum ABBA-Song «Gimme! Gimme! Gimme!» tanzend. Umgeben von den johlenden Mitgliedern unseres Privatclubs «PoorUntamedYouth», kurz PUY. Ich hatte gerade eine Wette am Laufen. Gegen ihn.

Aber der personalisierte Klingelton meines Handys – der Walkürenritt von Richard Wagner – war unbarmherzig: Mein Erzeuger verlangte nach mir.

«Wo bist du?»

«Im Club.»

«Dann kannst du ja schnell im Office sein.»

Klick.

Von unserem Club auf dem Zürcher Sonnenberg zum Rennweg waren es zu dieser Tageszeit knapp zehn Minuten. Mit meinem Alfa Romeo Spider ging es sogar noch etwas schneller. Es war Dienstagabend und nicht viel los in der Stadt. Mein Vater ist der Mitgründer und CEO unseres Multi-Client Family Office, in der pompösen offiziellen Bezeichnung: Swiss Rennweg Capital Preservation Alliance. Zu Deutsch: Die Rennwegkapitalerhaltungsallianz, was noch bescheuerter tönt als das englische Original. Wobei «Capital Preservation» sehr ehrlich und «Alliance» hoffnungslos übertrieben war: In unseren überteuerten Bürofluchten am Zürcher Rennweg arbeiteten dreizehn lohnabhängige Schlaumeier, die alle Schliche des legalen (und manchmal halblegalen) Kapitalerhalts kannten und als Sahnehäubchen auch kunstfertige Verteidigungswälle gegen den Zugriff gieriger Steuervögte errichteten.

Obwohl ich der Sohn des grossen Vorsitzenden war, stand ich in der Hackordnung ganz unten und hatte keinen Parkplatz mit einem eigenen Namensschild in der Tiefgarage. Als aufrechter Schweizer hasste mein Vater Vetternwirtschaft – oder vielleicht sollte ich sagen: Söhnleinwirtschaft. Aber zu dieser Tageszeit waren alle «Masters of the Universe» schon ausgeflogen, und ich schnappte mir den Parkplatz, der dem Aufzug am nächsten lag.

Normalerweise musste ich mich auf dem Weg ins Allerheiligste an einem Vorzimmerdrachen vorbeimogeln. Frau Nadig erinnerte mich mit ihrem Trachtenlook immer an Schweizer Gardisten in Rom. Sie gab mir permanent und wenig subtil zu verstehen, dass ich nur geduldet war im Kreis der Finanzgenies, und blockte mich so von meinem Vater ab, als ob ich ein millionenschweres Sponsoring für irgendeine Miss-Schweiz-Wahl von ihm wollte. Doch heute war der Weg frei und ich trat unbehelligt in sein Büro.

Mein Vater thronte an seinem zweihundert Jahre alten, viel zu tiefen Pult aus Nussbaum mit ziemlich geschmacklosen Swiss-Ethno-Schnitzereien. Ihm gegenüber sass ein Mann mittleren Alters im dunklen Anzug und konservativer Krawatte. Er hatte kurz geschorene Haare, die seinen scharf geschnittenen, attraktiven Charakterkopf bestens zur Geltung brachten. Er mochte fünfzig Jahre alt sein, war schlank, fit mit einer hervorragenden Körperspannung. Tennis oder sehr viele Stunden im Holmes Place, einem angesagten Fitnessstudio in der Innenstadt, dachte ich. Er erinnerte mich an ein Bild des Schriftstellers Hermann Hesse, das ich einmal gesehen hatte. Ebensolche kantigen Züge, aber definitiv weniger intellektuelle Ausstrahlung. Trotzdem: Wenn er sich etwas Mühe gab, konnte er als Intellektueller durchgehen. Er hat sicher viel Erfolg bei Frauen, dachte ich.

Die Ähnlichkeit mit Hesse war allerdings rein äusserlich.

«Werisndas?», entfuhr es ihm spontan, als er mich sah.

Natürlich wusste ich genau, dass dies nicht an meinen Balenciaga-Sneakers kombiniert mit einem Prada-Hemd mit digitalen Farbverlauf-Streifen lag, die so gar nicht in ein Umfeld passten, in dem dunkelblaue Anzüge mit diskreten Krawatten und schwarze Schuhe dominierten. Es lag an meinem ausserordentlich anziehenden, aber ebenso exotischen Gesicht: Gestatten, Li Rösti ist mein Name. So heisse ich wirklich, ob Sie es glauben oder nicht. Ich bin die höchst gelungene, aber für einige offenbar ebenso verstörende Kreuzung zwischen einer chinesischen Schönheit und einem konservativen, viele Schweizer Stereotype erfüllenden Chef eines Family Office, das sich um alle Belange – vor allem die finanziellen – der Reichen und Berühmten dieser Welt kümmert.

«Das ist mein Sohn», erwiderte mein Vater. «Er übernimmt in der Allianz die heiklen Aufgaben und sorgt für schnelle und diskrete Lösungen. Er hat eine Zulassung als Privatdetektiv und verfügt über beste Kontakte zur hiesigen Polizei. Gleichzeitig ist er immer verschwiegen und absolut loyal gegenüber unseren Kunden», pries mich mein Vater in einer Art und Weise an, die mich unwillkürlich an einen billigen Jakob auf dem Jahrmarkt denken liess. Mein Vater hatte die Ablehnung gespürt und instinktiv mit einer Lobrede auf mich reagiert, die Amerikaner als «overselling», also überverkaufen, bezeichnen würden.

«Aha», meinte der Besucher, offenbar nicht so ganz überzeugt von dieser Einführung. Er straffte sein Veston mit energischem Griff und setzte sich wieder hin.

«Die Sache ist die», meinte mein Vater umständlich. «Alexander Wehrle ist ein geschätzter Kunde unseres Unternehmens. Ihm wurde ein Bild gestohlen, und er möchte, dass wir es wiederbeschaffen.»

«Das scheint mir ein klarer Fall für die Polizei.»

«Auf gar keinen Fall», entfuhr es Wehrle, «unsere Stiftung kann sich absolut keine Schlagzeilen leisten. Und sei es nur die, dass dem Stiftungsratspräsidenten ein Bild gestohlen wurde.»

«Was stimmt denn nicht mit der Stiftung?», fragte ich frech, was prompt zum Saure-Gurken-Gesicht meines Vaters führte, das, ich schwöre es, seine Ohren leicht wackeln lässt.

«Mit unserer Stiftung stimmt alles», dröhnte Wehrle. «Sie fördert Projekte in den Bereichen Kunst, Kultur und Kulturerbe, die den interkulturellen Dialog fördern und den Erhalt von Kulturgütern unterstützen.»

«Das tönt wie aus einer Broschüre», entgegnete ich. «Wo ist der Haken?»

Vielleicht sollte ich an dieser Stelle erwähnen, dass ich in einigen Dingen das Beste aus den beiden Ethnien mitgenommen habe, die sich bei meiner Produktion gekreuzt haben. In einer Hinsicht aber auch das Schlechteste: Meine Alkoholtoleranz ist, wie bei Asiaten nicht unüblich, ausserordentlich gering. Schon ein Bier genügt, um die Hemmungen fallen und mich Dinge sagen zu lassen, die ich normalerweise etwas diplomatischer ausdrücken würde. Hinzu kam der Ärger wegen dem Wetteinsatz, den ich durch den Ruf ins Office verloren hatte. Ich war mir sicher, dass ich gewonnen hätte. Vor allem aber konnte ich den aufgeblasenen Kerl mit den Husky-blauen Augen nicht besonders gut leiden.

«Nun, die Stiftung ist in Ländern des ehemaligen Ostblocks tätig», gab mein ewiggestriger Erzeuger zu bedenken. «Polen, Ungarn, Rumänien ...»

«Und auch Russland», liess Wehrle die Katze aus dem Sack. «Trotz der Spezialaktion von Russland gegen die Ukraine haben wir unsere Aktivitäten nicht eingestellt. Es handelt sich ja um alte Kulturgüter, herrgottnochmal, und nicht um Computerchips oder gar Waffen.»

Damit war mir zumindest halbwegs klar, weshalb die Wehrle Stiftung nicht in den Schlagzeilen sein wollte. Unternehmen und Organisationen, die ihre Aktivitäten in Russland nach dem Angriff auf die Ukraine nicht eingestellt hatten, wurden in den Medien regelmässig an den Pranger gestellt. Deshalb scheuten sie jede Art der Publizität.

Mit ein paar kurzen Sätzen setzte er mich über die Umstände des Diebstahls in Kenntnis. Die «Frühlingsklänge» des 1928 verstorbenen Malers Franz von Stuck stellen eine idyllische Szene im Frühling dar. Im Vordergrund des Bildes befinde sich eine junge Frau, gekleidet in ein fliessendes Gewand, auf einer Wiese. Sie habe die Augen geschlossen und scheine andächtig den Klängen der Natur zu lauschen. Ihr Gesicht strahle Ruhe und Gelassenheit aus, erklärte mir Wehrle in schwärmerischen Tönen, die ihn ein bisschen sympathischer erscheinen liessen.

«Um die Frau herum ist eine üppige Natur dargestellt. Frühlingsblumen, wie Tulpen und Narzissen, erblühen in leuchtenden Farben und schaffen einen farbenfrohen Rahmen. Im Hintergrund erstreckt sich ein Wald mit sanften grünen Hügeln, die in helles Sonnenlicht getaucht sind. Es ist ein grosses Bild mit einem schweren, barocken Rahmen.»

Vielleicht hatte dieser Wehrle doch mehr Ähnlichkeit mit Hermann Hesse? Nein, das kaufte ich ihm nicht ab. Seine Beschreibung tönte auswendig gelernt.

«Wie viel?», fragte ich, des Schwärmens überdrüssig.

«Was meinen Sie?»

«Wie viel ist das Bild wert?»

«Nicht viel. Ein paar Tausend Franken vielleicht», stiess Wehrle aus, «aber wie Sie vielleicht bemerkt haben: Es ist nicht der materielle Wert. Ich hänge sehr an diesem Bild – und ich muss es wiederhaben.»

Der letzte Satz war nicht etwa, wie das ganze Gespräch, in Zürichdeutsch gesprochen, sondern in Hochdeutsch. Eine dämliche Marotte von Wichtigtuern, um dem Gesagten Nachdruck zu verleihen.

«Haben Sie ein Foto vom Bild, das ich behalten kann?»

Er reichte mir ein Foto, das ein ziemlich grosses Bild zeigte, eingerahmt von einem wuchtigen, kostbar aussehenden Rahmen. Nicht mein Stil, dachte ich.

«Wann wurde es gestohlen?»

«Das muss zwischen Montagabend, also gestern, um sechzehn Uhr dreissig und heute Morgen etwa acht Uhr gewesen sein, als ich mein Büro betrat und den Diebstahl bemerkt habe. Ich war in dieser Zeit abwesend», fügte er hastig dazu.

«Das ist ja ein bemerkenswert kurzes Zeitfenster. Gibt es denn Spuren für einen Einbruch?»

«Nein. Ich kann Ihnen versichern, dass das Anwesen mit neuster Technologie geschützt ist. Wir sind Platinkunde bei der Sicherheitsfirma Zürich Fortress. Bewegungsmelder, Überwachungskameras, Alarmanlage an Türen und Fenster, direkte Verbindung zu deren Zentrale, das ganze Programm.»

«Ja, die haben wirklich einen guten Ruf. ‹Sicher wohnen wie in der guten alten Schweiz› ist ihr Slogan, was immer das heissen soll.»

«Ich habe Fortress sofort kontaktiert, als ich das Verschwinden heute Morgen bemerkt habe. Es ist kein Alarm erfolgt – und alle Sicherheitssysteme waren eingeschaltet. Die Spezialisten von Fortress waren heute Nachmittag vor Ort und haben alles überprüft. Die halten einen Einbruch für völlig ausgeschlossen – aber natürlich müssen die das sagen.»

«Hmmmmm. Wer hat alles Zugang zum Zimmer, in dem das Bild hängt? Wenn wir einen Einbruch ausschliessen, dann kommt nur ein Bewohner des Hauses infrage.»

«Wir sollten nicht voreilig sein und einen Einbruch ausschliessen. Ganz im Gegenteil: Ich bin überzeugt, dass hier ein Einbruch vorliegt. Wir haben nur noch nicht erkannt, wie die es angestellt haben, ohne Spuren zu hinterlassen. Es kann nämlich kein Bewohner des Hauses gewesen sein. Alle drei haben mein volles Vertrauen: Meine erwachsene Tochter, mein Privatsekretär und meine Haushälterin. Natürlich ist oft auch ein Gärtner auf dem Gelände, gelegentlich auch Handwerker. Aber die kommen im Allgemeinen nicht ins Haus, und wenn, dann sind sie nicht allein. Gestern war keiner von denen da.»

«Wenn Fortress einen Einbruch kategorisch ausschliesst und wenn wir auch den Heiligen Geist ausschliessen», dabei verzog mein Vater wieder das Gesicht, «dann muss es eine dieser drei Personen gewesen sein.»

«Es gibt gute Gründe, die dagegensprechen. Erstens sind sämtliche Hausbewohner über jeden Zweifel erhaben. Mein Privatsekretär Zurbrugg und Frau Gnägi, die Haushälterin, sind schon seit Jahren bei uns. Zweitens ist keiner von denen so dumm, ausgerechnet dieses Bild im Haus zu stehlen. Selbst meine Haushälterin weiss, dass es sehr viel wertvollere Bilder im Haus gibt. Wir haben einen Monet, der ganz in der Nähe hängt. Er ist Millionen wert. Warum sollte man ein wertloses Bild stehlen, wenn man genau so einfach ein kostbares Stück mitlaufen lassen könnte, das zudem sehr viel kleiner und handlicher ist?»

Ein Rätsel, musste ich zugeben, und wir machten einen Ortstermin für morgen früh um zehn Uhr ab, was mein Vater mit einem erleichterten Schnaufen quittierte.

Natürlich werden Sie sich fragen: Warum verschwendet ein junger, schöner, intelligenter, weltoffener, exotischer Halbasiate wie ich sein Leben als Mann für heikle Aufträge in einem Zürcher Family Office? Die ehrliche Antwort ist: Das frage ich mich auch. Ich habe die ersten zehn Jahre meines Lebens in Zürich verbracht, deshalb mein lupenreines Schweizerdeutsch, was allerdings einige Eidgenossen verwirrt, die sich einen «echten» Helvetier immer noch wie einen Schweizergardisten in Rom vorstellen. Danach zog ich für sechs Jahre mit meiner Mutter nach Hongkong, bis mich Umstände, auf die ich nicht näher eingehen möchte, zurück zu meinem Vater nach Zürich geführt haben.

Nach der Scheidung kaprizierte sich meine Mutter nicht darauf, die beträchtliche Apanage von meinem Vater standesgemäss zu verprassen. Sie legte im Gegenteil eine atemberaubende Karriere als weiblicher Immobilien-Tycoon in Hongkong hin. Damit hatte sie meinen Vater in finanzieller Hinsicht innert kürzester Zeit deutlich überholt und, zu seiner nicht geringen Frustration, zum nicht ganz so reichen Ex-Mann in der Schweiz gemacht. Immerhin schien der «Schweizer Bankster», wie meine Mutter ihren geschiedenen Mann oft bezeichnete, für eines gut: Er sollte mich auf den «rechten Weg» bringen, was zunächst leidlich – bis zur Matura – und dann gar nicht – an der Universität – geklappt hatte. Vor einem Jahr hatten meine Eltern in einer unheiligen Allianz meinem Lotterleben als «ewiger Student» ein Ende gemacht, indem sie meine Bezüge im zarten Alter von (fast) dreissig Jahren brutal gekappt haben. Aus diesem Grund war ich gezwungen, im ehemaligen Gärtnerhaus meines Vaters am Zürichberg einzuziehen – und meinen Lebensunterhalt als Lohnabhängiger im Family Office selbst zu bestreiten.

Die Idee für mein Betätigungsfeld hatte mein Vater. Wenn Sie ChatGPT oder eine andere Schwindelsoftware fragen, die vortäuscht, intelligent zu sein, dann wird Folgendes ausgespuckt zum Thema Multi-Client Family Office: Ein Multi-Client Family Office ist eine Form eines Family Office, das mehrere wohlhabende Familien oder einzelne Personen betreut. Im Gegensatz zu einem Single-Family Office, das sich ausschliesslich auf die Vermögensverwaltung einer einzigen Familie konzentriert, bietet ein Multi-Client Family Office Dienstleistungen für mehrere Kunden an.

Was Ihnen ChatGPT hingegen nicht sagt: Das ist nur die eine, die offizielle und ganz und gar nicht aufregende Seite der Medaille. Die ebenso wichtige: Viele der Reichen fürchten zwei Dinge wie der Teufel das Weihwasser aus der St. Josef-Kirche. Erstens ihr mühsam zusammengerafftes Vermögen zu verlieren, was im Fall der Kunden unseres Family Office durchschnittlich rund hundert Millionen Franken beträgt – womit sie, ganz nebenbei bemerkt, nicht zu den wirklich Reichen dieser Welt gehören. Und zweitens: auf der Titelseite des nationalen Boulevardblattes «Blick» zu stehen im Zusammenhang mit einer unappetitlichen Geschichte: Drogen, aussereheliche Eskapaden, zwanghaftes Pinkeln in der Öffentlichkeit und vieles mehr kommt mir da in den Sinn. Sie können mir glauben: Wo viel Geld ist, gibt es auch viele Dinge, die lieber im Dunkeln bleiben wollen. Genau das ist meine Existenzberechtigung im Office und, so darf ich ohne Übertreibung sagen, die absolute Garantie, dass es mich (oder einen wie mich) immer brauchen wird: Ich bin der Mann der diskreten Lösungen.

All das schoss mir durch den Kopf, als ich am Mittwochmorgen nach neun Uhr in meinen knallroten Alfa Romeo Spider Duetto stieg. Ich entriegelte das Verdeck, schob es nach hinten und befestigte es an einem Haken. Wenn Sie sich nun fragen: Da gibt es doch moderne Autos mit einer Automatik, warum fährt der so eine alte Schrottkiste – dann kennen Sie mich noch nicht. Ich bin zwar ein modebewusster Mensch, weigere mich aber, jede Neuigkeit gut zu finden, weil nicht alles Neue auch besser ist. Denn es gibt einige unerreichte ikonische Dinge, sei es bei Kleidern oder Autos. Ich gebe zu: Levis 501 trage ich nicht mehr, weil sie mich alt machen. Aber am Alfa Romeo Spider Duetto, den Dustin Hoffman im Film «The Graduate» gefahren hat, halte ich eisern fest. Er ist ein bisschen auffällig bei Verfolgungen, auch die Pannenhäufigkeit nimmt eher zu. Aber was gibt es Besseres, als sich die frische Luft an einem schönen Sommertag um die Nase streichen zu lassen und sich auf dem Weg zu einem Rendezvous mit Katharine Ross zu wähnen? Eben.

Wenn Sie meine Fixierung auf die Sechziger-Jahre hinsichtlich Autos, Filme und (teilweise) Musik irritiert, dann muss ich gestehen: Sie sind nicht alleine. Ich hatte einmal eine Psychologie-Studentin als Freundin, die diese Fixierung haarscharf als Flucht vor der Unsicherheit diagnostiziert hat: Die Unsicherheiten und Unvorhersehbarkeiten der heutigen Zeit hätten bei mir dazu geführt, dass ich mich auf diese vergangenen Epochen konzentriere, in der die Dinge vermeintlich einfacher oder klarer seien. Natürlich ist das kompletter Unsinn – ich finde die Sechziger einfach cool. Die Beziehung hat die Diagnose nicht lange überdauert.

Es war schon sehr warm für Juni. Schräg gegenüber sah ich den Uetliberg, den Hausberg von Zürich. Dahinter schienen die Alpen zum Greifen nah an diesem Morgen: Den Glärnisch glaubte ich zu erkennen, ein markanter Berg in den Glarner Alpen und einer der bekanntesten Gipfel in der Region. Mit seinem charakteristischen Doppelgipfel ist er an klaren Tagen vom Zürichberg aus gut sichtbar. Auch der Säntis, der höchste Berg des Alpsteingebirges, schien mir zuzuwinken. Wenn Sie nun denken, dass ich das im Buch «Zürich für Chinesen» gelesen habe, dann liegen Sie falsch. Mein Vater war als junger Mann ein begeistertes Mitglied des SAC, des Schweizer Alpen-Clubs. Kaum vorzustellen für mich, trotzdem ist es wahr: Um für sogenannte Hochtouren mitten in der Nacht bereit zu sein, musste er in muffigen, bakterienverseuchten Massenschlägen (mit garantiert mindestens einem Schnarcher!) in Militärdecken übernachten, um morgens um drei Uhr solche und andere Gipfel zu attackieren. Viele Ausländer sehen in solcherlei Aktivitäten masochistische Tendenzen, zumal sie oft von Menschen gehobenen Standes praktiziert werden, die sich durchaus ein Fünfsterne-Hotel leisten könnten. Aber wahrscheinlich handelte es sich bei meinem Vater um eine Reminiszenz aus dem Militärdienst, wo die Unterbringung ähnlich ist. Den haben alle Schweizer zu leisten, ich bin eine Ausnahme. Denn bei mir wurde bei der Aushebung, also der Rekrutierung, ein Herzgeräusch festgestellt. Das hat genügt: Ein Soldat mit festgestelltem Herzproblem, der auf einem der Gewaltmärsche tot umfällt, wäre ganz schlechte Public Relations für die Armee. Noch schlimmer wäre es aber, wenn er überlebte und die Militärversicherung ein Leben lang eine Rente ausrichten müsste.

Die Autofahrt vom Zürichberg nach Herrliberg führte zunächst vorbei an historischen Herrenhäusern im Jugendstil, typischerweise bewohnt von viel «altem Geld», und einigen architektonischen Scheusslichkeiten, typischerweise verbrochen von neuem Geld. Am See angekommen schnappte ich mir wie üblich meinen Starbucks Vanilla Latte, um dann umständlich das Bellevue zu umfahren und Richtung Zürichhorn an der Goldküste entlang bis nach Herrliberg zu gelangen.

Das kleine, an den Goldküsten-Hang gebaute Dörfchen ist für seine ruhige Atmosphäre, seine idyllische Umgebung und einige wirklich reiche Bewohner bekannt. Dabei gaukelt das Dorf mit seinen altehrwürdigen Riegelhäusern immer noch vor, bäuerlich und bodenständig zu sein. Ich liess mich aber nicht täuschen. Denn wenn ich etwas von meinem Vater gelernt hatte, dann das: Ich konnte Geld riechen.

Der Geruch des Geldes wurde stärker, je näher ich der Villa Wehrle kam. Das Eingangstor war zwar unscheinbar, aber solide, und war von einer zwei Meter hohen, undurchdringlichen Kirschlorbeer-Hecke eingesäumt, die den Blick auf das Grundstück verwehrte. Kurz fragte ich mich, ob das schmucklose, völlig unprätentiöse Entrée wirklich zur Villa des nicht ganz so unprätentiösen Herrn Wehrle führte. Aber nach meinem Klingeln glitt das Tor geräuschlos zur Seite. Entweder erwartete man mich, oder ich hatte eine Kamera übersehen.

Hinter dem Tor verbarg sich eine Villa, die ihresgleichen suchte, selbst in Herrliberg. Sie war im Landhausstil gebaut, und ich schätzte, dass es mindestens vierzehn Zimmer gab. Weil das offenbar nicht genügte, war ein moderner Anbau drangeklebt worden, der den Gesamteindruck deutlich störte. Ein Swimmingpool lud zum Schwimmen ein, sah aber seltsam unbenutzt aus. Etwas abseits stand der eindrückliche Fuhrpark, von sehr gross bis sehr sportlich, geschützt durch einen Carport. Wahrscheinlich dürfen die Ärmsten in Herrliberg keine Tiefgarage anlegen, dachte ich.

Vor dem Haupthaus wurde ich von einem Herrn mit Schmiss empfangen, den ich als etwas älter als Herrn Wehrle einschätzte. In Zürich, so hatte mir mein Vater versichert, gab es immer noch Studentenverbindungen, deren Mitglieder sich beim Fechten absichtlich eine Wunde – den Schmiss – an der Wange beibrachten. Völlig barbarisch, wenn Sie mich fragen – da die garstige Wunde, wie im Fall des betreffenden Herrn, ein Leben lang sichtbar bleibt. Da hat einer den Säbel allzu forsch geschwungen, dachte ich mir. Aber ansonsten war der Mittfünfziger straff, stramm und gut erhalten, etwas knorrig.

«Ich bin der Privatsekretär von Herrn Wehrle. Heinrich Zurbrugg mein Name», sagte er knapp, und fast hätte ich erwartet, dass er noch die Hacken zusammenschlug.

Er sah mich mit offensichtlicher Neugier und einer Prise Reserviertheit oder gar Ablehnung an, war aber offensichtlich von seinem Dienstherrn über mein asiatisches Aussehen vorgewarnt worden.

«Herr Wehrle erwartet Sie.»

An Bildern mit viel moderner Kunst vorbei führte mich Zurbrugg ins Büro von Wehrle, der mir erwartungsvoll entgegensah.

«Das Unmögliche erledige ich jeweils sofort, Wunder dauern etwas länger», entfuhr es mir spontan, was zu einem roten Kopf bei Wehrle und einem verächtlichen Schnauben bei Zurbrugg führte. Ich verstehe es, schnell Freunde zu machen.

«Ich habe keine Resultate erwartet, wohl aber Respekt und Anstand!», fuhr mich Wehrle an. Offenbar war meine vorlaute Art gestern ganz und gar nicht gut bei ihm angekommen. Ich zeigte mich pflichtschuldigst zerknirscht. «Ich erwarte auch keine Wunder, sondern nur, dass Sie mein Lieblingsbild wieder finden.» Er zeigte auf eine leere Stelle über seinem Pult. «Ohnehin ist mir nicht ganz klar, war Sie befähigt, das Bild wieder zu beschaffen. Ich habe gestern in der Hitze des Gefechts gar nicht nach Ihren Referenzen gefragt.»

«Ich kann keine Referenzen vorweisen. Aber Sie können auf die allerwichtigste Eigenschaft zählen», meinte ich.

«Und die wäre?»

«Meine Diskretion – und die Tatsache, dass nichts, was ich im Verlauf meiner Ermittlungen erfahre, je für Sie zum Problem wird. Solange ich nicht auf etwas Illegales stosse.» Dabei blickte ich ihm direkt in seine Husky-Augen.

«Das versteht sich von selbst», schnarrte Wehrle mich an und wandte sich ab. Zurbrugg sah mich finster an.

«War das Bild speziell gesichert?», fragte ich, nur um etwas zu fragen.

«Nein, und übrigens war es auch nicht speziell versichert, im Gegensatz zu einigen Bildern, die Sie beim Hereinkommen sicherlich bemerkt haben. Wie Sie sehen, hat es genau hier über meinem Pult gehangen.» Er zeigte auf eine leere Stelle an der Wand über seinem Pult.

«Wer hat Zugang zu diesem Zimmer?»

«Wie ich Ihnen gesagt habe: Herr Zurbrugg, meine Tochter und die Haushälterin.»

«Ich werde mit allen drei sprechen müssen.»

«Gewiss. Allerdings ist meine Tochter erst am Nachmittag wieder da. Mein Sekretär gibt Ihnen ihre Telefonnummer, dann können Sie etwas mit ihr abmachen. Er wird Ihnen ansonsten alles zeigen.»

Damit war ich entlassen.

* * *

«Ich hoffe, Sie sind so gut, wie Sie denken», meinte Zurbrugg finster, nachdem er mir das ganze Anwesen inklusive aller Sicherheitsvorkehrungen gezeigt hatte. Seine Begeisterung für mich hielt sich klar in Grenzen, zumal ich nicht einmal versucht hatte, ihm vorzumachen, ich sei ein Spezialist für Sicherheitstechnik. Zurbrugg referierte mit leuchtenden Augen über hochempfindliche Bewegungssensoren, Kameras, Zugangskontrollsysteme, verstärkte Türen und Fenster. Ich glaubte ihm unbesehen, dass die Villa Wehrle eine der bestgesicherten an der ganzen Goldküste war – und das will etwas heissen.

Gleich neben der Eingangstüre gab es einen Monitor, der mit zwei Überwachungskameras für das Tor verbunden war. Aus unterschiedlichen Perspektiven liess sich auf dem in der Mitte geteilten Monitor erkennen, wer Einlass begehrte. Dieser wurde über einen Knopf gleich daneben gewährt. Es war Zurbruggs Verantwortung, das Tor über diesen Knopf zu öffnen. Bei Abwesenheit übernahmen Frau Gnägi oder Herr Wehrle selbst diese Aufgabe.

Im Keller befand sich eine Sicherheitszentrale für das ganze Haus, die einen grossen Raum in Beschlag nahm. Beim Betreten des fensterlosen Raumes, der mit einer schweren, wahrscheinlich stahlverstärkten Türe gesichert war, wäre ich fast umgefallen. So hatte ich mir immer die Sicherheitszentrale einer Schweizer Bank vorgestellt. Mehrere Monitore waren mit den Überwachungskameras des Anwesens verbunden. Zwar gab es im Haus Wehrle niemanden, der diese Monitore systematisch und permanent überwachte, und es wurde auch nichts aufgezeichnet. Aber das Ganze war mit hochsensiblen Einbruchsmeldeanlagen, Zugangskontrollen und Brandmeldern verknüpft. Nach einem ausserordentlichen Ereignis wurde auf den Mobiltelefonen von Wehrle und Zurbrugg sofort ein Alarm ausgelöst, wie auch in der Zentrale von Fortress. Diese würde sich umgehend mit dem Haus Wehrle in Verbindung setzen. Der Sekretär hatte die Aufgabe, die Monitore im «Safe Room» zu überwachen und entweder Entwarnung zu geben oder

Fortress gleichzeitig mit der Zürcher Kantonspolizei aufzubieten.

Nicht ohne Stolz wies Zurbrugg mich darauf hin, dass es sich nicht um ein gewöhnliches Zimmer, sondern um einen Panic Room handelte. Sollten trotz allem ungebetene Gäste ins Haus vordringen, könnten Wehrle und er sich in diesem Raum verschanzen. Wände und Türen seien verstärkt, ein Notstrom-Aggregat sorge für Elektrizität, und auch die Kommunikation zur Aussenwelt sei durch tief verlegte Glasfaserkabel jederzeit gewährleistet. Für Essen, Trinken und Zigarren rauchen sei gesorgt, meinte er, indem er auf zwei Sessel, Wasser in Glasflaschen und einige Dosen mit Etiketten von eklig aussehendem Survival-Food zeigte.

«Na, also gar so langsam ist unsere Polizei denn auch nicht», lächelte ich, «Sie haben sich hier ja auf eine wochenlange Belagerung eingestellt!»

«Man weiss nie, was kommt, Herr Wehrle und ich wollen auf alles vorbereitet sein!»

Seltsam, dachte ich, er spricht beharrlich immer nur von zwei potenziellen Nutzern des Panic Rooms. Die Tochter des Hauses und die Haushälterin sind offensichtlich weit weniger schützenswert.

«Ich habe ja schon viel gesehen – aber Ihre Anlage schlägt alles», musste ich zugeben «Nur: Wozu das Ganze? Ganz so wichtig sind Sie beide ja auch wieder nicht.»

«Auf uns hat es niemand abgesehen, aber wir wären Kollateralschäden. Sie müssen bedenken, dass hier enorme Kunstschätze lagern», meinte er etwas enttäuscht, dass ich nicht vor Begeisterung hüpfte ob all seiner Sicherheitsvorkehrungen. «Wir haben selbst einen kleinen Monet: Der ist Millionen wert.» Offenbar war man in der Villa Wehrle ganz besonders stolz auf diesen Monet. Umso erstaunlicher, dass die Diebe nicht den haben mitlaufen lassen, sondern einen alten, wertlosen Schinken, dachte ich.

Mittlerweile waren wir wieder vor der Villa angelangt, und ich atmete nach dem bedrückenden Panic Room wieder auf. Viel mehr als die vielen Sicherheitsspielzeuge faszinierte mich die einmalige Lage des Anwesens. Die Terrasse bot einen herrlichen Ausblick, die Alpen schienen von hier oben noch schöner und näher.

«Trotzdem muss jemand eingestiegen sein und das Bild entwendet haben.»

«Völlig ausgeschlossen», entfuhr es ihm, «ich selbst habe mit Fortress das Sicherheitskonzept entworfen, und ich habe die Implementierung persönlich überwacht. Hier kommt nichts rein, das grösser ist als eine Maus. Ins Haus schon gar nicht.»

Nicht die hellste Kerze auf dem Kuchen! «Wenn das stimmt, dann muss jemand vom Haus das Bild geklaut haben», gab ich trocken zu bedenken. «Wo waren Sie, als das Bild verschwunden ist?»

«Herr Wehrle hat mir freigegeben», knurrte er. «Ich war auf unserem Segelboot. Herr Wehrle hat eine Hallberg-Rassy auf dem Bodensee, und Segeln ist meine Passion. Ich habe die Nacht auf der Yacht verbracht.» Ich glaubte mich zu erinnern, dass einer unserer Kunden einmal von diesen teuren schwedischen Yachten geschwärmt hatte. Allerdings war er auf der Hochsee mit denen unterwegs.

«Alleine?»

«Ja.»

«Also kann das niemand bezeugen?»

«Nein.»

«Wann haben Sie das Haus verlassen?»

«So genau weiss ich das nicht mehr – nach siebzehn Uhr, denke ich.»

«Dann hätten Sie das Bild also locker mitlaufen lassen können!»

«Werden Sie nicht frech – ich bin hier nicht verdächtig!»

«Da täuschen Sie sich. Jeder ist verdächtig, bis ich den Fall geklärt habe. Ich kann sogar sagen: Wenn es tatsächlich jemand vom Haus war, dann sind Sie der Hauptverdächtige!»

«Wie kommen Sie denn darauf?»

«Die Haushälterin und die Tochter wären mit dem Bild körperlich überfordert gewesen. Ich habe beide zwar noch nicht gesehen, aber ich gehe davon aus, dass sie keine Gewichtheberinnen sind. Herr Wehrle kann es nicht gewesen sein – er würde sich kaum selbst bestehlen. Es bleiben – Sie! Fall gelöst!»

Wütend funkelte mich Zurbrugg an und näherte sich meiner Nasenspitze bis auf drei Zentimeter.

«Hör mal zu, du reisfressende Missgeburt. Ich habe Ehre im Bauch, ich würde niemals etwas stehlen. Und jetzt hau ab!»

«Gerne, aber zunächst muss ich noch mit der Haushälterin sprechen.»

«Dann mach schnell und verschwinde – du lebst gefährlich!» Er funkelte mich an und stapfte wütend davon.

* * *

Nach einigen Irrungen und Wirrungen traf ich in der Küche auf Frau Gnägi. Ich hatte immer noch viel Adrenalin im Blut, denn der Hass und die Gewaltbereitschaft des Mannes mit Schmiss hatten mich überrascht. Sein ganzes Auftreten liess mich vermuten, dass ihm körperliche Auseinandersetzungen nicht fremd waren. Er war auch ohne Zögern auf mich losgegangen, was ich nicht gewohnt war. Viele Leute in der Schweiz nehmen automatisch an, in jedem Asiaten stecke ein kleiner Bruce Lee und halten sich mit Konfrontationen zurück. Nicht so Zurbrugg, der mich an einen aggressiven Pitbull erinnerte: pure Angriffslust. Tatsächlich hatte ich das Gefühl, dass er nah daran gewesen war, sich auf mich zu stürzen. Notiz an mich selbst: Vorsicht mit Zurbrugg.

Frau Gnägi war in gewissem Sinne das Gegenteil von ihm: gegen fünfzig, gutmütig, rundlich, nicht unattraktiv, aber etwas abgehärmt. Etwa so, wie ich mir als Kind Frau Holle vorgestellt hatte. Oder einfach eine gute Fee. Auch sie stand schon seit Jahrzehnten im Dienst von Wehrle. Sie hat ein schweres Los mit Wehrle und seinem Sekretär, dachte ich mitfühlend.

«Frau Gnägi, Sie wissen, wer ich bin?»

«Ja, Herr Wehrle hat mich verständigt. Sie sollen das Bild finden.»

«Genau. Sie wohnen hier im Haus?»

«Ja, das ist am einfachsten. So stehe ich rund um die Uhr zur Verfügung, wenn Herr Wehrle etwas braucht.»

«Einen solchen Einsatz rund um die Uhr würde die Gewerkschaft aber nicht billigen ...»

«Die Gewerkschaft? Wir sind eher so etwas wie eine kleine Familie, und da hat es keinen Platz für Gewerkschaften. Oder haben Sie je gehört, dass sich eine Mutter bei einer Gewerkschaft beschweren kann, wenn sie vierundzwanzig Stunden im Einsatz steht für Mann und Kinder?»

«Tja, aber Sie sind nicht die Mutter ... Gibt es denn eigentlich keine Frau Wehrle?»

«Die ist schon lange gestorben», meinte Frau Gnägi mit offensichtlichem Bedauern. «Sie war eine grossartige Frau!»

«Und die Tochter?»

«Was meinen Sie?»

«Stehen Sie auch für die Tochter vierundzwanzig Stunden im Einsatz?»

«Ach, wissen Sie, Freya führt ihr eigenes Leben. Sie wohnt zwar hier im Anbau, aber irgendwie gehört sie gar nicht zu uns. Sie isst nie mit uns, ich sehe sie auch kaum. Nur ab und zu, wenn sie mit ihrem gelben Flitzer das Haus verlässt.» Das kam mir bekannt vor.

«Und wo waren Sie, als das Bild abhandenkam?»

«Sie werden mich doch nicht verdächtigen?», fragte sie ängstlich.

«Jeder ist verdächtig, bis ich den Dieb gefunden habe.» Ich blickte sie prüfend an, aber als ich die Panik in ihren Augen sah, schob ich nach. «Na ja, ganz plastisch kann ich es mir nicht vorstellen, wie sich eine nette Dame wie Sie mit einem riesigen Bild in die Büsche schlägt.» Sie sah erleichtert aus. «Trotzdem muss ich Sie fragen: Wo waren Sie zur fraglichen Zeit?»

«Nun, am Tag habe ich natürlich den Haushalt gemacht, gekocht, eingekauft. Und weil ich wusste, dass Herr Wehrle erst am nächsten Tag zurück sein würde, bin ich zu meiner Freundin in der Stadt, wo ich auch übernachtet habe. Herr Wehrle legt Wert darauf, dass ich meinen Tapetenwechsel habe. Er hat sich danach erkundigt.»

«Dann haben Sie also keine Ahnung, wie das Bild gestohlen werden konnte?»

«Es ist mir ein Rätsel!»

«Könnte es sein, dass Sie es beim Putzen abgehängt und verlegt haben?», gab ich mich naiv.

«Wo denken Sie hin?» Sie sah mich erschrocken an. «Wir dürfen die Bilder natürlich nie berühren, geschweige denn abhängen.»

«Wir? Gibt es denn noch andere Leute, die für die Reinigung zuständig sind?»

«Ja, einmal im Monat kommt eine ganze Gruppe von Reinigungskräften von einem darauf spezialisierten Unternehmen.»

«Darauf spezialisiert?»

«Nun, in dieser Villa sind enorm teure Gemälde und Wertgegenstände. Da wollen Sie nicht, dass irgendeine Albanerin, die Sie nicht kennen, im Haus herumgeistert und nachher ihrer ganzen Sippe erzählt, was es zu klauen gibt», meinte sie politisch völlig unkorrekt. «Da sind wir an der Goldküste viel vorsichtiger. Wir geben den Auftrag einem spezialisierten Unternehmen, das nur Leute schickt, die einen einwandfreien Leumund haben. Die haben sehr klare Anweisungen, was sie zu tun und zu unterlassen haben. Sie unterschreiben, dass sie sofort wieder vergessen, was sie an Kunstschätzen im Haus gesehen haben.»

«Erstaunlich!»

«Ja, und sauteuer, das können Sie mir glauben. Und auch aufwendig für mich und Zurbrugg.»

«Warum?»

«Nun, wir schauen denen natürlich trotz allem genau auf die Finger und lassen sie nicht aus den Augen.»

Auf dem Weg in die Stadt liess ich das Erlebte vor meinem geistigen Auge nochmals Revue passieren. Irgendjemand hatte irgendetwas gesagt, das seltsam anmutete und nicht so ganz ins Bild passte. Aber so sehr ich mich bemühte: Ich fand nicht heraus, was es war.

Die Dynamik des Hauses Wehrle war mir noch nicht klar. Nach meinem Gespräch mit Frau Gnägi hatten mich Wehrle und Zurbrugg abgefangen. Wehrle hatte von seinem Privatsekretär erfahren, dass das Gespräch mit mir ruppig geendet hatte. Zurbrugg war von ihm gezwungen worden, sich bei mir zu entschuldigen, was dieser in einer Art tat, die mich darin bestätigte, dass dieser Mann gefährlich war. Er sagte zwar die richtigen Worte, aber seine Augen waren kalt.

Die Beziehung zwischen den beiden wirkte ambivalent. Der jüngere Mann, Wehrle, war zwar der Arbeitgeber von Zurbrugg. Aber wenn die beiden zusammen waren, schien er immer im Schatten seines älteren Untergebenen zu stehen. Die Autorität des Hausherrn schien angelernt – er spielte in einer Liga, die eigentlich zu hoch für ihn war. Ich konnte mir nicht vorstellen, dass er zu den gehobenen Kreisen von Zürich Zugang fand. Vermutlich war er schlicht das Anhängsel seiner Frau gewesen. Ihr Tod hatte wohl auch seinen gesellschaftlichen Abstieg eingeläutet, was für ihn frustrierend gewesen sein musste. Ein anderes Kaliber war Zurbrugg: Er wirkte wie ein natürlicher Führer. Einer, der Dinge anpackt und zu Ende bringt, und einer, dem andere folgen. Er strahlte die selbstsichere Aggressivität eines Mannes aus, der schon vieles erlebt hatte und sich nicht scheute, seinen Willen durchzusetzen – auch mit Gewalt.

Auf dem Weg nach Zürich machte ich einen kleinen Umweg, um die Villa der kürzlich verstorbenen Tina Turner zu sehen. Vor dem Haus türmten sich Blumensträusse mit Kondolenzbekundungen auf. Ich hatte ihre Biografie «I, Tina» gelesen und war tief beeindruckt von der Frau. Auf Spotify wählte ich ihren Song «Simply the Best», der meine Stimmung immer wieder in stratosphärische Höhen katapultierte, und brauste mit meinem Spider Richtung Stadt. Ich hatte Glück und konnte in der Nähe des Restaurants parkieren.

Das «Kaufleuten» ist eine Mischung aus Club, Bar, Restaurant und Veranstaltungsort. In einer Zeit, die immer schnelllebiger wird, ist es schon verblüffend lange jener Ort, an dem sich die Schönen und Reichen und die es gerne sein wollen, zeigen. Obwohl solche Orte in Zürich üblicherweise schnell kontaminiert werden von Schickimickis, hatte das Kaufleuten seinen Stil behalten.

Mein Gesprächspartner war schon da. Dr. iur. Christoph Oertli, im zarten Alter von einunddreissig Jahren bereits Inspektor bei der Ermittlungsabteilung Gewaltkriminalität der Kantonspolizei Zürich. Ich hatte ihn angerufen und ihn in sehr allgemeinen Umschreibungen vom Verschwinden des Bildes unterrichtet.

«Hast du es dir überlegt?», begrüsste ich den ehemaligen Studienkollegen.

«Was denn?», tat er so, als ob er unseren schon etwas ausgeleierten Gag nicht verstünde.

«Ob du unserem einzigartigen, exklusiven, fantastischen Club beitreten möchtest?»

Damit meinte ich natürlich unseren Club «PoorUntamedYouth (PUY)», und keines meiner Adjektive war auch nur ein bisschen übertrieben. Unser Club hatte nur einen kleinen Nachteil: Er wurde als freigeistiger Gegenentwurf zum höchst elitären Club «RichRisingYouth (RRY)» gegründet. Weil wir «ungezähmten armen Jungen» die «reichen himmelstürmenden Jungen» mit unserem Namen so verärgert hatten, nahmen sie niemanden auf, der einmal bei uns war. PUY ist Pfui, heisst ein geflügeltes, aber natürlich höchst geschmack- und geistloses Witzchen der jungen Reichen. Da Oertli sein Jus-Studium im Gegensatz zu mir abgeschlossen hatte, wollte er offenbar ernsthaft Karriere machen und junge, reiche, einflussreiche Leute mit einer «shared passion for the good life» – so steht es auf der Webseite – kennenlernen. Vor allem eine sehr passionierte Frau.

«Kein Bock», schnaubte er, was mich vermuten liess, dass er schon wollte, aber genau wusste, dass es seiner Karriere nicht förderlich wäre.

Ich quittierte diese Halsstarrigkeit mit einem strafenden Blick.

«Was kann ich Ihnen bringen?»

Da wir beide die Speisekarte auswendig kannten, bestellten wir. Ich kam gleich zur Sache.

«Hast du etwas herausgefunden?»

«Du weisst doch, dass ich bei der ‹Gewalt› arbeite – wir befassen uns nicht mit Diebstählen. Das ist eher etwas für die von der Stadtpolizei», zierte er sich. «Ich denke ohnehin, dass der Diebstahl angezeigt werden sollte, wie es sich gehört!»

«Jetzt häng nicht den Polizisten raus! Ich habe dir doch schon gesagt: Es ist gar nicht so klar, womit wir es hier zu tun haben. Man verlegt Dinge schon mal. Oder jemand leiht sich etwas aus. Es gibt nicht den geringsten Hinweis, dass eingebrochen wurde. Im Übrigen gäbe es im Haus einen Monet zu stehlen – der hängt aber noch ganz munter vor sich hin. Du musst zugeben, dass das seltsam ist.»

«Ein Bild ‹verlegen›? Haha. Du meinst wohl eher ‹verhängen›.»

Er schaute mich an. «War das Bild denn nicht geschützt?»

«Doch, die ganze Villa wird von Zürich Fortress überwacht. Ich habe mir alles angesehen. Da kommt keine Maus rein. Genau deshalb denke ich ja: Es muss noch im Haus sein.»

«Fortress», sagte er nachdenklich. «Die sind auf dem absteigenden Ast.»

Ich schaute ihn fragend an. «Amtsgeheimnis», brummte er, «aber auch bei Sicherheitsfirmen arbeiten nur Menschen. Menschen erliegen manchmal Versuchungen.» Er sah mir vielsagend in die Augen.

Also ist vielleicht doch jemand eingestiegen, dank gütiger Mithilfe von Fortress. Der Dieb hat das grosse Bild über dem Pult des Hausherrn gesehen und haarscharf gefolgert, das Gemälde an solch prominentem Ort müsse wohl das kostbarste sein, da es ja auch ziemlich gross war und in einem protzigen Rahmen daherkam.

«Aber wenn es nur ‹verlegt› ist: Warum dann die Anfrage wegen potenziellen Hehlern?»

«Tja, weisst du, als Privatermittler muss ich allen Spuren nachgehen», äffte ich einen Standardsatz der Polizei nach.

Wir schwiegen beide nachdenklich. Wir bewegten uns in einer Grauzone, denn eigentlich hätte die Polizei von Amtes wegen aktiv werden müssen. Aber ich wusste ganz genau, dass die Kantonspolizei Zürich sehr viel Verständnis für öffentlichkeitsscheue Reiche hatte – bis zu einem gewissen Grad. «Komm schon, ich weiss doch, dass ihr alle miteinander sprecht. Die Schweiz ist ein Dorf, und Zürich eine Wohngemeinschaft, und in dieser Wohngemeinschaft kennt sich sicherlich jemand mit Hehlern aus. Du musst das nicht verlängern – ich zahle das Essen ohnehin.»

«Auf keinen Fall, wir zahlen schön getrennt. Compliance, mein Lieber, compliance!» Natürlich wusste ich genau, dass das so ablaufen würde – es sind schon ganz andere Kaliber bei Hexenjagden auf dem Altar der Compliance geopfert worden, weil sie sich haben einladen lassen. Oertli wollte mir offenbar helfen, aber ich machte mir wenig Illusionen über seine Motivation. Es waren nicht etwas meine Überredungskünste oder mein Charme. Sondern die gute Beziehung zu unserem Family Office. Das war für einen aufstrebenden jungen Beamten viel wert. Mein Vater war sehr gut vernetzt, Mitglied einer renommierten Zunft, die er als Zunftmeister schon einmal präsidiert hatte. In einer Stadt, in der jeder jeden kannte, bedeutete das viel Einfluss und Macht.

«Das darf aber auf keinen Fall zu mir zurückkommen», meinte er, was ich nicht einmal mit einer Antwort würdigte. «Also, wenn ich ein solches Bild in Zürich verkaufen wollte, für ein paar Tausend Franken, und sicher sein wollte, dass mich die Kunsthändlerin nicht nach der Herkunft fragt, dann würde ich bei der Ludmilla Kundera an der Heinrichstrasse anklopfen.»

«Warum gerade die?»

«Nun, die wirklich renommierten Galerien würden sich gemäss meiner Quelle mit solchen Kinkerlitzchen nicht abgeben. Ich behaupte nicht, dass die alle sauber sind. Aber wenn die ein Ding drehen, geht es eher um Geldwäsche, und da sind ein paar Tausend Franken gar nichts. Die Kundera hingegen steht immer einen Schritt vor der Pleite. Ein paar Tausend Franken können da den Unterschied machen zwischen Überleben und die Bilanz deponieren. Weil sie schon sehr lange im Geschäft ist, hat sie beste Beziehungen zu den zweit- oder drittbesten Adressen, die ein solches Bild vielleicht kaufen würden.»

«Dann werde ich ihr heute Nachmittag mal einen Besuch abstatten.»

* * *

Vom Kaufleuten sind es um den Hauptbahnhof herum und das Sihlquai hinauf nur etwa zehn Minuten mit dem Auto zur Galerie Kundera. Unterwegs rief ich Freya Wehrle an.

«Hallo?»

«Frau Wehrle. Hier spricht Li Rösti.»

«Ahhhh, der schöne Bruce Lee!», meinte sie kokett. «Nennen Sie mich Freya. Aber bitte keine blöden Bemerkungen wegen dem bescheuerten Vornamen.»

«Gerne, dann können Sie mich ‹Li› nennen, aber nur, wenn Sie sich Anspielungen zu Bruce Lee und unserem Bundesrat Albert Rösti verkneifen können.»

«Touché!»

«Wann kann ich mit Ihnen sprechen? Es geht um das verschwundene Bild.»

«Tja, ich weiss nur, dass ich nichts weiss. Aber da Frau Gnägi so von Ihnen geschwärmt hat, könnten wir uns um siebzehn Uhr hier in der Gruselgrotte treffen.» Immer noch die kokette Schiene – das konnte heiter werden.

«Okay. Ich werde dort sein.»

Völlig überraschend fand ich schnell einen Parkplatz in der Heinrichstrasse und musste nur ein paar Schritte gehen bis zur Galerie Kundera. Durch ein grosses Schaufenster sah ich einige Bilder an der Wand hängen, die sich wohl abstrakt expressionistisch geben wollten – moderne Kunst. Die müssten mir sehr viel bezahlen, dass ich das in meinem Gärtnerhäuschen aufhängen würde, schoss es mir durch den Kopf. Vor allem aber hatten die Bilder nicht die geringste Ähnlichkeit mit dem eher bodenständigen vermissten Bild Franz von Stucks. Ich trat ein und sah im hinteren Teil der Galerie, etwas versteckt durch einen Wandvorsprung, eine ältere Frau mit feuerrotem Haar, die mich beim Näherkommen an das geflügelte Wort erinnerte: «Ich habe gelebt – und man sieht es!»

«Welcome in our gallery!», rief sie affektiert und förmlich zugleich. Ich wendete den Kopf, um mich zu vergewissern, ob ich gemeint war, was sie bemerkte und nickte. Sie meinte wirklich mich und vermutete offenbar, einen reichen chinesischen Kunstenthusiasten vor sich zu haben, der sich leicht über den Tisch ziehen liess.

«Si chönd Züritütsch met mir rede», lächelte ich sie höflich an.

«Oh», sagte sie beschämt und etwas enttäuscht zugleich.

Ich entschied mich für die Frontalattacke. «Ich interessiere mich für Franz von Stuck!»

«Wer ist das?», sah sie mich fragend an.

«Der Maler – Franz von Stuck. Ich möchte gerne ein Bild von ihm erwerben.»

«Noch nie von ihm gehört. Wie kommen Sie gerade auf mich?»

«Nun, ich habe gehört, dass Sie auch Kunstwerke vermitteln. Ausserdem habe ich gehört, dass Sie nicht nur eine schöne Frau sind, sondern auch Vieles möglich machen können.» Okay, eine etwas lahme Schmeichelei, Sie haben recht. Aber ich habe mir sagen lassen, dass ältere Frauen, die einmal sehr schön gewesen waren, nach nichts mehr lechzen als nach Komplimenten, die vielleicht in einer längst vergangenen Zeit mehr gewesen waren, als leere Schmeicheleien.

Sie durchschaute mich sofort. «Das Gesäusel können Sie sich sparen», schnappte sie. «Wer hat Sie zu mir geschickt?»

«Ein Freund.»

«Dann können Sie Ihrem ‹Freund› sagen, dass Sie bei mir an der falschen Adresse sind.» Sie war noch immer eingeschnappt.

Ich beschloss, die Gangart zu wechseln. «Die Sache ist die: Mein Freund vermisst ein Bild des Malers Franz von Stuck. Er ist sich nicht sicher, ob das Bild gestohlen wurde oder ob es sich um ein Missverständnis handelt. Jedenfalls ist er noch nicht bei der Polizei vorstellig geworden, sondern hat mich beauftragt, das Bild wieder zu beschaffen. Er würde auch einen Finderlohn bezahlen.»

Eine Öffnung, so weit, wie ein Scheunentor. Aber Ludmilla Kundera wollte nichts davon wissen.

«Sie können Ihrem Freund sagen, dass ich nichts weiss von seinem Bild.» Damit wandte sie sich ab und setzte sich, halb verdeckt, wieder an ihr Pult.

Noch nie von Franz von Stuck gehört?, sinnierte ich auf dem Weg in die «Gruselgrotte». Komisch. Klar, der Maler war eine völlig andere Liga als ein Dalí oder Picasso. Aber von einer Kunsthändlerin würde man annehmen, dass sie schon mal von ihm gehört hätte. Zumal, wie ich maliziös dachte, die Kundera etwa dann geboren worden sein dürfte, als der Maler starb. Oder fast.

Ich war eine halbe Stunde zu früh am Tor und musste mich bei Zurbrugg formell anmelden, obwohl er mich natürlich über die Kamera sah. Wenn ihn nicht eine plötzliche Demenz befallen hatte, musste er mich eigentlich als den Typ erkennen, der das verschwundene Bild wiederbeschaffen sollte.

«Frau Wehrle erwartet Sie auf der Terrasse vom Ostflügel», liess mich Zurbrugg schliesslich gestelzt wissen. Scharfsinnig (ich bin ja letztendlich ein Ermittler!) schloss ich, dass damit der moderne Anbau gemeint war. Ich liess den Spider in der Auffahrt stehen, setzte mir meine Ray-Ban-Sonnenbrille auf und stapfte eine von riesigen Farnen umgebene Treppe hinauf Richtung «Ostflügel».

«Sie sind zu früh», schallte es mir entgegen, noch bevor ich sie sah.

Ich kletterte die letzten zwei Stufen zu einem Zwischenstock hoch und musste im Halbdunkeln meine Sonnenbrille abnehmen, was sich eindeutig lohnte. Freya Wehrle posierte auf einer kleinen Plattform auf der Terrasse in einem enganliegenden, türkisfarbenen Off-Shoulder-Top von Emilie Joseph. Das war aber auch schon alles – abgesehen von zwei feuerroten, hochhackigen Damen-Sandaletten. Jimmy Choo, vermutete ich. Wenn Sie sich nun fragen, wie ich das überhaupt so genau wissen konnte, dann muss ich gestehen: Es gab einmal eine Frau in meinem Leben, die mich über die angesagte Frauenmode ins Bild setzte. Deshalb konnte ich mich mit meinem Wissen über Emilie Joseph, Jimmy Choo und alle anderen völlig überteuerten Stardesigner wichtigmachen. Was ich gerne tat, denn ich hatte festgestellt, dass es mein Ranking in der Frauenwelt um etwa zehn Punkte hob – zumindest beim materiell interessierten Teil der Weiblichkeit. Wer sich mit diesen teuren Labels auskennt, kann sie sich auch leisten. Dachten jedenfalls viele Frauen, und ich tat nichts, um sie von ihrem Glauben abzubringen. Im Fall von Freya Wehrle liess sich sagen: Kaum jemand konnte solche Designer-Klamotten besser zur Geltung bringen als die rund fünfunddreissigjährige Frau mit dem wallenden brünetten Haar.

«Vielleicht bin ich zu früh. Aber es hat sich gelohnt», gab ich etwas gewagt zurück, was sie mit einem geschmeichelten Lachen quittierte. Offenbar keine Emanze – Glück gehabt, dachte ich.

«Kommen Sie rauf und trinken Sie einen Martini mit mir.»

Wer würde da widerstehen? Obwohl ich mich wunderte, dass sie einen traditionellen Martini und nicht etwa einen angesagten Cocktail wie ‹Sex on the Beach› oder etwas Ähnliches trank. Ich nahm das letzte Teilstück, setzte meine Ray Ban wieder auf (das sieht definitiv cooler aus!) und musterte die Tochter des Hauses geschützt durch die dunklen Gläser, während sie abgekehrt unsere Martinis mixte.

«Sind Sie zufrieden?», fragte sie mich, ohne sich umzudrehen.

«Offen gestanden ganz und gar nicht», gab ich schlagfertig zurück.

«Was? Das hat mir noch keiner gesagt!», entfuhr es ihr.

«Als ich gehört habe, dass Sie Freya heissen, musste ich unwillkürlich an eine nordische Version unserer Helvetia denken: Eine Figur mit Helm und Speer, mit muskulösen Oberarmen und Beinen wie Baumstämme, um in der Schlacht bestehen zu können. Nun sehe ich Sie – muss aber eher an einen Laufsteg in Paris denken.»

Das schien sie zufriedenzustellen. Sie lachte und reichte mir meinen Martini. «Es ist ein ausserordentlich blöder Vorname. Und vor allem: Er lässt sich weder vereinfachen noch sinnvoll abwandeln, deshalb habe ich mich im Lauf der Jahre in das Unvermeidliche geschickt. Du musst dich also damit abfinden, dass dir eine muskulöse Speerwerferin in den Sinn kommt, wenn du mich Freya nennst.»

Sie hatte wie selbstverständlich zum vertrauten «Du» gewechselt. «Ich hoffe, das ‹Du› stört dich nicht, aber schliesslich sind wir Seelenverwandte.»

«Wieso?»

«Wir sind beide ‹Alfisti› und wir beide lieben es ‹oben ohne›.» Sie schaute mich anzüglich an. Weniger standhafte Männer als ich hätten das als Aufforderung genommen, der koketten Freya näherzukommen. «Mir gehört das gelbe Cabrio, der Alfa Romeo 4C Spider. Sag nur nicht, dass du den nicht gesehen hast, das würde mich verletzen.»

«Es war etwa das Erste, was ich gesehen habe», bestätigte ich, «und ‹Du› ist völlig okay, macht sich allerdings später schlecht, wenn ich dich als Bilderdiebin der Polizei übergeben muss. Die könnten denken, dass wir unter einer Decke stecken.» Das quittierte sie mit einem schallenden und trotzdem höchst reizvollen Gelächter.

«Der Martini ist hervorragend.»

«Geschüttelt, nicht gerührt», verballhornte sie den abgestandenen James-Bond-Spruch.

«Du kennst dich aus. Arbeitest du in einer Bar?»

«Nein, ich bin Yogalehrerin!» Sie nannte mir den Namen eines Yoga-Studios und sah mich erwartungsvoll an. Aber da ich mich damit nicht auskannte, beschloss ich, keine Begeisterung vorzuheucheln.

«Du weisst, warum ich hier bin?»

«Ja klar weiss ich das, mein Stiefvater springt im Haus herum wie eine aufgeschreckte Henne. Irgendein altes Bild ist verloren gegangen. Wie wenn wir davon nicht genug hätten. Du sollst es wieder beschaffen.»

«Dein Stiefvater? Ich dachte, das sei dein Vater? Er nennt dich jedenfalls immer ganz liebevoll Tochter.»

«Tochter? Dann müsste er aber schon sehr früh mit den Frauen angefangen haben. Und liebevoll? Wir gehen uns höchstens liebevoll aus dem Weg, weil wir uns nicht ausstehen können. Mein Vater ist schon lange tot. Dann hat meine Mutter das gemacht, was reiche Frauen heutzutage so machen: Sie hat sich einen jungen Toy Boy gekauft.»

«Herr Wehrle als Toy Boy? Das ist nun wirklich eine lustige Vorstellung», lachte ich.

«Aber es ist so: Zwanzig Jahre jünger als meine Mutter, nicht sehr erfolgreich im Leben und in einem Alter, wo er gemerkt hat, dass er nicht mehr ganz so gut ankommt bei den jungen Frauen. Zumal er ihnen nicht sehr viel bieten konnte: weder Geld noch Jugend noch irgendeine glanzvolle Karriere. Er war ein langsam verwelkender Schönling. Von denen gibt es viele in Zürich.»

«Warum heisst er auch Wehrle?»

Sie lachte. «Du bist ein bisschen altmodisch, oder? Männer nehmen heute manchmal den Namen ihrer Frau an. Auch weil der Name mit sehr viel Geld verbunden ist!» Sie sagte es etwas bitter.

«Du weisst schon, um welches Bild es sich handelt?», fragte ich.

«Mein Stiefvater hat mich schon ins Verhör genommen. Seiner Beschreibung nach ist es ein alter geschmackloser Schinken, mit einer Jungfrau in wallenden Kleidern, mit Blümchen und Vögelchen, halt so, wie konservative Männer wie mein Stiefvater die Welt und die Frauen gerne hätten. Glücklicherweise habe ich das Bild noch nie gesehen, es hätte mir kaum gefallen. Hast du denn schon eine Spur?»

«Nicht wirklich. Ich bin erst am Anfang.»

«Na dann viel Glück.»

«Mein Problem ist, dass mir eigentlich alles an diesem Fall unklar ist: Wie konnte das Bild aus der bestens gesicherten Villa entwendet werden? Warum nur ein Bild? Warum gerade dieses Bild – und nicht ein Monet oder Kandinsky? Irgendwie passt mir das Werk von der Machart so gar nicht zu den restlichen Gemälden im Haus.»

«Ha, ich kann dir die letzte Frage exakt beantworten: Das Bild gehört tatsächlich meinem Stiefvater, daran hat er beim ‹Verhör› keinen Zweifel gelassen. ‹Da bekomme ich mal ein Bild geschenkt, und ausgerechnet das wird gestohlen›, hat er gesagt. Dabei hat er mich scharf angesehen. Aber was sollte ich denn tun mit diesem alten Schinken? Ganz abgesehen davon, dass ich von seiner Existenz gar nichts wusste und auch nie das Haupthaus betrete. Das habe ich ihm klargemacht, er hat dann den Schwanz schnell eingezogen. Die anderen Bilder im Haus gehören der Stiftung.»

«Welcher Stiftung?»

«Der Wehrle Stiftung, natürlich. Du hast tatsächlich noch nicht richtig recherchiert.»

Ich sah sie verständnislos an.

«Meine Mutter hat das Geld in die Ehe gebracht, als einziges Töchterchen eines Industriellen, der sehr reich geworden ist mit Dingen, denen wir jetzt nicht allzu genau auf den Grund gehen wollen. Mein Vater ist früh an Krebs gestorben, ich glaube, es war nicht ganz einfach für ihn, immer nur die zweite Geige zu spielen neben seiner Frau. Meine Mutter hat sich schnell mit einem jüngeren Mann getröstet – mit meinem sogenannten Stiefvater. Als sie erkannte, dass auch sie dem Krebs nicht entkommen konnte, hat sie einen Trust gegründet, der in South Dakota angesiedelt ist. Während die Amerikaner nämlich wie wild auf die Schweiz schiessen wegen Schwarzgeld, Bankgeheimnis und so weiter, bieten sie den Reichen dieser Welt in einigen Bundesstaaten geradezu paradiesische Verhältnisse an, um Geld zu bunkern, vor den Steuerbehörden zu verstecken oder mittels eines Trusts zu verwalten.»

Ich staunte, was sie so alles wusste.

«Dein Vater kann dir sicher mehr darüber erzählen, wahrscheinlich bedauert er es sehr, dass er in der Schweiz statt in South Dakota wohnt. Jedenfalls», fuhr sie fort, «in diesen Trust hat meine Mutter alle Vermögenswerte, alle Immobilien, alle Bilder, einfach alles eingebracht. Mein Stiefvater ist lediglich der Trustee, als derjenige, der für die Verwaltung und den Schutz der Vermögenswerte verantwortlich ist.»

«Aber er ist ein reicher Mann, sonst wäre er nicht Kunde in unserem Family Office.»

«Nicht ganz», meinte sie schnippisch, «eigentlich ist der Trust, oder genauer: die Stiftung euer Kunde. Und mein Stiefvater ist derjenige, der die Vermögenswerte nach ziemlich spezifischen Vorgaben verwalten und die Erträge zweckgebunden einsetzen muss. Meine Mutter hat nicht viel dem Zufall überlassen, weil sie ziemlich genau wusste, was der gute Lexi kann – und was nicht.»

«Wieso hat deine Mutter das Erbe so kompliziert gestaltet und dem Lexi, deinem Stiefvater, das Leben so schwer gemacht?»

«Ohhh, dafür gibt es viele Gründe», meinte sie gedehnt. «Steueroptimierung ist einer davon. Aber auch Reputationsschutz.»

«Jetzt hast du mich endgültig verloren.»

«Wenn eine reiche Frau wie meine Mutter einen ganz und gar nicht reichen oder klugen, aber offensichtlich gut aussehenden jüngeren Mann wie Lexi heiratet, dann will sie natürlich nicht, dass die Leute denken, er habe sie nur wegen des Geldes geheiratet. Ich würde sogar sagen: Sie will es selbst nicht denken und macht sich lieber etwas vor. Doch wenn der Tod dann vor der Türe steht, wird Frau wieder realistisch. Sie fragt sich: Was wird er tun, wenn ich tot bin? Sie versucht, die Fassade aufrechtzuerhalten. Sie erlaubt dem Witwer, im gewohnten Luxus stilvoll weiterzuleben, da sie ja nicht will, dass er als Obdachloser unter einer Brücke landet. Das wäre auch schlecht fürs Image. Sie will aber auf der anderen Seite auch nicht, dass er die Millionen mit irgendwelchen grossbusigen Starlets in Monaco verjubeln kann. Also verpasst sie ihm lebenslänglich, mit einem respektablen Job als Chef der Wehrle Stiftung. Zu gut, um ihn aufzugeben. Aber nicht so gut, dass er das Geld zum Fenster hinauswerfen kann. Ganz und gar nicht.»

«Das scheint mir ziemlich berechnend und kalt.»

«Es ist nicht kalt. Die Schweiz hat keine Bodenschätze und keinen grossen Binnenmarkt. Unser Wohlstand hat viele Wurzeln, eine davon heisst: Leistung und Disziplin. Es widerstrebt uns, dass jemand viel Geld verprassen kann, ohne dass er dafür geschuftet hat. Ich kann dir eine Geschichte erzählen. Es gibt bei uns im Dorf einen Industriellen, der wirklich ausserordentlich viel Geld hat, selbst für Goldküsten-Verhältnisse. Er wurde in einem Interview einmal gefragt, ob er seinem Sohn zum achtzehnten Geburtstag ein Auto gekauft hätte. Nein, lautete die Antwort, er habe ihm nie ein Auto gekauft. Der Sohn hätte sich den – äusserst bescheidenen – VW-Käfer selbst verdienen müssen, was ihm mit siebenundzwanzig gelungen sei. Der Sohn ist mittlerweile selbst Milliardär mit einem sehr erfolgreichen Unternehmen im Bereich Spezialitätenchemie. Er hat fünf Kinder, mit denen er ab und zu in Jugendherbergen gesichtet wird. Typisch Schweiz: Geld hat man, aber man zeigt es nicht. Vor allem soll Geld nicht den Nachwuchs korrumpieren. ‹Ora et labora›, ‹bete und arbeite›, das hing früher in vielen Schweizer Haushalten. Das mit dem Beten hat sich mittlerweile verflüchtigt, aber das Arbeiten ist immer noch sehr populär. Aber das ist für einen Chinesen natürlich eine fremde Vorstellung.»

Ich wies sie darauf hin, dass ich mich trotz meines Aussehens durchaus als Schweizer sähe (immerhin: Rösti!), konnte aber nicht verhehlen, dass ich ein so frugales, typisch zwinglianisches Gebaren ganz und gar nicht goutieren konnte. Zumal ich von dieser Irrlehre selbst betroffen war.

«Wo warst du denn in der Nacht, als das Bild verschwand?», fragte ich sie.

«Glaubst du wirklich, dass ich das alte Bild gestohlen habe?», fragte sie lachend und in einem leichtsinnigen Ton, den nur reiche Leute im Repertoire haben, die sich nie um Geld Sorgen machen mussten. «Streng deinen Kopf an: Ich kann es gar nicht gewesen sein!»

«Warum?»

«Denk nach!» Sie sah mich erwartungsvoll an. Als ich nicht reagierte, fuhr sie fort. «Wir beide fahren einen Alfa. Das sind zwar die coolsten Autos, die es gibt. Aber sehr viel Platz bieten sie nicht, weder im Kofferraum noch im Inneren des Autos. Mein Stiefvater hat mir gesagt, dass es ein sehr grosses Bild ist. Das würde auf keinen Fall in meinen Alfa passen. Zu Fuss könnte ich es auch nicht wegschaffen: Wie eine Büsserin mit einem grossen Bild auf dem Rücken durch Herrliberg laufen, das geht nicht, glaub mir. Hier gibt es sehr viele Augen, die schauen, dass nichts abhandenkommt.»

Da hatte sie allerdings einen Punkt.

«Trotzdem möchte ich wissen, wo du am Montagabend warst. Für meinen Bericht, wie mein Lieblingsinspektor im Fernsehen, Columbo, immer sagt.»

«Columbo? Kenne ich nicht. Das war am Montag, oder? Da bin ich immer weg. Unsere Tanzschule gibt dann eine Vorstellung am Bürkliplatz, unter dem Pavillon. Immer am Montag und am Mittwoch. Sensual Bachata!» Wieder schaute sie mich erwartungsvoll an, aber ich war wieder überfordert. Offenbar war ich doch nicht so trendy, wie ich gemeint hatte.

«Wann bist du nach Hause gekommen?»

«Überhaupt nicht», meinte sie errötend. Und dann: «Sehen wir uns wieder?»

Hmmmmmm.

Alle Bewohner der «Gruselgrotte» sind an diesem Abend ausgeflogen, und ein Bild wird geklaut? Ausgerechnet das einzige Bild, das nicht der Stiftung, sondern dem Hausherrn selbst gehörte. Seltsam. In meinem Bauch kribbelte es so, wie es immer kribbelt, wenn ich etwas übersehen habe. Aber was?

Auf dem Heimweg rief mich Herr Wehrle an und wollte in barschem Ton wissen, was ich so lange mit seiner Stieftochter zu schaffen gehabt hatte. Ich liess mich nicht provozieren und verwies darauf, dass alle Bewohner des Hauses in Genuss einer intensiven Befragung gekommen seien.

«Und sonst haben Sie nichts gemacht heute?»

Leicht genervt rapportierte ich das Gespräch mit Oertli und den Besuch bei der Kundera. Beides schien ihn wenig zu befriedigen.

«Ich erwarte schnelle Resultate», beschied er mir.

* * *

Am Abend rief mich mein Vater zum Rapport. Unsere Familie ass äusserst selten zusammen. Nach der Scheidung von meiner Mutter und der grossen Enttäuschung, dass sie entgegen seiner Vorhersage so erfolgreich gewesen war in Hongkong, hatte er Vorkehrungen getroffen, damit ihm das nie mehr passieren konnte. Er hatte eine jüngere Frau geheiratet, die meine Mutter nach dem ersten Treffen als «Airhead» etikettiert hatte. In der Schweiz würde man sie, ebenso wenig schmeichelhaft, als jemanden mit Watte zwischen den Ohren bezeichnen.

Allerdings hatte ich schnell herausgefunden, dass Mirjam, die ich manchmal neckisch Mami nannte, gar nicht so dumm war, wie es mein Vater gerne gehabt hätte. Auch das Urteil meiner Mutter, die normalerweise äusserst treffsicher war in der Einschätzung ihrer Mitmenschen, war offensichtlich von Eifersucht oder Ressentiments meinem Vater gegenüber vernebelt. Mirjam war ganz im Gegenteil ziemlich clever und hatte deshalb schnell herausgefunden, dass mein Vater sich davor fürchtete, von einer zweiten intelligenten Frau in den Schatten gestellt zu werden. Also hatte sie ihre Rolle angepasst, was den unschätzbaren Vorteil hatte, dass sie meinen Vater immer dann manipulieren konnte, wenn es ihr wichtig war. Zu ihrer Verteidigung muss ich sagen, dass sie das nie ausnutzte und dass die kleinen Manipulationen meistens auch zum Vorteil meines Vaters waren.

Einem erfolgreichen Privatdetektiv wie mir war diese Vorspiegelung intellektueller Beschränktheit sofort aufgefallen, aber ich spielte mit, um die Dinge nicht ins Rutschen zu bringen. Das war aber nur der eine Teil meiner komplizierten Beziehung zu meiner Stiefmutter. Da sie nur ein paar Jahre älter und ziemlich attraktiv war, fühlte ich bisweilen eine Anziehung zu ihr, die nichts Stiefmütterliches hatte. Dummerweise gehörte unsere Villa zu jenen seltenen Anwesen auf dem Zürichberg, die noch einen Swimming Pool hatten. Neben diesem Pool lag Mirjam auf einem Sonnenbett, Bikini, verspiegelte Sonnenbrille und mit einem exotischen Drink in der dafür vorgesehenen Einbuchtung. Fehlt nur noch das Schirmchen im Drink, dachte ich. Wenn Sie jetzt denken, dass diese Szene besser in einen Hollywood-Film passt, der in Las Vegas spielt und mit Robert De Niro in der Hauptrolle auftrumpft, dann haben Sie recht. Aber es gehörte auch zur Rolle, die meine Stiefmutter zu spielen hatte – und sie spielte sie höchst ansehnlich, musste ich zugeben.

«Liiiiiiiiiiiiiiiiiiiiiii», flötete sie, und sprach meinem Namen wie immer aus wie «Lee», wie in «Bruce Lee».

«Hallo Mirjam», sagte ich, und versuchte dabei, nicht allzu auffällig zu starren.

«Bist du an einem Fall?», fragte sie.

«Ja, und zum Rapport bestellt.» Ich riss mich vom Anblick los und marschierte an ihr vorbei ins Haupthaus.

Doch so einfach liess sie mich nicht gehen. «Wann nimmst du mich mal mit in euren Club? Du hast es versprochen.»

«Wenn ich mit dir dort aufkreuze, dann sinken meine Chancen bei den weiblichen Clubmitgliedern ins Bodenlose – weil sie alle denken, dass ich schon in festen Händen bin.»

«Haha», sagte sie, «ein Mann wird doch noch seine Stiefmutter ausführen dürfen, ohne dass irgendjemand etwas Böses dabei denkt!»

Ich hätte ihr antworten können, dass ich zumindest einen «Irgendjemand» kannte, liess es aber bleiben. Quidquid agis, prudenter agas et respice finem, dachte ich. Oder auf Deutsch: Was immer du tust, tue es klug und bedenke das Ende! Wenn Sie jetzt meinen, dass ich neben all meinen hervorragenden Eigenschaften auch noch fliessend Latein spreche, dann muss ich Sie enttäuschen: Das tue ich nicht. Aber von einer ehemaligen Freundin habe ich einmal ein Buch gekriegt mit dem Titel: «Latein für Angeber». Ich konnte nur spekulieren darüber, weshalb sie es mir geschenkt hat. Jedenfalls habe ich beschlossen, dem geschenkten Gaul nicht ins Maul zu schauen und mir einige prägnante Sprichwörter zu merken.

Ausser meinem Vater, der uns von seinem Büro aus beobachtet hatte, war niemand im Haus. Wir hatten zwar eine – eher unterbeschäftigte – Haushälterin, die nichts lieber tat, als für uns zu kochen, oder, wenn es denn sein musste, der Herrin des Hauses einen Drink zu mixen und an den Pool zu bringen. Aber der Chef der Swiss Rennweg Capital Preservation Alliance musste sehr oft abends arbeiten, denn die Reichen halten sich an keine Bürozeiten und sind oft nachtaktiv. Deshalb war die Haushälterin, Frau Meier, abends noch etwas unterbeschäftigter. Oft dinierte mein Vater auch mit Kunden, und ich vermutete, dass zuweilen auch einsame reiche Witwen darunter waren. Was meine junge Stiefmutter grosszügig ignorierte – solange die Kreditkarte funktionierte und sie ihre Freiheiten hatte.

Deshalb war es oft sehr still in unserer riesigen Villa im neoklassizistischen Stil, und ich verliess mein kuscheliges Gärtnerhäuschen meistens nur fürs Frühstück oder dann, wenn ich «per ordre du mufti» zum Rapport in die üppige Bibliothek im Hauptgebäude aufgeboten wurde. Etwas leichter machte die Sache, dass mein Vater äusserst grosszügig war mit seinem Macallan 25 und manchmal, wenn er sehr gut gelaunt war, sogar die Rare-Cask-Variante kredenzte. Heute war es der fünfundzwanzigjährige Whisky – ich beklagte mich nicht. Ich sah es im Gegenteil als Verpflichtung an. Schliesslich musste ich als Privatermittler meine lausige Alkoholtoleranz erhöhen. Trinkfest zu sein gehörte nun mal zu diesem Beruf.

«Wie schreiten unsere Ermittlungen voran?», fragte er umständlich.

«Sie schreiten, sie schreiten», meinte ich, und gab ihm einen Bericht über meine Aktivitäten, die ihn zufriedenzustellen schienen.

«Was ich einfach nicht ganz verstehe, ist die Geschichte mit dem Trust», meinte ich. «Ich bin ja ein Fast-Jurist und glaube mich ganz schwach daran zu erinnern, dass es in der Schweiz so etwas wie einen Pflichtteil gibt. Einen Ehemann quasi zu enterben, ist juristisch gesehen unmöglich.»

Mein Vater, selbst Jurist und zusätzlich mit einem Master of Business Administration der äusserst renommierten Wharton School der Universität Pennsylvania munitioniert, lächelte nur milde bei der Erwähnung meiner gescheiterten universitären Karriere.

«Ich kann dir dazu nichts sagen, denn das betrifft einen Kunden, und der Schutz der Privatsphäre gehört zu unseren heiligen Prinzipien. Das gilt selbst innerhalb der Alliance.»

«Nur habe ich das Gefühl, dieses vertrackte Konstrukt könnte eine wichtige Rolle spielen in diesem Fall. Ich glaube nämlich nicht, dass es ein ganz normaler Einbruch war. Mein Bauch sagt mir, dass das Verschwinden des Bildes irgendetwas zu tun hat mit den Vorgängen in diesem Haus. Und Vorgänge in Häusern wie diesem haben immer etwas mit Geld zu tun.»

Mein Vater nahm einen Schluck und dachte lange nach.

«Frau Wehrle war nicht nur Schweizerin. Sie wurde in New York geboren, was sie automatisch zur US-Staatsbürgerin machte. Die Ehe wurde auch nicht in der Schweiz, sondern in den USA geschlossen. Die Eheleute haben, wie es in den USA nicht unüblich ist, ein sogenanntes ‹Prenuptial Agreement› abgeschlossen, im Bundesstaat South Dakota. Das ist eine vor der Ehe geschlossene Vereinbarung zwischen den zukünftigen Ehepartnern. Es ist ein Dokument, das die finanziellen Rechte und Verpflichtungen beider Parteien im Falle einer Scheidung, einer Trennung oder – wie in vorliegendem Fall – eines Todesfalles regelt. Frau Wehrle hat ihr Ableben kommen sehen, und das ‹Prenup› gab ihr die rechtliche Freiheit, ihren Nachlass in der von ihr gewünschten Art und Weise zu regeln.»

Ich hörte zu und wusste bei diesen Formulierungen plötzlich wieder, warum ich mein Studium der Jurisprudenz abgebrochen hatte.

«Aber warum sollte sie ihren Mann finanziell so sehr kastrieren?»

Mein Vater sah mich strafend an – denn er kennt kein Pardon, wenn man sich eine Frivolität zuungunsten seiner Kunden erlaubte.

«Dafür mag es viele Gründe geben», liess er verlauten, und ich war entlassen.

Ich wurde das Gefühl nicht los, dass auch er mir nicht alles sagte.

* * *

Am Donnerstagmorgen besuchte ich Zürich Fortress, um mich zu vergewissern, dass wirklich nichts Aussergewöhnliches festgestellt worden war hinsichtlich der Villa Wehrle. Mit offenem Verdeck fuhr ich die ganze Goldküste hinauf, bis ins steuergünstige Rapperswil-Jona, wo ich einen Blick auf einen riesigen Bauplatz erhaschte, das zukünftige Anwesen von Roger Federer. Etwa einen halben Kilometer weiter, an bester Lage mit Blick auf den See, war Fortress beheimatet. Nomen est omen, dachte ich unmittelbar, als ich den glänzenden, lavaschwarzen Quader sah: Der Hauptsitz von Zürich Fortress (die eigentlich Rapperswil-Jona Fortress hätte heissen sollen!) ähnelte tatsächlich einer Festung.

Der Eingang war gesichert mit weissen Betonklötzen, so dass niemand in Schwarzenegger-Manier mit einem Auto in die Rezeption hätte crashen können. Die schweren Türen machten einen enorm soliden Eindruck, die

Empfangshalle war imposant. Ich war sicher, dass ich von mindestens drei Kameras aus drei verschiedenen Perspektiven gefilmt wurde. Der geschäftsmässig aussehenden Empfangsdame mit scharfen Gesichtszügen und kurzen Haaren hätte man einen schwarzen Gurt in Judo und Karate ohne Weiteres abgenommen.

«Warten Sie bitte einen Augenblick, Herr Widmer wird Sie bald abholen.»

Das tat ich und konnte einer Firmenbroschüre entnehmen, dass Fortress seine Kunden hinfort auch in allen Aspekten der Cybersecurity unterstützen wollte. Denn Informationen seien das neue Gold, liess mich die Broschüre wissen. Etwas abgegriffen, dachte ich.

«Herr Rösti?», fragte mich ein rund vierzigjähriger Mann ungläubig. Er war formell elegant gekleidet, hatte eine gewinnende Art, offenbar ein Verkäufer.

Ich war das gewohnt. «Nein, ich bin der Assistent von Herrn Rösti, Bruce Lee ist mein Name!»

Sein Mund blieb geöffnet, bis ich zu lachen anfing und mich zu erkennen gab. Das passiert mir immer, tröstete ich ihn.

Durch einen Metalldetektor führte mich Widmer in ein Besprechungszimmer mit elegantem Mahagonitisch und Designer-Stühlen.

«Wenn man Ihren Hauptsitz sieht, könnte man meinen, dass Sie vor allem sich selbst und weniger Ihre Kunden schützen», testete ich ihn.

Er liess sich nicht provozieren. «Das eine ist die Voraussetzung für das andere: Wenn wir uns nicht selbst schützen könnten, wären wir im Nu alle Kunden los. Eine Sicherheitsfirma, die geknackt wird, ist schnell bankrott.»

Da hatte er einen Punkt.

«Fiji-Wasser?», fragte er mich.

«Leitungswasser tut es auch», entgegnete ich, was er nicht kommentierte.

Er kam gleich zur Sache. «Ich möchte betonen, dass ich als Account Manager für Zürcher Kunden diesem Treffen nur zugestimmt habe, weil mich Alexander Wehrle ausdrücklich darum gebeten hat. Er hat mir auch eine schriftliche Freigabe gemailt, so dass ich Ihnen alles zeigen kann, soweit es nicht das geistige Eigentum unserer Firma verletzt.»

Die nächsten fünfundvierzig Minuten verwendete Widmer darauf, mir das Sicherheitskonzept für die Villa Wehrle in allen Details auseinanderzusetzen.

«Da kommt wirklich niemand rein, ohne dass wir es mitkriegen», meinte er selbstzufrieden. «Und in der Nacht vom Montag zum Dienstag ist genau das passiert, was fast immer passiert: Nämlich gar nichts.»

«Fast immer?»

«Ja, fast immer – es gibt auch falsche Alarme, durch Tiere, beispielsweise. Aber das ist selten.»

«Aber einen Ernstfall gab es noch nie?»

«Nein.»

«Die Bewohner der Villa haben mir gesagt, dass sie alle das Haus am Montag so gegen siebzehn Uhr verlassen haben, alle mit unterschiedlichen Zielen. Können Sie das bestätigen und können Sie mir die jeweiligen Aufzeichnungen zeigen?»

«Ja und nein», sagte er. «Ja, in unserem Log zeichnen wir auf, wann das Tor geöffnet wird, und wir erfassen auch, ob ein Auto hinein- oder herausfährt. Und nein, ich kann Ihnen nichts zeigen, da wir keine Aufzeichnungen von den Torkameras speichern. Wir überwachen die Torkameras auch nicht systematisch. Das geschieht bei Bedarf von der Villa aus. Ich bin sicher, Herr Zurbrugg hat Ihnen die Überwachungszentrale gezeigt.»

«Ist das nicht ungewöhnlich?»

«Keineswegs», meinte er. «Für einige unserer Kunden ist es wichtig, dass wir den Eingangsbereich permanent überwachen und die Bewegungen am Tor aufzeichnen. Andere Kunden wünschen genau das nicht. Sie fühlen sich überwacht und möchten nicht gefilmt werden – selbst wenn es nur von der eigenen Sicherheitsfirma ist.»

Ich schaute ihn zweifelnd an.

«Von allen Menschen auf dieser Welt sollten Sie das am besten verstehen. Die Leute, die wir im Sicherheitsbereich betreuen, sind auch Kunden in Ihrem Family Office. Diese verlangen höchste Diskretion. Ich bin sicher, dass die Kunden Ihrem Betreuer am Rennweg niemals alles verraten, was es in einer bestimmten Sache zu verraten gibt. Zum Beispiel, dass man das Unternehmen eines Mitbewerbers durch eine unfreundliche Übernahme zu schlucken gedenkt. Aber selbst, wenn es nötig wäre, dass man dem Mitarbeiter Ihres Family Office davon erzählen müsste, würde man möglicherweise darum bitten, er möge das in keinem Protokoll oder in irgendeinem anderen Dokument festhalten. Nicht etwa, weil es illegal ist oder weil man Ihrem Family Office nicht traut. Sondern einfach deshalb, weil es ein unnötiges Risiko darstellt und niemandem nutzt. Genau so geht es gewissen Kunden mit den Überwachungskameras. Ich kann ihnen noch so sehr versichern, dass die Aufzeichnungen auf unserem Server sicher sind. Aber völlig überzeugen kann ich die Kunden nicht, gerade jetzt.»

«Was meinen Sie?»

«Millionen von hochsensiblen Daten sind gerade im Darknet aufgetaucht. Sie wurden unseren Behörden gestohlen. Die Medien sind voll davon, vom Boulevardblatt ‹Blick› bis zur seriösen ‹Neuen Zürcher Zeitung›. Es ist der Supergau: Privatadressen der Bundesräte, Sicherheitsdispositive von Botschaften, 425 000 Adressen von Auslandschweizerinnen und Auslandschweizern – alles ist öffentlich. Die Hacker haben die Daten eben jener Behörde gestohlen, die beim Bund für die Datensicherheit zuständig ist.»

«Das ist nicht sehr vertrauensfördernd», gab ich zu. «Gibt es auch keine Aufzeichnungen innerhalb der Villa? Am liebsten von einer Person, die ein ziemlich grosses und schweres Bild wegträgt.»

«Nein, es gibt keine Kameras im Haus.»

«Können Sie wenigstens nachsehen, ob am Montag, gegen siebzehn Uhr, tatsächlich alle das Haus verlassen haben? Es müssten vier Fahrzeuge das Tor passiert haben: die Tochter, die Haushälterin, der Privatsekretär und Alexander Wehrle selbst.»

Er öffnete sein Notebook, tippte zwei Minuten auf der Tastatur herum und konnte bestätigen: «Genauso ist es. Sie haben das Anwesen alle innerhalb von zehn Minuten verlassen – wie wenn bei einer Fabrik das Signal zum Schichtende ertönt», fügte er salopp hinzu.

«Sie können mir aber nicht sagen, wer von den vieren das Anwesen als Letzter verlassen hat?», fragte ich ihn.

«Nein, das kann ich nicht.»

Notiz an mich selbst: Ich muss Herrn Wehrle anrufen, um ihn zu fragen, wer der Letzte war. Der hätte das Bild theoretisch mitlaufen lassen können.

«Wer von Fortress ist für die Überwachung der Villa Wehrle zuständig?»

«Es gibt keine bestimmte Person. Wir haben ein ganzes Team von hochqualifizierten Mitarbeitern, die für die

Gebäudesicherung der Residenz Wehrle zuständig sind. Sie überwachen gleichzeitig auch die Anwesen von anderen Kunden.»

«Könnte ich mit diesen Mitarbeitern sprechen?»

«Nein, das ist unmöglich. Das erlauben wir auf keinen Fall. Das gewähren wir nicht mal unseren Kunden.»

«Wie wählen Sie Ihre Mitarbeiter aus?»

Er schaute mich argwöhnisch an. «Wieso fragen Sie?»

«Das ist doch offensichtlich. Wer wäre besser qualifiziert für einen kleinen Raub als ein Mitarbeiter einer Sicherheitsfirma, der die ganzen Sicherheitsvorkehrungen kennt?», fragte ich grob.

«Das ist unverschämt, ich muss Sie bitten, sofort zu gehen.»

Ich ignorierte ihn. «Es ist also noch gar nie vorgekommen, dass ein Mitarbeiter von Fortress sein Wissen ausgenutzt und einen Kunden bestohlen hat?»

«Nein, natürlich nicht. Dann würde es die Firma gar nicht mehr geben!»

«Es würde die Firma gar nicht mehr geben, wenn das bekannt würde. Aber nicht, wenn man das irgendwie unter den Teppich wischen könnte. Beispielsweise, indem man sich aussergerichtlich einigt.»

«Wenn es so etwas gäbe, dann hätten alle Beteiligten eine Geheimhaltungsvereinbarung unterschrieben, und es würde viel Geld kosten, wenn man die bräche.»

«Herr Widmer, Sie wissen doch, für wen ich arbeite. Wir haben dieselben Kunden. Unsere Kunden sind reich, sehr reich. Sie sprechen miteinander. Sie sprechen mit uns. Keine Geheimhaltungsvereinbarung der Welt wird sie daran hindern.»

«Wenn Sie es schon wissen, warum fragen Sie dann?», fragte er trotzig und wurde feuerrot im Gesicht.

«Weil ich sicher sein will, dass es nicht einfach Geschwätz ist. Sie haben eben indirekt bestätigt, dass es wahr ist.»

«Hören Sie, die Sache ist lange Zeit her, und wir haben die internen Sicherheitsmassnahmen stark verbessert. Es wäre heute völlig ausgeschlossen.» Ich sah ihn an. «Aber ja, es ist so: Ein Mitarbeiter hat sein Wissen ausgenutzt, um in die Villa eines Kunden einzubrechen. Aber wie gesagt: Das war damals – heute kann ich das völlig ausschliessen.»

«Ich wette, das haben Sie Ihren Kunden das letzte Mal auch gesagt.»

Er schaute mich betroffen an.

«Eine letzte Frage. Hat Herr Wehrles Privatsekretär, Herr Zurbrugg, Kontakt mit Ihren Kollegen?»

«Was meinen Sie mit ‹Kontakt›?»

«Ich rede nicht davon, dass er mit einem Ihrer Mitarbeiter in die Ferien geht. Aber mich interessiert, ob Herr Zurbrugg der Kontakt zu Fortress ist? War er es, der die Installation der Anlage beaufsichtigt hat? Ist er es, der falsche Alarme erledigt und mit Ihren Kollegen telefoniert? Kennt er Ihren Namen und den Ihrer Kollegen?»

«Das schon», meinte ein nachdenklicher Widmer. «Eigentlich kann ich all das bestätigen. Aber das ist alles nicht relevant. Unser Sicherheitsdispositiv ist wasserdicht.»

«Ich bin sicher, das hat die Bundesbehörde auch gesagt, bevor die Millionen von Daten geklaut wurden.»

Er schaute mich ängstlich an.

«Ich kann mich doch auf Ihre Diskretion verlassen?», fragte er mich besorgt.

«Diskretion ist mein zweiter Vorname», versicherte ich ihm, «aber nur, wenn ich sicher bin, dass nicht auch diesmal ein Mitarbeiter von Fortress Dreck am Stecken hat. Da bin ich mir momentan nicht so sicher. Ganz im Gegenteil scheint es mir wahrscheinlich.» Ich bluffte etwas.

Auch wenn er krampfhaft versuchte, sich gelassen zu geben, wirkte er sichtlich nervös. «Touché», hätte meine neue Freundin Freya wohl geurteilt.

Ich erhob mich und liess mich von ihm zum Ausgang führen.

Zurbrugg und ein Mitarbeiter von Fortress könnten das Bild ohne Weiteres geklaut haben. Ich komme der Sache näher, dachte ich.

* * *

Auf dem Weg in die Stadt rief ich Alexander Wehrle an.

«Herr Wehrle, ich habe eine wichtige Frage, die für die Aufklärung des Verbrechens wesentlich sein kann: Wer hat das Anwesen am Montagabend zuletzt verlassen?»

«Ich verstehe Ihre Frage nicht.»

«Nun, es ist eine ganz einfache Frage. Fortress kann bestätigen, dass am Montag vier Autos das Anwesen innerhalb weniger Minuten verlassen haben. Wie Sie mir schon bei unserer ersten Besprechung gesagt haben: Das ist so gegen siebzehn Uhr gewesen. Leider kann mir Fortress aber nicht sagen, wie die Reihenfolge war. Es hat zwar überall Überwachungskameras, aber Fortress zeichnet nichts auf, was mich überrascht hat. Deshalb die Frage an Sie: Wie war die Reihenfolge am Montag? Mich interessiert vor allem, wer der oder die Letzte war.»

«Weil Sie denken, dass der Letzte das Bild hat mitlaufen lassen», ergänzte er.

«Genau.»

«Ich muss Sie enttäuschen. Der Letzte war ich selbst. Ich kann Ihnen versichern: Ich habe mich nicht selbst bestohlen.»

«Okay, dann wäre zumindest das geklärt.»

Ich fuhr die Goldküste hinunter Richtung Zürich, um der Kundera nochmals auf den Zahn zu fühlen. Dabei musste ich unwillkürlich an einen Satz von Widmer denken: Sie verlassen alle das Haus innerhalb von zehn Minuten – wie bei einem Schichtwechsel. Vielleicht ein Zufall, aber ich glaube eher weniger an Zufälle, wenn es um Verbrechen geht.

Beschwingt von meinem unsäglichen Glück, dass ich schon zum zweiten Mal ohne Probleme einen Parkplatz an der Heinrichstrasse gefunden hatte, betrat ich die Galerie und trällerte übermütig: «Frau Kundera, ich bin es wieder, Rösti.»

Keine Antwort.

Ich durchquerte die Galerie, schaute hinter den Vorsprung und erstarrte. Frau Kundera hing schräg in der Lehne ihres Bürostuhls, mit leichenblassem Gesicht, die Augen immer noch weit aufgerissen, mit einem breiten roten Streifen um ihren Hals.

«Frau Kundera!», rief ich, völlig unnötig und unlogisch, denn die Galeristin war offensichtlich tot. Wie ich es im Fernsehen schon oft gesehen hatte, tastete ich nach einem Puls an ihrer Schlagader. Da war kein Puls.

Wahrscheinlich denken Sie jetzt: Ein unerschrockener Ermittler in einem Family Office stolpert ab und zu über Leichen. Ich gestehe hier und jetzt: Dem ist nicht so. Frau Kundera war die erste Leiche in meinem Leben. Wahrscheinlich würden Sie jetzt auch von mir erwarten, dass ich die Galerie schleunigst verlasse und nichts mit dem Todesfall zu tun haben will und allenfalls anonym die Polizei verständige. Wie Sie es wahrscheinlich schon dutzende Male im Fernsehen gesehen haben.

Nichts davon tat ich, sondern wählte die 117, nannte meinen Namen und meldete den Mord mit zitternder Stimme. Denn bei Mord war bei mir Nulltoleranz angesagt: Null Toleranz, den Pfad der Tugend auch nur einen Millimeter zu verlassen. Immerhin schaute ich mich bis zum Eintreffen der Beamten vorsichtig um und stellte fest, dass der oder die Täter im Lager der Galerie ziemlich gewütet hatten. Offenbar hatten sie etwas gesucht. Das Bild?, schoss es mir durch den Kopf.

* * *

«Und was ist dann geschehen?», wollte mein Vater wissen.

Ich sass ihm, immer noch leichenblass, gegenüber in seinem Büro am Rennweg, mit einem grossen Glas Rémy Martin Louis XIII ausgerüstet. Sein Vorzimmerdrache hatte mich ausnahmsweise ohne grosse Gegenwehr vorgelassen, nachdem sie meinen erbärmlichen Zustand schnell erkannt hatte.

«Sie sind alle nach und nach aufgetaucht: Streifenpolizisten mit Blaulicht, Kriminalpolizei, Erkennungsdienst. Ich musste mit aufs Revier und wurde stundenlang verhört. Offenbar ist man automatisch verdächtig, wenn man eine Leiche findet.»

«Was hast du gesagt?»

«Die Wahrheit, aber ohne Namen oder Details zu nennen: dass ich auf der Suche nach einem Bild war, das einem Auftraggeber von mir abhandengekommen ist. Natürlich haben die schnell herausgefunden, dass ich dein Sohn bin und für die Alliance arbeite. Aber ich habe mich geweigert, den Namen des Kunden preiszugeben. Die werden es aber nicht dabei bewenden lassen. Wenn ein Privatdetektiv eine Leiche findet, dann gehen die zwangsläufig davon aus, dass es mit seinem Fall zu tun hat. Jedenfalls haben die mir das unzweideutig zu verstehen gegeben.»

Das gab ihm zu denken. Unser Family Office beschäftigt sich mit Geldvermehrung, vor allem aber dem Schutz von Kapital. Denn wenn unsere Kunden zu uns kommen, dann sind sie per definitionem schon reich, und sie wollen es bleiben. Beim Schutz des Kapitals geht es oft darum, die nationalen und internationalen Steuergesetze so zur Anwendung zu bringen, dass ein reicher Kunde möglichst wenig Steuern bezahlen muss. Ein Kunde hat uns schon mal als Steuervermeidungsanstalt bezeichnet. Das Office stellt ein Firmenkonstrukt zum Beispiel so auf, dass die Gewinne «zufällig» in Ländern wie Irland oder Zypern anfallen – wo Körperschaftssteuern tief sind. In dieser Grauzone fühlten sich mein Vater und das ganze Family Office zu Hause. Aber es gibt die feine Grenze, bei der es offensichtlich und unleugbar um Verbrechen geht. Wenn es sich dann sogar noch um ein Kapitalverbrechen handelt, läuten alle Alarmglocken. Denn ein öffentlicher Skandal könnte das Family Office schnell ruinieren: Unsere Kunden bezahlen die horrenden Gebühren auch für Diskretion. Bei meinem Vater war es zudem eine Frage der persönlichen Ethik. Er war stolz darauf, nie mit dem Gesetz in Konflikt gekommen zu sein. Selbst Parkbussen oder eine Verzeigung wegen zu schnellem Fahren störten ihn kolossal. Er hätte auch keine Sekunde gezögert, einen betuchten Kunden abzuweisen, wenn der etwas Illegales von ihm verlangt hätte.

«Ist dein Bekannter bei der Kantonspolizei mit dem Fall betraut?»

«Sein Chef, Kommissar Meierhofer, hat den Fall direkt übernommen. Mein Studienfreund Oertli ist an der Untersuchung beteiligt. Er war auch bei meinem Verhör anwesend – und hat mit Erleichterung zur Kenntnis genommen, dass ich nicht gesagt habe, wie ich auf die Kundera gekommen bin. Ich habe gesagt, dass ihre Hehlerei ein offenes Geheimnis in der Kunstszene war.»

«Sehr gut. Dann haben wir ihn nicht vergrämt und erfahren vielleicht etwas von ihm. Dass sie eine bekannte Hehlerin war, könnte ja auch darauf hindeuten, dass ihr Tod gar nichts mit unserem Fall zu tun hat. Wer würde wegen einem drittklassigen Bild morden? Wurde denn etwas gestohlen?»

«Das weiss ich nicht. Der Lagerraum ist offensichtlich durchsucht worden, aber dort ist so viel Gerümpel, dass die Polizei das kaum feststellen kann. Auch Bargeld wird es in der Galerie wohl eher nicht gegeben haben. Aus dem Verhör wurde mir klar, dass da kaum Laufkundschaft war. Ich habe ja auch niemanden angetroffen, weder gestern noch heute.»

Mein Vater wiegte seinen Kopf wie ein Elefant im Zoo hin und her und kam zu einem Entschluss.

«Du gehst jetzt auf der Stelle zu Herrn Wehrle und verlangst, dass du seinen Namen bei der Polizei preisgeben darfst. Die Polizei wird nicht lockerlassen, sie hat auch ziemlich starke juristische Hebel, um den Namen zu erfahren. Und zweitens verlangst du totale Transparenz von ihm.»

«Was meinst du?»

«Gestern hast du mir gesagt, du habest Herrn Wehrle nicht ganz aufrichtig empfunden, es herrsche eine seltsame Dynamik im Haus. Jetzt ist es an der Zeit, dem nachzugehen. In deinem eigenen Interesse: Du bist im Moment der einzige Verdächtige, den sie haben. Auch, da das letzte Gespräch mit dem Opfer, wie du ja selbst sagst, suboptimal verlaufen ist. Sie hat dich rausgeschmissen, und das weiss ja nun auch die Polizei.»

Ich musste schwer schlucken.

«Und was tust du?»

«Schadensbegrenzung – ich werde dafür sorgen, dass weder dein Name noch derjenige der Alliance morgen in der Presse seht.»

«Das halte ich für wenig wahrscheinlich.»

«Es sind schon seltsamere Dinge geschehen. Es gibt ein sensationshungriges Online-Blättchen namens ‹Inside Paradeplatz›. Ein Mord im Zusammenhang mit der Alliance und später dann auch der Wehrle Stiftung ist ein gefundenes Fressen für die. Sie hatten schon wesentlich schwächere Geschichten.»

Mit dieser unheilschwangeren Bemerkung entliess er mich Richtung Herrliberg.

* * *

Es war ein wunderbarer, warmer Sommerabend, mit erstaunlicher Weitsichtlage, die man sonst eher im Herbst hat. Nur schien mir der Blick in die Berge heute wesentlich weniger attraktiv. Das Wasser im Zürichsee weniger blau. Und der Wind, der mir die Haare im Cabrio zerzauste, wesentlich weniger freundlich. Der Schock über den Fund der toten Ludmilla Kundera sass mir noch tief in den Knochen. Ich fuhr den ganzen Weg nach Herrliberg wie in Trance – und zermarterte mir das Gehirn, ob wirklich das ziemlich wertlose Bild der Grund für ihren Tod gewesen sein mochte. Oder war es ein Zufall? Kaum. Habe ich Ihnen schon gesagt, dass ich im Zusammenhang mit Verbrechen nicht an Zufälle glaube?

Ich hatte meinen Besuch bei Wehrle angemeldet und seinem Privatsekretär in knappen Worten von der toten Frau Kundera berichtet. Das wirkte beschleunigend. Offenbar sass jemand – wahrscheinlich Zurbrugg selbst – am Bildschirm der Torkamera. Jedenfalls glitt das Tor geräuschlos auf, als mein roter Alfa Romeo Spider Richtung Villa abbog. Am Ende der Auffahrt erwartete mich Zurbrugg.

«Da haben Sie uns ja eine schöne Suppe eingebrockt!», fuhr er mich an. Und schadenfreudig: «Herr Wehrle ist ausser sich! Folgen Sie mir!» Diesmal war es fast ich, der die Hacken zusammenschlug.

Wehrle thronte in seinem Arbeitszimmer hinter seinem Pult, noch immer unter der kahlen Wand, wo das grosse Bild verschwunden war.

«Was für ein Desaster!», schrie er mit hochrotem Kopf. «Ich engagiere Sie, damit die Wehrle Stiftung NICHT in die Schlagzeilen kommt, und jetzt sind wir in einen Mordfall verwickelt. Ich werde mich bei Ihrem Vater beschweren. Wir werden sehen, was er dazu sagt, wenn wir das Mandat kündigen!»

Ich liess das Unheil wortlos über mich ergehen – jedes Wort hätte die Situation weiter eskalieren lassen. Wehrle sah mich herausfordernd an.

«Was ist? Haben Sie die Sprache verloren?»

«Zunächst und vor allem: Es ist ein Mensch ums Leben gekommen.»

«Ich habe die Frau nicht gekannt, ich habe nichts damit zu tun», herrschte er mich an.

«Aber ich habe sie gefunden, und bin immer noch traumatisiert.»

«Von mir aus. Aber was habe ich damit zu schaffen? Nicht das Geringste!», wütete er weiter. «Oder hat man das Bild bei der Toten gefunden?», fragte er lauernd.

«Nicht, dass ich wüsste», antwortete ich. «Es hat vielleicht auch nichts mit Ihnen direkt zu tun. Nur gibt es den unbestreitbaren Fakt, dass ich die Tote gefunden habe. Sie wurde wahrscheinlich erwürgt, und wenn sie das nicht selbst getan hat, dann handelt es sich dabei um Mord.»

Bei diesem Wort erschrak er sichtlich. Ich fuhr fort: «Ich war in Ihrem Auftrag unterwegs. Damit sind Sie in den Augen der Polizei sehr wohl mit der Toten verbunden. Wenn auch nur indirekt und vorläufig. Denn die Frau war eine Hehlerin. Es ist gut möglich, dass ihr Tod nicht das Geringste mit unserem Fall zu tun hat. Es ist aber auch möglich, dass ihr Tod alles mit unserem Fall zu tun hat. Das wissen wir nicht. Aber etwas wissen wir mit absoluter Sicherheit: Dass die Polizei misstrauisch wird, wenn ich den Namen meines Auftraggebers nicht nenne. Und dass sie alle ermittlungstechnischen und juristischen Mittel anwenden wird, um diesen Namen zu erfahren. Es tut mir leid: Ich kann Sie da nicht raushalten.»

«Das ist unerhört. Warum sind Sie nicht einfach abgehauen und haben es jemand anderem überlassen, die Tote zu finden? Es ist schwer vorstellbar, dass sich ein Privatdetektiv so trottelig verhalten kann.»

«Herr Wehrle, Sie schauen zu viele Kriminalfilme. So etwas mache ich nicht. Abgesehen davon, dass das Risiko, beim Abhauen erwischt zu werden, zu gross ist. Es gibt heute überall Kameras, Menschen mit Handys, und auch mein klassischer roter Spider ist ziemlich auffällig. Es gibt nicht allzu viele davon in der Stadt.»

«Was ist mit dem Schutz der Privatsphäre geworden? Die Polizei ist dazu da, mich zu schützen. Ich bin einer der grössten Steuerzahler im Kanton.»

So läuft das mit den Reichen. Sie können alles, sie dürfen alles, keiner kann ihnen etwas und überhaupt.

«Hier geht es um Mord, Herr Wehrle, da zählt Geld nicht viel. Was ich Ihnen aber versprechen kann: Unser Family Office wird alles tun, damit nicht Sie, Ihre Stiftung, das Family Office oder ich selbst in die Schlagzeilen kommen, und zwar in dieser Priorität. Wir tun das aus purem Eigeninteresse, und ich darf auch sagen: Wir haben sehr viel Erfahrung damit, nicht in der Presse zu erscheinen.»

«Aber garantieren können Sie es nicht.»

«Nein, garantiert sind nur die Steuern und der Tod», entfuhr es mir, und ich bereute den Satz angesichts des Todesfalles sofort. «Ich muss morgen früh um neun Uhr auf dem Polizeiposten erscheinen, und man erwartet von mir, dass ich den Namen des Auftraggebers nennen werde.»

«Ich muss es mir überlegen und werde auch noch mit Ihrem Vater sprechen. Sie sind mir definitiv zu grün hinter den Ohren.»

«Ich mag grün hinter den Ohren sein, aber ich bin nicht völlig blöd. Der ganze Fall stinkt von Anfang bis zum Ende zum Himmel. Warum wollten Sie den Diebstahl nicht anzeigen? Und kommen Sie mir jetzt nicht mit Ihrem Russland-Engagement, das ist Bullshit», sagte ich grob. «Warum wollen Sie das Bild so sehr zurück –

und kommen Sie mir jetzt nicht mit Ihrer Kunstliebhaber-Masche, die kaufe ich Ihnen nämlich auch nicht ab. Warum kam gerade dieses Bild weg, das Ihnen persönlich gehört? Es ist ziemlich wertlos, verglichen mit den Bildern der Stiftung, aber ziemlich sperrig, kann daher nur schwer weggeschafft werden. Oder können Sie sich vorstellen, dass Ihre Haushälterin unauffällig mit dem Bild in der Handtasche aus der Villa spaziert? Eben. Der kleine Monet wäre da schon sehr viel besser geeignet. Und schliesslich: Warum machen Sie sich so gar keine Sorgen, dass nicht auch ein anderes Bild geklaut werden könnte? Sie scheinen mir verdächtig ruhig in dieser Hinsicht!»

Ich weiss, was Sie denken: Was für eine Eruption des jungen Ermittlers, der normalerweise eher mit Charme und List agiert und weniger mit der Brechstange. Doch ich hatte das deutliche Gefühl, dass bei Wehrle nur mit einer Frontalattacke Wirkung zu erzielen war.

Ich hatte mich nicht getäuscht. Wehrle schaute mich wütend an, in seinen Augen sah ich aber auch einen Schimmer Unsicherheit. Er hatte mich unterschätzt und konnte sich gar nicht vorstellen, dass ich zu so einer Konfrontation fähig war.

«Wir werden sehen, was Ihr Vater dazu meint!», knurrte er, und ich verliess sein Büro mit Zurbrugg, der der Auseinandersetzung mit pflichtgemäss finsterer Miene und gelegentlicher Akklamation bei den Ausbrüchen seines Herrn und Meisters zugesehen hatte.

Auf dem Weg zu meinem Auto traf ich auf Frau Gnägi, die in weisser Schürze offenbar aus der Küche in den Flur getreten war. Sie sah mich erschrocken an, sagte aber kein Wort. Ich nickte ihr entschlossen zu und schwang mich in meinen Alfa Romeo Spider.

* * *

Mitten in der Nacht auf Freitag schoss ich hoch. Wie betäubt war ich eingeschlafen – der Macallan hatte sicherlich eine Rolle dabei gespielt. Aber wie es mit einem Rauschschlaf oft der Fall ist: Ich erwachte immer wieder, musste Wasser trinken, und das besorgte Gesicht von Frau Gnägi schwirrte immer vor meinen Augen, obwohl ich mir alle Mühe gab, an die schöne Freya zu denken.

Aber das Unterbewusstsein ist ein seltsames Ding, und mit einem Mal wusste ich, weshalb es mich immer wieder zu Frau Gnägi zurückführte. Sie hatte einen Satz gesagt, der mir damals nichtssagend erschien, mich aber im Nachhinein äusserst seltsam anmutete: Herr Wehrle habe sich extra danach erkundigt, ob sie das Haus verlassen und bei ihrer Freundin in der Stadt übernachten würde. Warum sollte er das tun – Wehrle kam mir nicht wie ein Menschenfreund vor, der sich grosse Gedanken über das Wohl und Wehe seiner Mitarbeiter oder der Welt im Allgemeinen macht. «Er legt Wert darauf, dass ich einen Tapetenwechsel habe», meinte sie. Quatsch! Allerdings schien mir auch unwahrscheinlich, dass die Haushälterin jeden Montag regelmässig wie ein Uhrwerk bei einer Freundin in der Stadt nächtigte. Ein Liebhaber schien mir wesentlich wahrscheinlicher – nur ging mich das nun wirklich nichts an. Mir war klar, dass ich schnellstens nochmals mit Frau Gnägi sprechen musste, und das am besten ganz allein. Ich stellte den Wecker auf völlig unchristliche sechs Uhr und fiel wieder in einen unruhigen Schlaf. Und siehe da: Die mütterliche Frau Gnägi wurde sofort durch die schöne Freya ersetzt. Wen die Götter lieben, der schläft gut.

Aber er erwacht hart. «Kikerikiiiiii!», schrie mein Wecker am Freitagmorgen unbarmherzig, und wenn Sie diese Form des Sich-Wecken-Lassens ein bisschen infantil finden, dann haben Sie natürlich recht. Aber ich habe mir sagen lassen, dass man das Kind in sich immer am Leben lassen sollte. Mit hämmerndem Kopf stellte ich mich unter die Dusche des Gärtnerhäuschens und schleppte mich danach in meinen Spider. Ich steuerte ein Starbucks in der Stadt an, das zu dieser unmöglichen Zeit eben öffnete und erstaunlicherweise viel wartende Kundschaft hatte, bestellte mir einen grossen Vanilla Latte und düste Richtung Herrliberg. Immerhin war das Bellevue zu dieser Zeit noch gut passierbar, auch der Verkehr Richtung Goldküste aus der Stadt heraus war kaum der Rede wert. Nach knapp zwanzig Minuten war ich in Herrliberg und nahm meinen Beobachtungsposten vor der Villa Wehrle ein.

Das ist einfacher gesagt als getan. Denn unbekannte Autos, die in dieser Gemeinde mit sehr hoher Millionärsdichte zu lange auf der Strasse stehen, ziehen schnell die Aufmerksamkeit der Polizei auf sich. Im beschaulichen Ort hatte die amerikanische Unsitte der «Neighbourhood Watch», der Nachbarschaftswache, Einzug gehalten. Aber ich hatte Glück, die Hermandad erschien nicht. Geholfen haben mag, dass mein Alfa Romeo Spider einigermassen ins Ortsbild passte – es gibt an der Goldküste viele reiche Spinner, die in alte Autos vernarrt sind.

Immerhin ging meine Rechnung bald auf. Nach einer Viertelstunde erschien Frau Gnägi mit einem Einkaufskorb aus geflochtener Weide am Tor. Ich gab ihr drei Minuten, dann folgte ich ihr, Richtung Dorfbäckerei. Sie sah mich misstrauisch an, als ich auf ihrer Höhe anhielt. Doch hellten sich ihre Züge schnell auf, als sie mich erkannte. Offensichtlich mochte sie mich. Als «schönen Bruce Lee» hatte sie mich bei Freya angepriesen? Die Frau hatte Geschmack, das musste man ihr lassen.

«Kann ich Sie mitnehmen?», fragte ich.

«Woher kommen Sie denn her – wohnen Sie hier?»

«Nein, aber ich habe jemanden besucht.» Etwas lahme Ausrede, zugegeben.

Sie sah mich ungläubig an, aber welche Frau fortgeschrittenen Alters wird schon von einem gut aussehenden jungen Mann, noch dazu mit einem Spider, aufgegabelt? Sie stieg ein.

«Ich muss zur Bäckerei», liess sie mich wissen.

Ich tat, als ob ich den Weg nicht wüsste, und sie lotste mich zur Dorfbäckerei.

Bevor sie ausstieg, bemerkte ich in gleichgültigem Ton. «Das ist nett von Herrn Wehrle. Ist er immer so?»

«Was meinen Sie?», fragte sie, offenbar auf der Hut und nicht so ganz sicher, ob meine Absichten koscher waren.

«Nun, dass er Ihnen jeweils einen Tapetenwechsel gönnt und darauf besteht, dass Sie montags auswärts schlafen. So richtig frei haben Sie natürlich nur, wenn Sie auch tatsächlich fort sind. Sonst sind Sie verfügbar und automatisch im Dienst!»

«So habe ich es noch gar nicht betrachtet, aber Sie haben recht: Einmal pro Woche schlafe ich bei meiner Freundin. Herr Wehrle besteht darauf, und er erkundigt sich auch immer danach. Am nächsten Morgen muss ich erst im Verlauf des Tages zur Arbeit erscheinen.»

«Ein netter Mensch …», murmelte ich abwesend.

Sie sah mich seltsam an, stieg mit einem «Jetzt muss ich aber gehen» aus.

Bingo, dachte ich, und schaute auf die Uhr.

* * *

Mittlerweile war es acht Uhr morgens, und ich vermutete, dass bei Fortress ein strenges Bürozeiten-Regime herrschte, selbst am Freitag. Widmer hatte mir zwar keine Mobilnummer gegeben, hatte aber behauptet, dass ich ihn zu Bürozeiten immer erreichen könne.

Ich versuchte es und erwischte ihn über die kampfsportliche Rezeptionistin – so nahm ich an – sofort.

«Was wollen Sie?», fragte er mürrisch, «wir haben doch gestern schon alles besprochen.»

Offenbar nahm er es mir immer noch übel, dass ich ihn auf den verbrecherischen Mitarbeiter angesprochen hatte. Ich konnte es ihm nicht verargen – denn der Vorfall war und blieb eine existenzielle Bedrohung für Fortress. Wenn sich das herumsprechen würde, war das Unternehmen erledigt. «Ich habe auch dem Zurbrugg brav rapportiert.»

«Ach, der hat Sie angerufen?»

«Ja, und er kann ziemlich eindringlich, um nicht zu sagen aggressiv sein. Er wollte in jedem Detail wissen, was ich Ihnen mitgeteilt habe und ob Sie vom Sicherheitskonzept überzeugt waren. Hätte ich das geahnt, hätte ich unser Gespräch aufgenommen und es ihm zugeschickt», knurrte er launisch.

«Haben Sie ihm gesagt, dass ich ihn verdächtige?»

«Bewahre! Er war schon aufgebracht genug. Also, wie kann ich helfen?»

«Sie haben mir doch gestern gesagt, dass die vier Bewohner der Villa Wehrle das Haus innerhalb von zehn Minuten verlassen haben. Wie Arbeiter nach dem Schichtende, haben Sie gemeint!»

«Das stimmt. Auch wenn ich diese saloppe Bemerkung wohl nicht hätte machen sollen. Sie werden mich doch nicht beim Zurbrugg anschwärzen?»

«Auf keinen Fall», beruhigte ich ihn, «wenn es nach mir geht, muss der nicht mal wissen, dass wir miteinander gesprochen haben.»

«Abgemacht, das ist auch völlig in Ordnung. Sie haben immer noch die Freigabe von Herrn Wehrle. Nochmals: Wie kann ich helfen?»

«Mich würde diesmal wundernehmen, ob jemand am gleichen Abend wieder nach Hause gekommen ist?»

«Das kann ich Ihnen gleich sagen», entgegnete er. Wieder das Klacken auf der Tastatur seines Notebooks.

Nach rund zwei Minuten tönte es aus dem Lautsprecher meines Handys. «Seltsam.»

«Was ist seltsam?», fragte ich gespannt.

«Die sind alle ziemlich genau nach einer Stunde zurückgekommen, innerhalb von fünf Minuten. Man könnte sagen: wie Arbeiter, deren Schicht begonnen hat.»

«Warum haben Sie mir das nicht sofort gesagt?», fuhr ich ihn an.

«Weil Sie mich nicht danach gefragt haben», verteidigte er sich. «Im Übrigen: Was ist so ausserordentlich daran, dass Leute wieder heimkommen?»

Weil alle zu Protokoll gegeben haben, auswärts genächtigt zu haben. Aber das sagte ich ihm nicht, ich dachte es nur. Ich sprach noch ein paar Minuten weiter mit Widmer und war erstaunt, was er mir sonst noch so über die Rückkehr der Bewohner der Villa Wehrle berichten konnte.

* * *

Ich gab Gas und fuhr in die Stadt zurück, unseligerweise dieses Mal mit dem Verkehr. Es verblüffte mich immer wieder, wie viele Leute morgens in die Stadt strömen im Zeitalter von Homeoffice. Glücklicherweise fand ich in der Nähe des Hauptsitzes der Kantonspolizei an der Güterstrasse einen Parkplatz. Ich betrat das Gebäude und wurde vom Posten am Empfang zu meiner Überraschung direkt zum Büro von Kommissar Meierhofer gewiesen. Ich klopfte an und trat ein.

«Ein bisschen spät», monierte dieser, «aber ich verstehe schon: Aus den Höhen des Zürichbergs in die Niederungen der Stadt – das braucht Zeit.»

Aha, dachte ich mir, er hat schon mit meinem Vater gesprochen. Mein Freund Oertli, der neben dem Kommissar stand, machte eine Miene, wie wenn er in eine Zitrone gebissen hätte.

«Ich entschuldige mich für die Verspätung», sagte ich mit meinem besten Konfirmandengesicht, «aber der Verkehr war mörderisch.»

«Womit wir beim Thema wären. Ihr Vater hat mich darüber unterrichtet, dass Sie mir den Namen des Auftraggebers nennen und auspacken, worum es sich eigentlich handelt.»

«Ist das denn überhaupt nötig? Ist es überhaupt ein Mord?»

«Tja, wenn wir davon ausgehen, dass sich Frau Kundera nicht selbst zuerst verprügelt und dann noch mit einem Gürtel oder etwas Ähnlichem so stark gewürgt hat, dass der Hals ziemlich ramponiert wurde», schnaufte er. «Und, ach ja, danach müsste sie den Gürtel dann auch noch entsorgt haben – falls Sie das nicht gewesen sind.» Misstrauisch schaute er mich an.

«Ich bin es ganz gewiss nicht gewesen – ich wäre fast in Ohnmacht gefallen.»

«Offenbar hatte Frau Kundera irgendetwas, was irgendwelche schlagkräftigen Leute wollten, so sehr, dass sie sie erwürgt haben.»

«Und haben sie es gekriegt?»

«Das wollte ich eigentlich gerade Sie fragen: Sucht Ihr Auftraggeber immer noch nach dem Bild, das er vermisst?»

«Ja.»

«Oder zumindest behauptet er das Ihnen gegenüber. Wahrscheinlich wäre er nicht so blöd, es Ihnen auf die Nase zu binden, wenn er es bei einem mörderischen Besuch bei der Kundera wieder gekriegt hätte.»

«Mein Auftraggeber ist reich. Dass er eine Galeristin ermorden würde für ein Bild, das ein paar Tausend Franken wert ist, das glauben Sie doch selbst nicht!»

«Wie auch immer: Lassen Sie hören, wer Ihr Auftraggeber ist und was genau dahintersteckt. Wir sind mächtig unter Druck. Die Medien sind zwar noch auffällig zurückhaltend», dabei sah er mich prüfend an, «aber das kann sich schnell ändern. Denn ich gehe doch davon aus, dass es sich bei Ihrem Auftraggeber um einen ziemlich Gestopften handelt – sonst wäre er ja nicht Kunde in Ihrem Family Office.»

«Fürs Protokoll: Es ist überhaupt nicht gesagt, dass mein Fall und der Tod von Frau Kundera etwas miteinander zu tun haben. Die Spatzen pfeifen es von den Dächern, dass sie eine stadtbekannte Hehlerin war», dabei vermied ich es, Oertli anzusehen «Es kann also durchaus sein, dass sie wegen irgendeinem schiefgelaufenen Deal umgebracht wurde. Oder aus Gründen, die wir noch nicht kennen. Es könnte auch ein Beziehungsdelikt gewesen sein.»

«Zur Kenntnis genommen, das entscheiden dann aber wir. Also spucken Sie es aus.»

Ich gab den beiden die Kurzversion der Geschichte: Abhandengekommenes Bild aus der Villa Wehrle. Unklarheit, ob es sich dabei um einen Diebstahl handelte, deshalb keine Anzeige bei der Polizei. Grosser emotionaler Wert des Bildes für Herrn Wehrle, bei sehr geringem materiellem Wert. Ich beschrieb ihm das Bild, aber Meierhofer versicherte, dass die Bilder in der Galerie nur so «moderne Kleckerei» gewesen seien. Ein solches Bild wäre ihm aufgefallen.

«Ist das Bild versichert?», wollte Meierhofer wissen.

«Nein. Wie gesagt: Es ist nicht wertvoll. Versicherungsbetrug können Sie vergessen», sagte ich, denn ich durchschaute, worauf er abzielte.

«Und es gab keine Spuren für einen Einbruch?»

«Nein, ich war bei Zürich Fortress und die haben mir versichert, die Villa sei so gut gesichert, dass sie einen Einbruch sicherlich mitgekriegt hätten.»

«Das sagen die immer», brummte Meierhofer, «meistens, aber nicht immer, haben sie damit auch recht.» Und nach einigem Nachdenken setzte er hinzu: «Ich habe einfach ein Problem mit dem Begriff ‹abhandengekommen›. Ein Mobiltelefon kann abhandenkommen. Ein Buch kann abhandenkommen, wenn man es verlegt. Ein Feuerzeug kann abhandenkommen. Aber ein Bild?»

Darauf hatte ich nichts zu sagen.

«Nun, ich muss zum Rapport», knurrte er, «ich überlasse Sie dem Oertli. Vielleicht fällt Ihnen bei ihm ja noch was ein. Wie ich erfahren habe, kennen Sie sich flüchtig vom Studium.» Das quittierte ich mit einem Kopfnicken.

* * *

«Lass uns einen kleinen Spaziergang zum See machen», sagte mir Oertli vielsagend. Offenbar traute er den Wänden auf der Polizeiwache nicht. Wir traten vor das Gebäude, marschierten Richtung Bahnhof und dann der Limmat entlang Richtung Bellevue.

«Vielen Dank, dass du nichts gesagt hast», eröffnete er das Gespräch.

«Was meinst du?»

«Nun, dass ich dich auf die Kundera gebracht habe. Das hätte mich beim Meierhofer in Teufels Küche gebracht.»

«Das ist doch klar. Aber er scheint nichts dagegen zu haben, dass wir miteinander sprechen.»

Nun war es an ihm, zu fragen: «Was meinst du?»

«Das mit dem Rapport ist doch ein Witz. Ich bin nicht blöd. Offensichtlich wollte er, dass wir beide in trauter Zweisamkeit die Köpfe zusammenstecken.»

Er lächelte. «Nicht ganz dumm, der Herr Rösti ... Vielleicht wird doch noch mal ein Detektiv aus dir! Du hast recht: Er spekuliert darauf, dass du mir alles sagst, was du bei der hochnotpeinlichen Befragung verschwiegen hast.»

«Na, so hochnotpeinlich war sie nicht. Ich spüre die schützende Hand meines Vaters im Hintergrund. Verschwiegen habe ich wenig bis gar nichts.»

«Schützende Hand? Täusche dich da mal nicht. Es geht hier um einen Mord, da helfen politische Winkelzüge nichts. Wir haben dich mit Samthandschuhen angefasst, weil du kein Verdächtiger bist. Noch nicht. Aber seltsam ist es schon: Du tauchst auf, und die Kundera wird erwürgt.»

Darauf antwortete ich nichts.

«Dann fang mal mit dem ‹wenig› an!» Als ich ihn verständnislos anschaute, fuhr er fort: «Du hast wenig bis gar nichts verschwiegen... Also: Spuck mal das Wenige aus!»

Ich beschloss, ihm einen Brocken hinzuwerfen, und den Rest für mich zu behalten. «Nun, es ist nichts Konkretes. Mehr so ein Gefühl, dass der ganze Fall etwas ‹fishy› ist. Aus einer bestens gesicherten Villa kommt ein Bild weg. Aber nicht etwa ein kleiner, handlicher Monet. Sondern ein grosses, unhandliches, nicht sehr wertvolles Bild eines nicht sehr bekannten Malers. Der Besitzer will das Bild unbedingt zurück, weigert sich aber, die Polizei einzuschalten, obwohl er mir sonst durchaus nicht wie ein sehr nachsichtiger Mensch vorkommt. Eher das Gegenteil. Natürlich hat er einen Grund», fügte ich hastig hinzu, weil mir einfiel, dass ich nicht schlecht über meinen Auftraggeber sprechen sollte, «die Stiftung ist immer noch in Russland tätig, was sich nach dem Angriff auf die Ukraine nicht gut macht. Es könnte einen Shitstorm geben, wenn bekannt wird, dass sich die Stiftung nicht aus Russland zurückgezogen hat.»

«Das ist in der Tat alles sehr verwirrend», brummte er. «Und dann kommt da noch die Sache mit Zurbrugg.»

«Wieso weisst du...», fing ich an. «Ach so, jetzt verstehe ich. Ihr wusstet schon, wer mein Auftraggeber ist, und habt mich getestet. Nicht sehr nett», heuchelte ich Enttäuschung.

«Spar dir das Theater», entgegnete er grob und entschloss sich, mir auch einen Brocken hinzuwerfen. «Zurbrugg ist eine ziemlich schräge Figur.»

«Der Herr mit dem Schmiss? Der kam mir eher vor wie ein vom Leben frustrierter Altvater einer Studentenverbindung, wahrscheinlich mit dem Verbindungsnamen Nestor oder so. Weil er es nur zum Privatsekretär gebracht hat, ist er permanent wütend und trägt ein passiv-aggressives Verhalten zutage, hat allerdings eine ziemlich kurze Lunte.»

«Offenbar bist du doch nicht so ein guter Detektiv», schaute er mich kalt lächelnd an. «Erstens: Seine Wunde ist kein Schmiss. Jemand hat ihm in jungen Jahren ein Messer übers Gesicht gezogen. Zweitens: Der ist kein Schweizer, sondern Franzose.»

«Ich bin noch nie einem Franzosen mit dem Namen Zurbrugg begegnet», sagte ich verblüfft.

«Er heisst eigentlich Dupont und hat seinen Namen auf Zurbrugg geändert. Das tönt nach Kanton Wallis und erklärt seinen Akzent. Er heisst auch nicht Heinrich, sondern Henri. Sein Vater war Franzose, seine Mutter Deutschschweizerin, was sein gutes Schweizerdeutsch erklärt. Vor vielen Jahren gab es von Interpol einen Haftbefehl gegen ihn. Er wurde im Zusammenhang mit einem Totschlag in Paris von der französischen Polizei und später sogar von Interpol gesucht. Und drittens: Das Verfahren wurde eingestellt, und wie es heisst, hat Zurbrugg mehrere Jahre in der Fremdenlegion gedient, was früher – und vielleicht noch heute – die französische Justiz immer etwas milder stimmt.»

Ich sah ihn erstaunt an.

«Ich wäre also an deiner Stelle eher vorsichtig im Umgang mit ihm. Das ist kein edler Fechter, der dir ‹en garde› entgegenruft, bevor er dir den Degen in den Leib rammt. Sondern eher ein Elitesoldat, der in Nordafrika gelernt hat, jemanden mit einem Messer zum Schweigen zu bringen. Oder jemanden geräuschlos zu erwürgen.»

Ich schluckte leer. «Was werdet ihr jetzt tun?»

«Wir werden Wehrle und vor allem Zurbrugg ganz genau unter die Lupe nehmen. Du behauptest immer, das Bild sei ziemlich wertlos. Das ist typisch für ein Herrensöhnchen wie dich. Aber auch hier waren wir nicht untätig. Ein Anruf bei einer anderen Galeristin in Zürich hat ergeben, dass Liebhaber für ein Bild von diesem Franz von Stuck durchaus zehn- bis zwanzigtausend Franken auf den Tisch legen. Die bekanntesten sind sogar noch teurer. Das ist nichts für dich, weil deine monatliche Spesenrechnung wahrscheinlich höher ist. Aber für Zurbrugg ist das wahrscheinlich eine beträchtliche Summe. Ich kann mir nicht vorstellen, dass er bei Wehrle vergoldet wird.»

Offenbar zog sich die Schlinge um Zurbruggs Hals zu.

«Scheint mir aber nicht ganz logisch», verteidigte ich ihn contre coeur. «Er arbeitet schon seit Jahrzehnten für Wehrle. In all der Zeit hat er sich nichts zuschulden kommen lassen, hat er mir gesagt, und ich glaube ihm: Denn sein Dienstherr erscheint mir nicht als Typ, der sich von einem Bediensteten beklauen lässt. Warum also sollte Zurbrugg gerade jetzt damit beginnen?»

«Na, das mit den Jahrzehnten ist etwas übertrieben, aber ein paar Jahre sind es schon. Warum also gerade jetzt?» Er dachte nach. «Wer weiss, vielleicht hat er Schulden und braucht dringend Geld? Vielleicht hat er eine Frau kennengelernt und will mit ihr abhauen? Vielleicht hat er irgendwelche Verpflichtungen, die ihn eingeholt haben? Ich kann mir viele Gründe vorstellen.»

«Das scheint mir alles ein bisschen allzu einfach und glatt. Ein Verdächtiger auf dem Präsentierteller, nach ein paar Stunden Recherche.»

«Du liest zu viel Kriminalromane», versetzte er trocken. «Ich kann dir versichern: Im wirklichen Leben sind die Dinge oft sehr viel einfacher. Will heissen: Wer verdächtig ist, hat es meistens getan. Die meisten Fälle sind alles andere als kompliziert.»

«Ja, aber warum sollte er dann seine Hehlerin um die Ecke bringen? Die sollte ja etwas für ihn tun.»

«Oh, da kann ich mir ein paar Szenarien vorstellen. Vielleicht konnten sie sich nicht über ihre Prozente einigen. Oder er hat kalte Füsse gekriegt und wollte das Bild zurück. Da gibt es verschiedene Möglichkeiten. Man darf nicht vergessen: Wegen seiner Vergangenheit ist Zurbrugg ganz besonders exponiert. Für ihn steht einiges auf dem Spiel.»

Wir vereinbarten, am späteren Nachmittag miteinander zu telefonieren, und ich beschloss, nach dem Einsatz zu einer unchristlich frühen Zeit zunächst ein verspätetes Frühstück im Terrasse zu mir zu nehmen und mir danach ein Nickerchen in meinem Gärtnerhäuschen zu gönnen.

* * *

Das Nickerchen über Mittag war nicht sehr viel besser als der Schlaf in der Nacht. Allerdings aus anderen Gründen. Ich konnte nicht glauben, dass die Sache so einfach war. Oder war ich nur gekränkt, weil ich selbst nicht auf diese offensichtliche Lösung gekommen war? Und den Fremdenlegionär Zurbrugg für einen Altvater einer Schweizer

Studentenverbindung gehalten hatte? Das war wirklich ein Lapsus. Immerhin tröstete ich mich mit dem Gedanken, dass Zurbrugg Jahre mit dem durchaus akademischen Wehrle verbracht hatte, und das färbt bekanntlich ab.

Mein Telefon klingelte.

«Du hast dich nicht bei mir gemeldet!», meinte eine Stimme vorwurfsvoll. Noch im Halbschlaf brauchte ich ein paar Sekunden. Freya Wehrle, natürlich. Und natürlich ist sie es nicht gewohnt, vernachlässigt zu werden, vor allem von Männern.

«Aber wir haben uns doch erst vorgestern gesehen», entgegnete ich.

«Stimmt. Aber ich habe gehört, dass du gestern bei uns warst. Und mich hast du ignoriert.» Schmollend, etwas gar aufgesetzt.

«Es war keine sehr lustige Angelegenheit. Eine Frau wurde ermordet, ich musste deinen Stiefvater davon unterrichten.»

«Das habe ich schon gehört. Die arme Frau!»

«Warum rufst du an?»

«Mein Stiefvater und ich sind beide entsetzt. Die Polizei war hier, sie haben lange mit ihm und Zurbrugg gesprochen und stell dir vor: Sie haben ihn mitgenommen. Nicht verhaftet, aber für eine Befragung aufs Revier gebracht.»

Aha, klare Hierarchie: Zunächst ein paar Vorwürfe, weil ich mich nicht gemeldet habe, dann die wichtige Information: Der Privatsekretär ist einkassiert worden.

«Wen haben sie mitgenommen?», gab ich mich naiv.

«Na, Zurbrugg natürlich. Wen sonst? Mein Stiefvater kann sich ja nicht gut selbst beklauen.»

«Traust du ihm das zu?»

«Ich weiss es nicht – ich trau ihm vieles zu. Er ist ein schräger Typ, passt aber irgendwie zu Lexi.»

«Wie meinst du das?»

«Die beiden stecken immer die Köpfe zusammen, und wenn ich in ihre Nähe komme, wird es plötzlich ganz still. Die beiden verbergen irgendetwas.»

Das bestätigte meinen Eindruck, dass Wehrle und Zurbrugg trotz ihrer unterschiedlichen Provenienz ziemlich nahe beieinander waren.

«Ist dein Stiefvater zu Hause?»

«Ja, ich glaube schon.»

«Dann sag ihm, dass ich in einer guten halben Stunde bei ihm bin.»

«Sag ihm das selbst. Und schau nachher noch bei mir vorbei!»

Was ist schon ein Diebstahl, ein Mord oder ein abgeführter Privatsekretär verglichen mit einem kleinen Tête-à-Tête? Man – oder in diesem Fall Frau – muss Prioritäten setzen im Leben.

«Klar.»

* * *

Den Weg nach Herrliberg kannte mein Spider mittlerweile auswendig. Als das Eingangstor wieder wie von Geisterhand aufglitt, fragte ich mich, ob da auch schon Bilderkennung gekoppelt mit Künstlicher Intelligenz im Spiel war – oder, wahrscheinlicher, ob Herr Wehrle so aufgescheucht war vom Besuch der Kantonspolizei, dass er mein Eintreffen nicht hatte erwarten können und den Einlassknopf selbst gedrückt hatte, sobald er mein unverkennbares Gefährt ausgemacht hatte. Offenbar traf das zweite zu – der Herr des Hauses riss die Türe auf, sobald ich in die Nähe kam. Er war, wenn man es im vornehmen Herrliberg-Slang ausdrücken wollte, etwas derangiert. Etwas sehr derangiert. Die Nervosität war fast mit Händen zu greifen.

«Was haben Sie getan?», herrschte er mich an.

Ich schaute mich um, als müsste ich feststellen, ob ich gemeint war.

«Ja, Sie, Sie, wer denn sonst!», schrie er mich an, nun mit hochrotem Kopf.

Verteidigung war in einer solchen Situation zwecklos, ja sogar kontraproduktiv.

«Lassen Sie uns erst mal reingehen», sagte ich kühl.

Widerstrebend führte er mich in sein Büro, wo mich die kahle Wand über seinem Pult anklagend anzustarren schien.

«Was genau ist passiert?»

«Passiert ist, dass ich mir Ihre Dienste genauso gut hätte sparen können. Ich musste der Polizei alles erzählen. Einfach alles, was ich Ihnen bereits erzählt habe und was eigentlich nicht an die Öffentlichkeit gehört. Nun, jetzt ist die Katze aus dem Sack, und ich brauche Ihre Dienste nicht mehr. Ich werde Ihren Vater anrufen, damit er Sie zurückpfeift.»

«Das ist Ihr gutes Recht. Trotzdem würde mich interessieren: Was genau ist geschehen? Wie konnte das so schiefgehen?»

«Am Anfang überhaupt nicht, und dann ging es plötzlich bergab. Kommissar Meierhofer und sein Gehilfe haben zunächst mich befragt. Ich war ganz offen und ehrlich: Ich habe denen vom verschwundenen Bild berichtet, sie haben viele Fragen gestellt, waren natürlich etwas angefasst, dass ich das nicht sofort der Polizei gemeldet habe. Dann wollten sie Zurbrugg befragen, aber ich habe darauf bestanden, bei ihm sein zu dürfen. Mir wurde schnell klar, worauf sie hinauswollten, und ich habe ihn so gut es ging verteidigt. Nein, habe ich denen gesagt, es ist nicht möglich, dass Zurbrugg das Bild am Montagabend hat mitlaufen lassen. Nein, es wäre mir aufgefallen, wenn er auf meinen Bürostuhl geklettert wäre und das Bild abgehängt hätte – denn ich sass bis sechzehn Uhr dreissig höchstselbst auf besagtem Bürostuhl. Und nein, er hat das Bild auch danach nicht rausgeschmuggelt, denn ich habe ihn abfahren sehen, und er hatte kein grosses Bild unter dem Arm. Und nein, es ist auch nicht möglich, dass er nachts zurückgekommen ist und das Bild geklaut hat, da ich mein Büro abgeschlossen habe. Und nein, mein Privatsekretär hat sich in all den Jahren nicht das Geringste zuschulden kommen lassen. Und nein, ich glaube keine Sekunde, dass er etwas mit der Sache zu tun hat.» Er redete sich immer mehr in Rage.

«Dass Sie Ihr Büro abgeschlossen haben, davon haben Sie bis jetzt aber nichts gesagt», wandte ich ein.

«Es ist aber so!», meinte er trotzig.

«Aber warum haben die Zurbrugg dann mitgenommen?»

«Ich habe das Gefühl, dass das mit Ihnen zu tun hat», giftete er mich an. «Offenbar wurden Sie heute Morgen befragt, und dabei ist vermutlich auch Zurbrugg ein Thema gewesen.»

«In der Befragung durch Kommissar Meierhofer kam Ihr Angestellter kein einziges Mal vor», sagte ich wahrheitsgemäss. Den Spaziergang mit Oertli Richtung See verschwieg ich wohlweislich.

«Mein Privatsekretär hat vor vielen Jahren einige Fehler gemacht, die ihn mit dem Gesetz in Konflikt gebracht haben», gab er kleinlaut zu. «Aber ich bin sicher, nein, ich weiss, dass er weder mit dem Verschwinden des Bildes noch mit dem Mord etwas zu tun hat.»

Ich schaute ihm in die Augen. «Sie sind sehr aufgebracht, Herr Wehrle.»

«Na und? Es kommt nicht jeden Tag vor, dass mein Privatsekretär verhaftet wird.»

«Das mag sein, trotzdem scheint mir Ihre Reaktion übertrieben. Geht es da nicht um etwas ganz anderes?»

Er schaute mich trotzig an. «Vergessen Sie nicht, dass Sie für mich arbeiten!»

«Eben wollten Sie mich noch entlassen ... Wissen Sie, ich habe ein zweites Mal mit den Leuten von Fortress Zürich gesprochen. Und raten Sie mal, was die mir beim zweiten Mal gesagt haben?»

«Wie soll ich das wissen?», fauchte er.

«Das Sicherheitssystem zeichnet auf, wenn das Tor geöffnet wird. Es gibt zwar Kameras, aber Fortress speichert nichts. Aber die Firma kann dennoch erkennen, ob ein Fahrzeug hineinfährt oder das Anwesen verlässt. Denn beim Verlassen wird das Tor automatisch geöffnet, wenn man über die Druckschiene am Boden fährt. Fährt hingegen ein Auto zum Haus, dann muss das Tor entweder vom Knopf neben dem Eingang im Haus geöffnet werden oder mit einer Funkhandsteuerung vom Auto aus. Ihre Funkhandsteuerung überträgt das Signal verschlüsselt. Sie haben gemäss Fortress ein sehr sicheres Zugangssystem. Trotzdem zeichnet die Sicherheitsfirma jedes Mal auf, wenn es zum Einsatz kommt – ich vermute mal, weil sie der ‹völlig sicheren› Funksteuerung doch nicht so ganz vertrauen. Es gab in der Vergangenheit schon verschiedentlich Sicherheitslücken mit solchen Steuerungen. Deshalb kann Fortress unterscheiden, ob das Tor vom Haus oder per Funk geöffnet wurde.»

«Was sollen Sie mir mit diesen umständlichen Erläuterungen über mein Sicherheitssystem sagen?», fragte er, schon wieder etwas gefasster.

«Am Montag war es so, wie Sie gesagt haben: Um siebzehn Uhr wurde das Tor innerhalb weniger Minuten viermal geöffnet, und zwar über die Druckschiene am Boden, die das Tor automatisch öffnet. Ihre Tochter, Frau Gnägi, Herr Zurbrugg und Sie haben das Anwesen offenbar mit Ihren Autos verlassen. Wir wissen aber nicht genau, in welcher Reihenfolge.»

«Das weiss ich auch nicht, ich habe aber Zurbrugg gesehen, wie er das Anwesen verlassen hat! Wie ich Ihnen gesagt habe: Ich war der Letzte!»

«Aber es war schon seltsam: Als ob die Schicht in einer Fabrik zu Ende wäre, hat der Account Manager von Fortress gemeint. Dann, ziemlich genau eine Stunde später, hat sich das Tor wieder viermal geöffnet, zweimal per Funk und zweimal per Freigabe aus dem Haus. Das war für die Leute von Fortress bedeutungslos – sie konnten ja nicht ahnen, dass ich von allen Bewohnern der Villa Wehrle gehört habe, sie hätten die Nacht irgendwo anders verbracht. Wenn sie das gewusst hätten, dann hätten sich die Sicherheitsleute natürlich die Frage gestellt: Wer ist da, kurz nacheinander, durchs Tor gefahren? Wahrscheinlich hätten sie Alarm geschlagen, denn sie hätten davon ausgehen müssen, dass sich jemand unbefugt in der Villa aufhielt. Aber so war es nicht, oder?»

Nun schaute mich Wehrle mit hochrotem Kopf an.

«Das geht Sie überhaupt nichts an!», schrie er mich so aufgebracht an, dass ich um seine Gesundheit – und um einen guten Kunden der Alliance – fürchtete.

«Es geht mich etwas an – denn Sie haben mich beauftragt, das verschwundene Bild wieder zu beschaffen. Sie haben mir aber eine äusserst wichtige Information vorenthalten: In besagter Nacht hielten sich mehrere Leute in der Villa auf.»

«Ich kann Ihnen versichern, dass das absolut nichts mit dem Verschwinden des Bildes zu tun hat!»

«Das bezweifle ich, das wäre ein grosser Zufall, und ich glaube nicht an Zufälle. Ich sage Ihnen jetzt mal, wie ich die Sache sehe. Eine Stunde nach ‹Schichtende› in der Villa Wehrle sind zuerst Sie wieder zurückgekehrt. Sie haben das Tor mit der Funkbedienung geöffnet. Kurz nach Ihnen ist Herr Zurbrugg zurückgekehrt. Weil er nicht wollte, dass Sie sich die Mühe machen müssen, ihn von der Hauskonsole hereinzulassen, oder weil er gar nicht wusste, ob Sie schon da sind, hat er ebenfalls die Variante mit dem Funk gewählt. Ziemlich genau um achtzehn Uhr wurde das Tor dann zweimal geöffnet und jeweils ein oder mehrere Autos sind hereingefahren. Die Aufzeichnungen von Fortress können nämlich nicht belegen, ob ein oder mehrere Autos hereinfahren. Es spielt auch keine Rolle, denn ich kann Sie ja direkt fragen: Wer war da?»

«Wieso sind Sie sicher, dass es nicht meine Tochter oder Frau Gnägi waren, die zurückgekehrt sind?»

«Frau Gnägi kommt nie zurück am Montagabend, wie Sie wissen. Ihre Tochter war bei ihrem geliebten Bachata, ich habe ihren Lehrer befragt. Danach hat sie die Nacht bei ihrem Tanzpartner verbracht. Also?»

«Also nichts», sagte er, nun ganz ruhig. «Ihr Mandat ist beendet, die Alliance wird mir die Rechnung schicken, der Fall ist erledigt.»

«So einfach ist die Sache nicht», gab ich zu bedenken, «denn mittlerweile geht es um Mord. Ich – und damit auch Sie – sind darin verstrickt. Ich habe die Leiche gefunden und bin damit automatisch verdächtig. Ich muss also weitermachen, in meinem eigenen Interesse.»

Er schaute mich zweifelnd an.

«Zudem scheint Ihnen ja das Schicksal von Zurbrugg nicht ganz gleichgültig zu sein. Zwar ist er noch nicht verhaftet, sondern wird nur befragt. Aber ich kann Ihnen sagen: Die Kantonspolizei ist einem enormen Druck ausgesetzt. Sie muss den Mordfall schnell lösen. Wenn Ihr Privatsekretär tatsächlich Dreck am Stecken hat, dann ist er natürlich ein guter Sündenbock.»

Auch das wirkte noch immer nicht. «Da haben Sie recht. Deshalb werde ich jemanden Kompetenten engagieren, der seine Unschuld beweist.» Mit Betonung auf «kompetent», wie ich unschwer heraushörte.

Ich schaute ihn eine Minute schweigend an, aber er war nicht zu bewegen. «Okay», warf ich meinen letzten Köder aus, «ich habe noch eine Verabredung mit Ihrer Tochter. Ich werde sie mal fragen, ob sie sich einen Reim auf das Ganze machen kann.»

«Moment, stopp! Das verbiete ich!», brach es aus ihm heraus, und mir war klar, dass ich im dritten Anlauf den wunden Punkt gefunden hatte.

«Das können Sie nicht – Sie haben mich gerade gefeuert, ich kann machen, was ich will.»

«Das habe ich in der Hitze des Gefechts gesagt», lenkte er kleinlaut ein. «Wir können reden.»

«Reden Sie!» Ich sah ihn herausfordernd an.

Er wurde wieder rot. «Sie haben recht, und ich hätte Sie nicht unterschätzen dürfen: Zurbrugg und ich sind zurückgekehrt. Und ja, es kamen weitere Personen zu uns. Aber ich kann Ihnen hundertprozentig versichern: Diese Personen haben nichts mit dem Verschwinden des

Bildes zu tun, da wir praktisch hautnah zusammen waren mit ihnen.»

«Wie darf ich das verstehen?»

«Nun, es handelt sich um Damen, die Hausbesuche machen. Hausbesuche insbesondere an der Goldküste. Weil es hier, nun ja, viel Gold und auch viele diskrete Villen gibt, in denen man sich verlustieren kann.»

«Sie meinen: Prostituierte!»

«Das tönt vulgär. Es sind Damen, die Hausbesuche machen und ganz spezielle Dienstleistungen anbieten ...» Auf mein belämmertes Gesicht hin stiess er aus: «Dominas, herrgottnochmal!»

Wenn Sie nun denken, dass ich davon völlig schockiert war, dann irren Sie sich. Ganz im Gegenteil: Nun fühlte ich mich wieder auf vertrautem Boden – denn sehr viele Kunden der Alliance nehmen bezahlte Liebesdienste in Anspruch. Nicht selten führt das Ganze zu Irrungen und Wirrungen, die ich dann wieder zu entwirren habe.

Ich zückte mein Notizbuch: «Namen der Damen?»

«Keine Ahnung, wo denken Sie hin? Dass wir ihre Identitätskarten geprüft hätten? Wir haben die Dienste der Frauen zum ersten Mal in Anspruch genommen.»

«Sie und Zurbrugg, zusammen?»

«Ja – Sie wollten doch wissen, was uns so zusammenschweisst. Jetzt wissen Sie es!»

«Name der Agentur?»

«Gebe ich Ihnen nicht, würde Ihnen auch nichts nützen: Diese Agenturen sind noch viel diskreter als Schweizer Banken. Weil ihr Geschäftsmodell buchstäblich davon abhängt.»

Da hatte er einen Punkt, und nach längerem Hin und Her gab ich nach.

«Eine letzte Frage: Sie haben am Montagabend oder in der Nacht nicht bemerkt, dass das Bild aus Ihrem Büro verschwunden war?»

«Nein, ich kann Ihnen versichern, dass die Dienstleistungen der Dominas nicht im Büro erbracht werden, sondern anderswo. Ich habe mein Büro wie gesagt erst am Dienstagmorgen betreten. Dann habe ich Fortress alarmiert, und am Abend war ich dann bei Ihnen am Rennweg.»

Ich wollte nicht genauer nachforschen, wo Dominas ihre Dienstleistungen üblicherweise erbringen, aber ich glaubte ihm, dass es nicht in seinem Büro geschehen war.

* * *

Auf dem Weg zu Freya blieb ich auf der Terrasse stehen und schaute auf den regen Schiffsverkehr auf dem Zürichsee. Wehrle und Zurbrugg mit Dominas? Darauf wäre ich nicht gekommen, andererseits: Ich hatte gerade gestern einen Bericht über den ehemaligen Chef einer der grössten Schweizer Banken gelesen, der unter Anklage stand. Dabei wurden auch seine Streifzüge durchs Zürcher Rotlichtmilieu ausgiebig behandelt – denn er war so blöd gewesen, die einschlägigen Dienstleistungen der Damen unter Spesen abzubuchen.

Aber Dominas als Bilderdiebinnen? Ja und nein. Natürlich würde es so einiges erklären. Die Dominas wüssten vermutlich nicht, welche Bilder die kostbarsten wären. Es sei denn, es wären Kunststudentinnen, die mit solchen Liebesdiensten etwas dazuverdienen wollten, was natürlich nicht völlig auszuschliessen war. Alle andern weniger kunstkundigen Damen würden möglicherweise davon ausgehen, dass ein grosses Bild kostbarer war als der kleine Monet. Das grosse Gemälde hing zudem über dem Pult des Hausherrn – die Annahme, dieses Bild sei besonders wertvoll, schien logisch. Denkbar war auch, dass sich die Dominas mit Hehlern in der Stadt Zürich auskannten – zumal es wahrscheinlich nicht das erste Mal war, dass sie etwas hatten mitlaufen lassen. Wahrscheinlich vertrauten sie mit gutem Grund darauf, dass keine Anzeige erfolgte. Auf der anderen Seite: Wie konnten sie das Bild ungesehen aus der Villa schaffen? Hatten sie einem Komplizen Zugang verschafft über die Hauskonsole? Wenn ja: Warum zeigten das die Logs von Fortress nicht? Oder hatte sich ein Komplize im Kofferraum versteckt? Aber wenn ja: Wie konnte er ins Büro von Wehrle gelangen, das verschlossen war? Fragen über Fragen. Ich beschloss, mich schöneren Gedanken – und Ausblicken – hinzugeben und stapfte Richtung Freya.

Als ich anklopfen wollte, rief mir jemand von hinten gehässig zu: «Immer noch am Herumschnüffeln?»

Ich dreht mich um und sah Zurbrugg.

«Ah, Herr Zurbrugg, man hat Sie offenbar laufen lassen.»

«Weil ich völlig unschuldig bin.»

«Warum hat man Sie denn überhaupt mitgenommen?»

«Weil der idiotische Assistent des Kommissars kürzlich eine Statistik gelesen hat.»

«Was für eine Statistik?»

«Dass nicht der Gärtner der Mörder ist, wie der Volksmund sagt, sondern derjenige, der bereits zuvor als Straftäter verurteilt war. Einmal kriminell, immer kriminell. Also bin ich für die automatisch der Dieb und Mörder, weil ich vor Jahrzehnten einmal mit dem Gesetz in Konflikt gekommen bin. Dass sich jemand ändern kann, ist in dieser Statistik nicht vorgesehen.»

«Die Polizei hat da halt so ihre Erfahrungen und geht mit den Wahrscheinlichkeiten …», goss ich Öl ins Feuer.

«Quatsch. Im Übrigen gibt es noch einen anderen Straftäter in dieser Geschichte.»

Ich sah ihn fragend an.

«Frau Gnägi hat Ihnen sicher gesagt, dass sie am Montag jeweils bei einer Freundin übernachtet.»

«Ja, das hat sie.»

«Das ist gelogen. Sie übernachtet bei ihrem Sohn.»

«Daran kann ich nichts Schlechtes erkennen.»

«Sie übernachtet bei ihrem Sohn, weil er sonst Probleme bekäme mit der Justiz.»

Ich schaute ihn völlig verblüfft an.

«Ihr Sohn sitzt in Halbgefangenschaft. Dabei werden die Gefangenen tagsüber ausserhalb des Gefängnisses beschäftigt, beispielsweise in Form von Arbeit oder Ausbildung. Sie kehren jedoch abends oder nach Beendigung ihrer Tätigkeiten ins Gefängnis zurück.»

«Dann hat Frau Gnägi im Gefängnis übernachtet?»

Er lachte verächtlich. «Sie sind dümmer als es für einen Detektiv gut ist. Der Sohn der Gnägi darf während dem Wochenende ausserhalb der Strafanstalt übernachten. Das ist so eine sozialpädagogische Einrichtung, um den Gefangenen den Kontakt zu ihren Familien und der Gesellschaft zu erleichtern. Dummerweise kann die Gnägi aber am Wochenende nicht – da es genau dann in der Villa am meisten zu tun gibt. Also hat sie sich mit den Verantwortlichen im Knast geeinigt: Ihr Sohn darf am Montagabend zu Hause schlafen, aber Voraussetzung ist, dass sie auch dort übernachtet und die ganze Zeit bei ihm ist.»

«Davon hat sie mir nichts gesagt. Was hat er denn verbrochen?»

«Er hat mit Kryptowährungen spekuliert. Zuerst ging das sehr gut, er hat sehr viel Geld verdient. Dann drehte sich sein Glück, und er ist schnell abgerutscht. Hat es mit Optionen und Devisenspekulationen versucht und dabei Millionen verzockt. Dann kam das mit den Drogen, dem Dealen und Klauen, unter anderem auch bei uns.»

«Waaaas? Davon weiss ich nichts.»

«Nicht das, was Sie jetzt denken. Kein Bild. Er hat buchstäblich in die Haushaltskasse gegriffen, und ich habe ihn dabei erwischt. Aus Rücksicht auf Frau Gnägi hat ihn Herr Wehrle nicht angezeigt. Aber natürlich hat es nichts genutzt – die haben ihn bald darauf beim Dealen erwischt und er wurde eingebuchtet.»

«Immer am Montagabend hat er Freigang? Und ausgerechnet am Montagabend wurde das Bild geklaut. Seltsam.»

«Das denke ich auch. Da sollte die Polizei mal nachforschen!»

* * *

«Die haben Zurbrugg offenbar laufen lassen? Das war ein Fehler», sagte Freya.

«Warum denkst du das?»

«Ich traue ihm einfach alles erdenklich Schlechte zu!», rief sie aus.

«Tja, aber dein Stiefvater hat ihn entlastet.» Ich erzählt ihr, dass Wehrle behauptet hatte, am Montagabend sein Büro abgeschlossen zu haben.

«Quatsch, das tut er nie, er hat dich angelogen», lachte mich Freya aus.

«Warum sollte er das tun?»

«Um seinen Schosshund – oder vielleicht sollte ich sagen: Kettenhund – Zurbrugg zu schützen. Wenn das Büro geschlossen war, dann konnte der das Bild ja auch nicht mitlaufen lassen.»

Ich seufzte. Damit war der Privatsekretär wieder verdächtig. Aber auch die Dominas mit einem Komplizen im Kofferraum waren plötzlich wieder eine mögliche Variante. «Das führt mich dann aber wieder zurück auf Feld eins: Wer hat das vermaledeite Bild mitlaufen lassen?»

Ich dachte nach. «War es doch eine Domina?» Mist, da war mir was rausgerutscht.

«Eine Domina? Wie kommst du auf eine Domina? Welche Domina?»

«Dein Stiefvater und Zurbrugg sind am Montagabend zurückgekommen, das hat er zugegeben. Sie sind zurückgekehrt, um sich mit Dominas zu verlustieren, was offenbar mindestens einmal im Monat geschieht. Aus diesem Grund war es deinem Stiefvater so wichtig, dass Frau Gnägi auswärts übernachtet. Und dass du mit deinem Bachata beschäftigt bist und mit dem, was danach abläuft.»

Sie sah bestürzt aus, ihre Miene verfinsterte sich aber zunehmend.

«Diese alten Böcke!», schrie sie, «das ist typisch: Eine heile Fassade, wohltätige Stiftung, Menschenfreund, Kunstliebhaber blablabla, aber hintendurch machen sie, was sie wollen. Es ist gut, dass meine Mutter das nicht mehr miterleben muss!»

Ich muss gestehen, dass ich meine Felle davonschwimmen sah. Ich hatte auf eine etwas entspanntere Begegnung mit Freya gehofft, nachdem ich letztes Mal ein paar Signale von ihr aufgefangen hatte, die man nur als verheissungsvoll bezeichnen konnte. Aktuell waren es ganz andere Signale, und als Mann befand ich mich natürlich sofort in Sippenhaft.

«Na ja, aber dein Stiefvater und der Zurbrugg sind erwachsene, unverheiratete Männer und können grundsätzlich machen, was sie wollen. Prostitution ist in der Schweiz legal.»

Völlig falsche Strategie! Sie schaute mich an, als ob sie mir das Gesicht zerkratzen wollte. «Du verteidigst diese Schweine noch? Bist du am Ende auch so einer?», schrie sie mich an.

Ich versuchte, sie zu besänftigen und ihr zu versichern, dass ich mit meinem guten Aussehen, dem exotischen Charme, meiner ausserordentlichen Intelligenz und Eloquenz und vor allem meinem Verständnis für die weibliche Seele natürlich niemals darauf angewiesen war, eine Professionelle aufzusuchen.

«Aber wenn du das alles nicht hättest – dann würdest du bezahlen?», herrschte sie mich an. Autsch, schon wieder in die Falle getappt. Normalerweise bin ich es, der Fallen stellt.

«Ich glaube, es ist besser, wenn ich jetzt gehe», sagte ich resigniert.

«Nein, bleib noch etwas.» Sie ergriff meinen Arm. «Wir sollten uns den Abend nicht verderben lassen von diesen Perverslingen! Lass uns nicht mehr davon sprechen. Willst du etwas trinken?»

«Ich könnte ein Bier vertragen!»

«Und ich einen Cognac, nach dem Schreck!»

Danach wurde die ganze Sache wesentlich entspannter.

«Hast du denn gar nicht geahnt, dass die beiden jeweils Damenbesuch haben?», fragte ich sie nach dem zweiten Cognac, nachdem sie sich deutlich beruhigt hatte.

«Ich habe natürlich bemerkt, dass die beiden Geheimnisse haben und dass sie die Köpfe immer wieder zusammensteckten. Aber offen gestanden: Weder bei meinem Stiefvater noch bei Zurbrugg hatte ich das Gefühl, dass sie sich besonders für Frauen interessieren. Allerdings sind Dominas auch etwas anderes als normale Frauen und geben den Männern wahrscheinlich etwas, was sie von normalen Frauen nicht bekommen», sinnierte sie schon wieder ganz rational. «Ich habe schon bemerkt, wie wichtig es meinem Stiefvater war, dass ich am Montag ausser Haus bin.»

«Tja, es ist schon sehr seltsam. Alle haben gelogen, was ihre Beschäftigung am Montagabend anbelangt.»

Sie lachte. «Ausser ich. Für meine Bachata gibt es dutzende Zeugen.»

«Ja, du bist fein raus.» Ich dachte nach. «Am meisten geben mir die Dominas zu denken. Aber der Zurbrugg hat mir noch von Frau Gnägis Sohn erzählt.»

«Ach der», sagte sie leichthin, «der sitzt doch im Gefängnis.»

«Du kennst ihn?»

«Ja klar, er hat seine Mutter ab und zu besucht.»

«Was hältst du von ihm?»

«Er ist ein bedauernswerter Typ, der sich schwer tut im Leben. Ich mag ihn gut, und Frau Gnägi tut mir leid. Aber ich denke, ihm ist nicht zu helfen.» Sie hielt einen Moment inne. «Du denkst also, dass diese Dominas etwas mit dem Verschwinden des Bildes und mit dem Mord zu tun haben könnten?»

«Nun, sie waren immerhin schon im Haus, also macht sie das verdächtig. Ich werde dem sicherlich nachgehen. Auf der anderen Seite muss man sich in meinem Beruf vom Tunnelblick befreien. Sonst sieht man nur noch, was man sehen will.»

Sie legte mir eine Hand auf den Oberschenkel. Oho! «Im Moment willst du hoffentlich vor allem mich sehen.» Sie schaute mir mit ihren grünen Augen tief in meine.

«Deshalb bin ich nicht gekommen», meinte ich.

«Du bist also schon in festen Händen», wollte sie wissen.

«Nicht im Geringsten – aber ich hatte den Eindruck, dass du nicht so ganz frei bist.»

Sie schaute mich fragend an.

«Bachata», sagte ich nur.

«Ach das, das ist nichts, Bachata ist halt ... ziemlich anregend ...»

Sie beugte sich zu mir hinüber, küsste mich auf die Lippen. «Du bist eine ganz andere Nummer.» Sie knabberte an meinem Ohrläppchen, bis ich laut schrie. Sie lachte und sagte: «Aber jetzt muss ich dich rauswerfen, ich muss in die Reitstunde.»

* * *

Die Begegnung mit Freya Wehrle hatte einige Spuren bei mir hinterlassen. Nein, nicht an meinem Ohr, eher in meiner Seele. Deshalb tat ich das, was ich immer tue, wenn mich etwas plagt: Ich gehe ins Dojo und trainiere Shotokan Karate.

Wahrscheinlich erscheint es Ihnen ganz natürlich, dass ich Karate trainiere, weil das ja alle Asiaten tun.

Wenn Sie das denken, dann denken Sie typisch europäisch falsch. Denn Shotokan Karate ist eine japanische Kampfsportart. Als Halbchinese würde man eher Kung Fu oder Wing Chun trainieren wie Bruce Lee. Karate als Kampfsportart des historischen Feindes würde man verachten. Aber wie so oft im Leben ist es die Glaubwürdigkeit und Autorität des Lehrers, der uns dazu bringt, etwas zu mögen oder nicht. In meinem Fall war es Sensei Tanaka in Hongkong, der mir Shotokan Karate als Lebensphilosophie nähergebracht hatte: Die Kombination aus körperlicher Disziplin, mentaler Stärke und der kontinuierlichen Suche nach persönlicher Weiterentwicklung sprach mich schon als Zehnjähriger, also am Anfang der Selbstfindungsphase, an. Dojo bedeutet nicht umsonst «Ort des Weges».

Schon in Hongkong war mir dabei klar geworden, dass einige Dojos ziemlich verwestlicht sind. Ich hatte mich in Zürich lange umsehen müssen, bis ich auf einen «Ort des Weges» an wenig attraktiver Lage in Oerlikon stiess, mit Sensei Hiro Suzuki, der mich überzeugte. Das Studio war so, wie die Umgebung: äusserst sparsam eingerichtet, fast ärmlich, was Garderobe und Duschen anbelangte. Aber ganz und gar nicht ärmlich dort, wo es darauf ankam: Es gab blitzblanke und hochwertige Tatamis. Die Matten sorgten für eine angemessene Dämpfung und gleichzeitig verliehen sie die nötige Stabilität für die schnellkräftig ausgeführten Bewegungen. An den Wänden hingen Spiegel, die für die Selbstkontrolle der Übungsabläufe wichtig waren.

Wie bei meinem ersten Probetraining sass Sensei Suzuki regungslos in der Ecke neben einer Kamiza, einem Schrein, der als spiritueller Fokus des Dojos zur Meditation einlädt. Auch das findet man in westlichen Dojos eher selten. Kaum merklich nickte er mir zu, als ich den Raum betrat, machte aber ansonsten keine Anstalten, mich zu begrüssen. Das Dojo war am Samstagmorgen völlig leer, denn es waren keine geführten Trainings angesagt, was mir entgegenkam, denn ich trainierte am liebsten alleine.

Ich zog meinen Karate Gi an, knotete den Schwarzen Gürtel sorgfältig und startete mit Atemübungen, um mich zu fokussieren und meine Energie Ki in meine Körpermitte zu lenken. Sensei Suzuki schien mich nicht zu beachten, aber ich war sicher, dass seinem prüfenden Blick nichts entging. Nach zehn Minuten begann ich mit Dehnübungen, bis ich schliesslich mit Katas fortfuhr. Eine Kata ist eine festgelegte Abfolge von Bewegungen, die gegen imaginäre Gegner ausgeführt werden. Sie dienen der Perfektionierung der Techniken, der Verbesserung der Körperhaltung, des Timings und des mentalen Fokus. Langsam vergass ich Freya Wehrle, den ganzen Fall und den Rest der Welt. Ich war nur auf mich und meine Bewegungen fokussiert.

Nach fünfundvierzig Minuten Kata war ich bereit. Ich trat vor Sensei Suzuki und verbeugte mich. Nach kurzem Zögern tat er es mir gleich. Er sagte kein Wort, sondern deutete auf den Nebenraum, wo verschiedene Utensilien verstaut waren. Wir verstanden uns, ohne dass wir ein Wort sprechen mussten. Wie verlangt zog ich Handschuhe sowie Bein- und Fusspolster an, die mich selbst, aber auch den Gegner beim Jiyu Kumite, dem freien Kampf, schützten. Im freien Kampf stoppt man die Bewegungen, bevor man den Gegner trifft. In der Variante des Halbkontakt-Karate berührt man den Gegner kontrolliert, der Schutz sollte dabei vermeiden, dass der Gegner ernsthaft verletzt wird. Ich zählte als Shodan, der erste

Schwarzgurt-Grad, zu den fortgeschrittensten Schülern. Trotzdem schien mir der Sensei nicht zuzutrauen, mich selbst und auch ihn vor schweren Verletzungen zu schützen. Er selbst bekleidete den Rokudan, den sechsten Schwarzgurt-Grad, den nur wenige Karatekas je erreichen. Er trat ohne Schutz an.

Wir begannen mit dem Kampf, und wie immer wurde mir schnell klar, dass zwischen dem ersten und sechsten Schwarzgurt-Grad derselbe Unterschied besteht, wie wenn ein Erstklässler gegen Roger Federer im Tennis antreten würde. Wir kämpften rund zwanzig Minuten, bevor ich mich wieder verbeugte, mich für die Unterweisung bedankte und mich schweissgebadet in Richtung der Duschen verabschiedete. Während der ganzen Zeit hatten wir kein Wort gewechselt.

Der späte Samstagnachmittag war heilig. Um fünf Uhr versammelten sich meine Stiefmutter, mein Vater und ich im Salon der Villa oder, wenn es ein so schöner Sommertag wie heute war, auf der Terrasse. Zum Beruf meines Vaters gehörte auch, gepflegt und kompetent über Wein sprechen zu können. Damit nahm er es besonders ernst, weshalb er sich sowohl mit Literatur über Wein als auch mit hervorragenden Weinen eingedeckt hatte. Hunderte von Flaschen waren in einem eigens dafür angelegten Weinkeller sorgfältig gelagert, in dem sich sowohl Temperatur als auch Feuchtigkeit bestens regulieren liessen. Er liebte es über alle Massen, uns einen teuren Wein zu kredenzen und unsere Kommentare einzufordern. Wir spielten gezwungenermassen mit, obwohl ich meine Stiefmutter im Verdacht hatte, sie stehe eher auf exotische Drinks denn auf Weisswein. Ich selbst war heillos überfordert. Ich hatte kaum Erfahrung mit Wein, da meine Mutter nie getrunken hatte und da in unserem

Club eher Bier und Whisky angesagt sind. Da fragt kaum jemand nach der «Nase» oder dem «Abgang», was mir entgegenkam. Ich konnte beim besten Willen nur sagen, ob mir ein Wein schmeckte oder nicht. Sollte ich dann begründen, warum ich ihn mochte, war ich ziemlich verloren. Aber ich machte gute Miene zum bösen Spiel, denn das gab meinem Erzeuger ein Gefühl der Überlegenheit.

«Heute habe ich etwas ganz Besonderes für euch!», rief er euphorisch. Der Weisswein war wie üblich perfekt gekühlt, die Etikette sorgfältig abgedeckt, damit wir beide nicht in Versuchung gerieten, zu schummeln.

Mirjam und ich sahen uns vielsagend an. Wie wir es von meinem Vater gelernt hatten, hielten wir das Weinglas gegen einen weissen Hintergrund und gaben vor, Farbe und Klarheit des Weines zu beobachten. Danach führten wir das Glas zur Nase und versuchten, die Aromen wahrzunehmen.

«Nun?» fragte er erwartungsvoll

«Mein neues Parfum ist zu stark», sagte Mirjam entschuldigend. «Ich kann den Wein nicht richtig riechen.»

«Ah, ich rieche was! Es ist … wie soll ich sagen … wie ein fruchtiger Hauch von … hmm … kann es sein, dass ich einen Hauch von … Gummibärchen rieche?» Ich versuchte es zumindest.

«Nun, jeder hat seine eigene Interpretation! Es gibt kein Falsch oder Richtig», sagte mein Vater gönnerhaft. «Aber lasst uns den Wein probieren.»

Pflichtschuldigst nahmen wir einen kleinen Schluck und bewegten ihn im Mund, so dass alle Geschmacksnerven erreicht wurden.

«Traubensorte», fragte der Herr der Weine.

Mirjam sagte, was sie immer sagte. «Riesling!»

Mein Vater schüttelte den Kopf.

«Gewürztraminer?», versuchte ich es.

Mirjam und ich hatten je drei Traubensorten auswendig gelernt und warfen die beim heiteren Weinerraten ziemlich beliebig in die Diskussion.

«Ganz und gar nicht», belehrte er uns, «es ist Chardonnay. Es ist ein Wein aus Übersee, und bevor ihr jetzt falsch ratet und auf Kalifornien tippt» – das wäre uns nie eingefallen – «kann ich euch sagen, dass es einer der besten Weissweine aus Argentinien ist. Es ist ein Weisswein aus dem argentinischen Weingut Alpasiòn. Das ist eine Kombination der spanischen Wörter für Seele, Alma, und Passion, also Passiòn. Das Gut ist von einer Private-Equity-Firma aufgekauft worden, und ich gedenke, einen Anteil daran zu erwerben. Wenn das klappt, schwebt mir ein kleiner Familienausflug vor – denn die haben dort auch luxuriöse Bungalows in Zeltform.»

Mirjam und ich sahen uns erschrocken an.

«Solltet ihr nicht zuerst eure Hochzeitsreise zu zweit nachholen?» fragte ich. «Da würde ich nur stören.»

Mirjam sah mich entsetzt an. «Ganz und gar nicht!», entgegnete sie, «ich habe mir schon immer gewünscht, dass wir uns als Familie näherkommen.»

«Wir werden sehen, wir werden sehen!», sagte der gestrenge Weintester gut gelaunt.

Die weitere Degustation verlief mit deutlich weniger konflikthaften Gesprächsthemen: Wir unterhielten uns über Politik. Da mein Vater uns beiden weder politischen Verstand zubilligte noch einen solchen von uns erwartete, war das ein sicheres Terrain. Er war Mitglied der FDP, einer Partei, die zu seinem Leidwesen viel von ihrer alten Wählerstärke, aber gar nichts von ihrem «Glanz und vor allem Relevanz» eingebüsst hatte, wie er betonte.

Wir beide stimmten zu, was den Apéro dann doch noch zu einer sehr harmonischen Sache machte.

* * *

Am Sonntagmorgen wiederholte sich das Ritual vom Freitagmorgen: Um sechs Uhr schrie mein Wecker wieder «Kikerikiiiiiiiiiiii!», nur schien mir der Ton noch etwas lauter und schriller als am Freitagmorgen. Ob das etwas mit der Weindegustation vom Vorabend zu tun haben konnte? Mit verklebten Augen tastete ich mich zum Lavabo und klatschte mir kaltes Wasser ins Gesicht.

Nach zehn Minuten schwang ich mich in meinen Spider, steuerte mein Starbucks in der Stadt an. Allerdings war es noch geschlossen. Öffnet erst um sieben Uhr, nahm ich enttäuscht zur Kenntnis. Keine Arbeitsmoral in der Schweiz, dachte ich missmutig. Ich beschloss, die paar Minuten abzuwarten und schaute in meinem Spider sitzend auf den Zürichsee. Kaum hatte ein junger Mann die Türe aufgeschlossen, stürzte ich mich in den Laden, noch bevor eine Gruppe junger Menschen, die offenbar vom Ausgang kamen, ins Lokal eindringen konnten. Ich bestellte meinen Vanilla Latte, musste aber lange warten, wahrscheinlich weil die Kaffeemaschine noch nicht heiss war. Kaum hatte ich den Becher in der Hand, stürzte ich mich in mein Gefährt und versuchte, den Kaffee auf meiner Fahrt zu trinken, was ein fast unmögliches Unterfangen war: Mein Spider ist handgeschaltet, und die Schaltung erfordert schon bei völliger Konzentration sehr viel Fingerspitzengefühl. Zudem fehlt die Einbuchtung für Kaffeebecher, die heutzutage selbst die deutschen Autos haben. Prompt verschüttete ich einen Teil des Kaffees auf meine Oberschenkel. Ich sollte Starbucks verklagen, schoss es mir durch den Kopf. Wie Stella Liebeck, die McDonald's erfolgreich auf ein paar Hunderttausend Dollar verklagt hatte, nachdem sie sich im Februar 1992 mit heissem Kaffee der Fastfood-Kette verbrüht hatte. Warum ich das weiss? Von meinem abgebrochenen Jus-Studium natürlich. War also doch nicht ganz umsonst, dachte ich etwas wehmütig.

In Herrliberg angekommen, nahm ich wieder meinen Wachtposten vor der Villa Wehrle ein. Allerdings musste ich wesentlich länger warten, bis Frau Gnägi erschien. Sonntagmorgen, dachte ich, da schlafen alle etwas länger. Diesmal verzichtete ich auf meine kleine Charade und fing sie direkt vor dem Tor ab.

«Herr Rösti, was wollen Sie?», fragte sie mich erschrocken.

«Mit Ihnen reden», antwortete ich. «Bitte steigen Sie ein.»

Widerstrebend schlüpfte sie in meinen Spider.

Ich startete das Auto nicht, sondern drehte mich zu ihr. «Sie waren nicht aufrichtig zu mir.»

«Was meinen Sie?»

«Ich hätte eigentlich misstrauisch werden sollen, als Sie mir gesagt haben, dass Sie jeden Montag regelmässig wie ein Uhrwerk bei einer Freundin übernachten. Das ist einfach sehr unwahrscheinlich. Es ist mir schon damals seltsam erschienen, aber natürlich habe ich gedacht, dass Sie eine Affäre haben, von der niemand etwas wissen sollte. Genauso seltsam wie die Tatsache, dass sich Herr Wehrle extra nochmals danach erkundigt hat, ob Sie auch wirklich weg sind. Beides macht einfach keinen Sinn.»

«Zurbrugg», sagte sie leise. «Kein netter Mensch.»

«Kein netter Mensch, ganz und gar nicht», pflichtete ich bei.

«Dann wissen Sie es ja schon: Ich schlafe jeweils am Montagabend bei meinem Sohn. Das ist eine Auflage, damit er überhaupt auswärts übernachten darf. Ich hole ihn jeweils von der Justizvollzugsanstalt Pöschwies ab und bleibe die ganze Zeit bei ihm.»

«Die ganze Zeit?»

«Ja, das können Sie mir glauben. Es ist nicht nur wegen der Auflagen, sondern auch wegen der Drogen. Ich will nicht, dass er wieder ins Milieu abstürzt. Sie können mir glauben: Ich passe jede Sekunde auf ihn auf. Er hat mit der Sache sicher nichts zu tun.»

«Warum haben Sie mich dann angelogen?»

«Wären Sie stolz auf einen Sohn, der im Gefängnis sitzt?»

Da hatte sie einen Punkt.

«Was hat er verbrochen?»

«Enrique hatte Pech. Er ist hochbegabt, war immer der Beste in der Schule, konnte zweimal eine Klasse überspringen. Sie können sich gar nicht vorstellen, was das für mich als alleinerziehende Mutter bedeutet hat.» Sie schaute mich an und ich nickte zustimmend. «Aber seine Hochbegabung und das Umfeld bei den Wehrles waren sein Untergang.»

«Wie meinen Sie das?»

«Er hat den ganzen Reichtum bei den Wehrles gesehen und gedacht, er habe als hochintelligenter Mensch auch Anspruch darauf. Das stimmt ja auch, die Frage ist nur, wie man das erreicht. Enrique wollte die Abkürzung nehmen. Die Abkürzung, die am meisten Grips und am wenigsten Aufwand erfordert. Das ist heute der Traum von vielen jungen Menschen. Er hat schon in der Mittelschulzeit begonnen, mit Kryptowährungen zu spekulieren. Damit hat er sehr viel Geld verdient. Als es damit schwieriger wurde, hat er auf Aktien- und Devisenspekulationen gewechselt. Das ging am Anfang auch gut, aber irgendwann hat er sehr viel Geld verloren. Daran ist er innerlich zerbrochen. Er ist dann ins Drogenmilieu abgesunken und wurde irgendwann geschnappt. Zwar kriegte er eine zweite Chance, aber die hat er auch vertan. Jetzt muss er büssen.»

Frau Gnägi sagte das alles in einem Ton, der darauf schliessen liess, dass sie als liebende Mutter den ganzen langen Niedergang von Enrique leidvoll miterlebt hatte.

«Wo ist sein Vater?»

«Den gibt es schon lange nicht mehr. Den gab es eigentlich nie. Ein Argentinier, der für einen Formel-1-Rennstall in Hinwil gearbeitet hat. Auch er hochbegabt. Na ja, ich war noch jung, er feurig und schön, und Enrique ist das Resultat. Ich bedaure es keine Sekunde.»

«Herr Wehrle weiss davon?»

«Natürlich. Er weiss genau, wohin ich jeden Montag gehe.»

«Ich fahre Sie zur Bäckerei, Sie können einkaufen, dann fahre ich Sie zurück.»

Sie schaute mich an. «Was werden Sie tun?»

«Im Moment nichts.»

Sie atmete auf. «Ich war immer mit Enrique zusammen. Er hat nichts damit zu tun.»

* * *

Der Montagmorgen war genauso heiss und sonnig wie die ganze Woche zuvor. Da ich nicht genau wusste, ob ich technisch gesehen noch in den Diensten von Herrn Wehrle stand, beschloss ich, meinen alten Freund Oertli anzurufen. Ich hatte nichts mehr aus der Villa Wehrle gehört. Nach den ruppigen Auseinandersetzungen mit deren Besitzer hatte ich auch nicht die geringste Lust, mich weiteren Vor- und Anwürfen zu stellen. Trotzdem wollte ich wissen, ob Zurbrugg immer noch verdächtig war. Und, so ganz nebenbei, ob eine Domina-Bande an der Goldküste polizeibekannt war, die bei bedürftigen Freiern ab und zu etwas mitlaufen liess.

«Kannst du sprechen?», fragte ich ihn.

«Können schon, die Frage ist nur: Will ich mit dir sprechen?»

«Komm schon – Treffen in einer halben Stunde für ein Stelldichein am See?»

«Warum sollte ich?»

«Ich habe Neuigkeiten, die den Fall betreffen. Ich kann zwar offiziell nicht darüber sprechen. Das muss unbedingt vertraulich bleiben. Du kannst dann im Nachhinein selbstständig herausfinden, was ich dir gesagt habe.»

Mehr brauchte es nicht. «In einer halben Stunde – und wehe, du hast nichts Verwertbares», drohte er.

Wir trafen uns am Bellevue und schlenderten, beide Sonnenbrillen-bewehrt, Richtung Zürihorn. Der See lag ruhig und glatt da, die Anzahl der Flanierer hielt sich in Grenzen. Nur eine Gruppe arabisch und sehr betucht aussehender Touristen mit kopftuchverhüllten Frauen versperrte uns den Durchgang. Hotel Eden au Lac, fünf Sterne, taxierte ich die Touristen gekonnt, und wir machten einen Bogen um sie herum. Könnten Kunden der Alliance sein.

«Also?», fragte er.

«Seid ihr schon weitergekommen mit eurer Morduntersuchung?», fragte ich ihn.

«Ich dachte, du hättest Informationen für mich – stattdessen versuchst du wieder, bei mir zu fischen», gab Oertli leicht genervt zurück.

«Ich habe Informationen, die das Verschwinden des Bildes betreffen. Aber die sind natürlich für dich nur relevant, wenn dieses Verschwinden auch etwas mit dem Mord zu tun hat. Falls nicht, würde ich die Informationen meinen Auftraggeber betreffend lieber für mich behalten.»

«Wir recherchieren in verschiedene Richtungen, konnten schon einiges ausschliessen. Wir glauben immer noch, dass das verschwundene Bild eine Rolle beim Mord gespielt haben könnte.»

«Was ich dir jetzt sage, musst du nachher selbst recherchieren, damit ich nicht in Teufels Küche komme.»

«Falls ich kann!», versetzte er.

Ich erzählte ihm von den Log-Dateien von Zürich Fortress und der Tatsache, dass das Haus in der Nacht vom Montag zum Dienstag durchaus nicht leer gestanden hatte. In groben Zügen informierte ich ihn über die Konfrontation mit Wehrle und darüber, wie der auf massiven Druck gestanden hatte, er und Zurbrugg hätten ein Stelldichein mit Dominas gehabt.

Oertli machte grosse Augen. «Das alles hat er dir so einfach erzählt?», fragte er ungläubig.

«Nun, nicht so einfach», gab ich zu, «ich musste ihm die Daumenschrauben anziehen. Aber ich bin sicher, er wird es dir auch sagen. Dumm ist er nicht. Er weiss, dass es mittlerweile um eine Morduntersuchung geht. Da ist schon relevant, ob er und Zurbrugg über ihren Verbleib in genau jener Nacht gelogen haben, in dem das Bild verschwunden ist. Das Bild, beziehungsweise dessen Wiederbeschaffung, gibt den beiden ein wenn auch schwaches Mordmotiv. Wenn es überhaupt bei der Kundera gelandet ist – das wissen wir ja alles gar nicht.»

«Du willst also, dass ich bei Zürich Fortress genau wie du ‹herausfinde›, dass die beiden zurückgekehrt sind und ihm genau wie du die Daumenschrauben anziehe und ihn die Geschichte mit den Dominas gestehen lasse.»

«Ja, so etwa. Und natürlich würde mich dann interessieren: Weiss die Polizei von Dominas, die ihre gutbetuchten Klienten an der Goldküste – und davon gibt es sicher sehr viele – auf diese Weise beklauen?»

Er versprach, dem nachzugehen und sich auch bei den Kollegen der Sitte zu erkundigen, ob eine räuberische Domina-Bande bekannt sei.

«Grosse Hoffnung habe ich aber nicht», brummte er. «Wenn die etwas mitlaufen lassen, das ein paar Tausend Franken wert ist, dann ist das für die Goldküsten-Klientel etwa so, wie wenn sie dir einen Zweifränkler klauen. Das zeigt man nicht bei der Polizei an», meinte er.

Ich war etwas erstaunt über seine doch sehr zurückhaltende Reaktion. Dafür konnte es eigentlich nur einen einzigen Grund geben.

«Jetzt müssen wir das Gleichgewicht des Schreckens aber wieder herstellen», provozierte ich ihn.

«Du sprichst in Rätseln.»

«Während des Kalten Krieges haben sich die Amis und die Russen nicht angegriffen, weil jeder vom andern wusste, dass er ihn in die Steinzeit bombardieren könnte. Ein Gleichgewicht des Schreckens eben. Wir beide sind momentan aber im Ungleichgewicht: Du könntest mich auf einen Schlag vernichten, weil ich das Vertrauen eines Klienten missbraucht habe, indem ich dir das mit den

Dominas erzählt habe. Also musst du mir jetzt etwas über die Ermittlungen sagen, damit ich auch dich zerstören könnte.»

Er lachte. «Typisch Rösti. Ich kann mich noch gut an all deine haarsträubenden Geschichten im Studium erinnern, warum jemand etwas tun oder du etwas nicht tun konntest, typischerweise eine Seminararbeit schreiben oder so.»

Ich verzog mein Gesicht. Nein, ich werde nicht gerne an meine Leidensjahre an der Zürcher Uni erinnert.

Er lachte so laut auf, dass uns die Passanten am Limmatquai ansahen.

«Also, spucks aus: Ist Zurbrugg noch verdächtig?»

«Du magst den Kerl nicht leiden.»

«Stimmt. Also: Denkt ihr immer noch, dass er es war?»

«Wir mussten ihn wieder laufen lassen. Für eine Verhaftung reicht das Ganze noch nicht. Aber er ist ein schräger Vogel, und wenn ich wetten müsste, wer die Kundera auf dem Gewissen hat, dann wäre mein Geld eindeutig bei ihm. Er hat definitiv Dreck am Stecken und sagt uns nicht alles. Aber da ist er ja nicht der Einzige», meinte er, während er mich ansah.

Ich ignorierte das. «Komisch, wenn ihr doch so überzeugt seid ...»

«Überzeugt sein heisst nicht unbedingt, dass wir es auch beweisen können», meinte er. «Aber jedenfalls sieht der Zurbrugg so schlagkräftig aus, dass die vielen Hämatome durchaus von ihm stammen könnten. Auch für das Erwürgen ist er von seinen körperlichen Voraussetzungen durchaus gut für uns. Und dann kommt da noch etwas anderes hinzu.»

Ich schaute ihn fragend an.

«Obwohl die Sache mit dem Totschlag schon lange zurück liegt, haben Interpol und die französische Polizei Zurbrugg alias Dupont noch immer im Visier. Er scheint sehr enge Beziehungen zu französischen Neonazis zu haben.»

«Neonazis in Frankreich? Davon habe ich noch nie etwas gehört. Frankreich hat gelitten unter den Nazis.»

«Das stimmt schon, aber die Nazis haben ja auch nichts Gutes für Deutschland gebracht – und trotzdem gibt es solche Gruppen in Deutschland. In Frankreich heissen die Generation Identity. Es geht dabei um ‹arische Identität›, also gegen alles, was zum Beispiel aus Afrika kommt. Dummerweise hat Frankreich eine koloniale Vergangenheit. Die Generation Identity hat enge Kontakte zum Front National, der rechtspopulistischen Partei von Marine Le Pen. Allerdings ist die Generation Identity sehr viel gewalttägiger, die Bewegung wird mit mehreren Morden vor allem an Franzosen mit nordafrikanischen Wurzeln in Verbindung gebracht. Zurbrugg ist Mitglied bei diesen rechtsextremen Spinnern. Man konnte es ihm nie beweisen, aber er soll vor zehn Jahren seine Finger bei einem rassistisch motivierten Mord in Marseille im Spiel gehabt haben. Danach hat er sich in die Schweiz abgesetzt, seinen Namen geändert und hat dann seltsamerweise sehr schnell beim verwitweten Alexander Wehrle Unterschlupf gefunden. Erstaunlich.»

«Trotzdem habt ihr ihn laufen lassen.»

«Tja, wir konnten den Tod der Kundera zeitlich ziemlich genau eingrenzen, auf Donnerstagmorgen, etwa zehn Uhr fünfzehn.»

Das verblüffte mich, da ich wusste, dass die Gerichtsmedizin nicht so präzise Angaben machen konnte.

«Die Gerichtsmedizin muss enorme Fortschritte gemacht haben!»

«Die Gerichtsmedizin hat nichts damit zu tun», brummte er. «Die hat die Todeszeit auf eine Zeitspanne von neun bis zwölf Uhr eingegrenzt. Aber um zehn Uhr fünfzehn ist ein Angestellter des Restaurants La Contrada an der Galerie vorbeigelaufen. Er ist sich über den Zeitpunkt sicher, da er um zehn Uhr dreissig im Restaurant mit seiner Arbeit beginnen musste. Dieser Passant hat einen auffälligen Lärm aus der Galerie gehört. Er hat sich nichts Böses dabei gedacht, so am helllichten Tag, sondern vermutet, dass die Kundera ein grosses Bild hat fallen lassen oder so. Sie war immer allein und nicht mehr die Jüngste. Er hat seinen Kopf in die Galerie gesteckt und, da er sie flüchtig kannte, nach ihr gerufen. Aber es war schon wieder still, und er dachte, er habe sich getäuscht.»

«Hat er denn nicht nachgeschaut?

«Nein.»

«War er nicht misstrauisch, dass die Galerie zwar offen, die Kundera aber nicht da war?»

«Nein, auch das nicht. Es scheint, die Kundera hat die Galerie ab und zu verlassen, ohne abzuschliessen. Um einen kurzen Apéro zu trinken im Restaurant, oder auch nur ein Schwätzchen abzuhalten. Offenbar war ihr manchmal langweilig, so ganz allein in der Galerie. Und viel Kostbares gab es dort ja ohnehin nicht zu klauen. Ich habe mir sagen lassen, dass die Bilder, die sie momentan ausstellt, bestenfalls drittklassig sind.»

«Hmmmm, deshalb wahrscheinlich die Einkommensverbesserung mit der Hehlerei», sagte ich.

«Wahrscheinlich.»

«Und ihr geht davon aus, dass sie genau dann ermordet wurde?» Mir schauderte beim Gedanken.

«Ja, vermutlich schon. Das Problem ist nur: Das scheint Zurbrugg zu entlasten – und übrigens auch dich.»

«Wie meinst du das?»

«Wehrle hat zu Protokoll gegeben, am Donnerstagmorgen sei die ganze Truppe zu Hause gewesen. Wir haben bei Fortress nachgefragt. Der Widmer hat uns versichert, dass an diesem Morgen niemand das Anwesen verlassen hat. Damit ist Zurbrugg im Reinen. Auch du bist entlastet – denn du warst noch bei Fortress. Die haben das bestätigt. Sie haben sogar angeboten, ein Filmchen mit Zeitstempel zu senden, auf denen der Account Manager und du zu sehen sind. Aber so weit wollten wir nicht gehen.»

Ich war erleichtert, wollte dies aber nicht zeigen. «Das ist aber dumm für euch! Zwei Hauptverdächtige entlastet.»

«Na ja, nicht so ganz im Hinblick auf Zurbrugg. Er könnte Komplizen haben. Zudem bleibt er trotz allem unser Hauptverdächtiger, wegen seiner politischen Gesinnung.»

«Wieso denn das?»

«Was ich dir jetzt sage, ist strikt vertraulich. Wir werden das gegenüber der Presse nicht kommunizieren, die immer mehr Blut leckt. Wir halten immer Details des Mordes zurück, vor allem deshalb, um all die Spinner schnell entlarven zu können, die gestehen wollen, um sich wichtig zu machen.»

«Welche Details?», fragte ich ihn gespannt.

«Nun, erstens, dass der Gerichtsmediziner glaubt, Frau Kundera sei mit einem Ledergürtel oder etwas Ähnlichem erwürgt worden. Es gibt entsprechende Spuren am Hals. Aber das ist noch nicht alles, und jetzt wird es spannend.»

Er liess mich etwas zappeln.

«Was?», fragte ich ungeduldig.

«Etwas, was den ganzen Fall in eine völlig neue Dimension hievt. Im Ledergürtel war nämlich etwas aufgeprägt, und das hat Abdrücke auf dem Hals der Kundera hinterlassen. Schwer zu sehen, aber der Gerichtsmediziner hat da seine Methoden. Es waren germanische Runen, die von Rechtsextremen verwendet werden!»

«Was? Das kann ich gar nicht glauben. Welcher Mörder wäre so dumm, gleich auch noch seine Visitenkarten zurückzulassen?»

«Vielleicht wollte man die Kundera gar nicht ermorden und es war ein Unfall. Vielleicht hat man nicht damit gerechnet, dass das Opfer so schnell gefunden wurde – denn eigentlich ist nicht die Obduktion, sondern der Erkennungsdienst vor Ort auf die Abdrücke gestossen. Die Obduktion hat es nur bestätigt. Vielleicht waren der oder die Mörder einfach nur dumm – du würdest nicht glauben, wie grob fahrlässig sich einige Leute anstellen. Die meisten Mörder in der Schweiz sind glücklicherweise Amateure.»

«Der Erkennungsdienst war ja in Rekordzeit vor Ort», meinte ich nachdenklich.

«Das ist so – wir sind nicht in Los Angeles mit Dutzenden von Mordfällen. Wir sind in Zürich, und ein Mordfall klettert automatisch an die erste Stelle.»

Ich dachte nach.

«Aber vielleicht wäre es besser, ihr hättet etwas mehr Erfahrung mit Mordfällen. Mir scheint, ihr macht einen kleinen Überlegungsfehler.»

«Was meinst du?»

«Ihr habt ein kleines Detail übersehen. Wenn jemand etwas auf einen Ledergürtel ein- oder aufprägt, dann macht er das mit hoher Sicherheit an der Aussenseite. Damit man sehen kann, was da aufgeprägt wurde. Seinen eigenen Namen zum Beispiel oder irgendeine Verzierung. Das passt dann aber nicht zusammen mit eurer Theorie. Denn es ist doch sehr viel wahrscheinlicher, dass man jemanden mit der Innenseite des Gürtels erwürgt, also mit der Seite, die am Körper anliegt. Man nimmt den Gürtel von der Hüfte, steckt das Ende durch die Schlaufe, stülpt es über den Kopf des Opfers und zieht zu.» Das tönte so authentisch, als ob ich das schon oft getan hätte.

«Cleveres Bürschchen, haarscharf und blitzschnell kombiniert, vielleicht wird ja doch noch ein Detektiv aus dir!», meinte er, anscheinend echt beeindruckt. «Du hast recht: Im Allgemeinen sind die Prägungen aussen, aber hier waren sie das nicht.»

«Was soll das denn nun heissen?»

«Nun, vielleicht will man ja gerade nicht, dass die Umwelt mitkriegt, was sich im Gurt versteckt. Man will das verbergen. Zum Beispiel, weil das, was man aufgeprägt hat, verboten ist.»

«Warum sollte man das dann tun, wenn es verboten ist?»

«Da gibt es einige Gründe. Weil man zum Beispiel einer bestimmten Ideologie anhängt und dies durch das Symbol zeigen will. Denk zum Beispiel an all die Leute, die ein Kreuz um den Hals tragen. Oder die Leute, die einen Aufkleber mit einem Fisch am Auto haben.»

«Genau mein Punkt – man zeigt das Symbol.»

«Jaaaa, heute schon. Aber vielleicht hast du ja mal den alten Schmöker ‹Quo Vadis› gelesen. In dem gibt es eine Szene, in denen sich die verfolgten Christen im alten Rom mit dem Symbol des Fisches gegenseitig zu erkennen gegeben haben. In den ersten Jahrhunderten des Christentums waren die Christen in vielen Teilen der römischen Welt Verfolgungen ausgesetzt. Um sich zu erkennen zu geben und gleichzeitig nicht offen als Christen erkannt zu werden, entwickelten sie verschiedene geheime Symbole, um ihre Zugehörigkeit zur christlichen Gemeinschaft auszudrücken. Eines dieser Symbole war der Fisch. Sie haben damit auch ihre Gruppenzugehörigkeit angezeigt und sich so vor römischen Spionen geschützt: Wer die Bedeutung des Fisches nicht kannte, war ein Spion. Natürlich funktioniert das nur, wenn die Verfolger – also in diesem Beispiel die römische Obrigkeit – das Symbol nicht kennen. Deshalb sollte man die Symbole nicht allzu offen zur Schau stellen.»

«Und du sagst, dass das hier so ähnlich ist?»

«Ja, vom Prinzip her schon. Auch wenn ich diese Glaubensgruppe ganz und gar nicht mit dem Christentum gleichsetzen will, ganz im Gegenteil. Der Gerichtsmediziner hat auf der Haut von Frau Kundera Abdrücke festgestellt, die möglicherweise einer doppelten Sig-Rune entsprechen, und dann noch die Algiz-Rune, die je nachdem für ‹Leben› oder ‹Tod› stehen kann.»

«Vielleicht bin ich doch nicht so ein guter Detektiv: Was um alles in der Welt haben denn germanische Runen mit dem Tod der Kundera zu tun?»

«Das wissen wir auch nicht. Aber natürlich hatten wir sofort eine Vermutung, und nach einem kurzen Besuch in der Zentralbibliothek habe ich ein paar interessante Dinge festgestellt. Germanische Runen wurden vor langer Zeit durch die lateinische Schrift verdrängt. Das hinwiederum passte so gar nicht ins Weltbild der Nazis mit ihrer völkischen Verklärung des Germanentums. In ihren Augen waren Germanen die überlegene Rasse, weshalb die Runen zu einem wichtigen Teil der ‹arischen Kultur› und übrigens schon im Zweiten Weltkrieg als Erkennungsmerkmal verwendet wurden. Die Runen stehen bis heute in der rechtsextremen Szene als Zeichen für die Überlegenheit der nordischen Rasse. Die Runen als Identifikations- und Erkennungszeichen für Neo-Nazis haben zwei ganz besonders positive Merkmale.»

«Die da wären?»

«Vor allem sind sie bei Weitem nicht so prominent und eindeutig wie ein Hakenkreuz. Denk mal nach, Du siehst ein Hakenkreuz und weisst sofort: ein Neonazi. Das ist bei Runen ganz und gar nicht so klar. Und was auch nicht eindeutig ist: ob ein Gürtel mit Runen erlaubt ist. In Deutschland ist das Tragen und Zurschaustellen von Nazi-Symbolen schon seit Langem verboten, es wird auch ziemlich streng geahndet. In der Schweiz wurden die Gesetze gegen Rassismus und Diskriminierung in den letzten zehn bis fünfzehn Jahren verschärft. Hakenkreuze sind auch bei uns verboten. Aber Germanen-Runen auf der Innenseite eines Gürtels – wer sollte sich daran stossen? Wer sollte danach suchen? Und wer, wenn er sie denn doch findet, sollte den Bezug zur Neonazi-Szene herstellen? Ich musste mich selbst zuerst schlau machen in der Bibliothek. Wenn die Runen nicht klar im Zusammenhang mit nationalsozialistischer Gesinnung stehen, dürfte es auch schwierig werden, rechtlich dagegen vorzugehen», fuhr er fort. «All das macht Runen zu einem hervorragenden Erkennungsmerkmal für Neonazis: Zeig mir die Innenseite deines Gürtels, und ich kann erkennen, ob du zu uns gehörst oder nicht.»

Mich schauderte erneut. Natürlich wusste ich, dass es Neonazis wie auch viel Rassismus in der Schweiz und Europa gab. Trotz meinem asiatischen Aussehen war ich allerdings noch nie ein Opfer von Rassismus geworden, sieht man einmal von den häufigen Foppereien ab, dass mein Äusseres so gar nicht «Rösti»-haft ist. Aber damit konnte ich leben. Wenn einer zum Beispiel «Klein» heisst, aber zwei Meter gross ist, hat er auch Pech gehabt.

«Dann denkt ihr also, dass der Mord etwas mit Neonazis zu tun hat?», fragte ich entsetzt und gleichzeitig erleichtert, weil damit ich und mein Auftraggeber aus dem Schussfeld waren.

«Das wissen wir wirklich nicht. Aber es gibt genau einen Neonazi, den wir mit dem Bild in Verbindung bringen können: Zurbrugg.»

«Gibt es denn eine aktive Neonazi-Szene in der Schweiz?»

«Oh ja», meinte er, wenn auch nicht gar so aktiv wie in Deutschland. «Die Schweizer Neonazis treten eher als Financiers der deutschen Rechtsextremen in Erscheinung. Da gab es schon die eine oder andere Schlagzeile.»

«Habt ihr den Verdacht, der Tod der Kundera könnte etwas mit ihrem Beruf zu tun haben?»

«Wie meinst du das?»

«Nun, Nazis, ‹entartete Kunst› – und dann das fürchterliche Gepinsel, das in der Galerie der Kundera ausgestellt ist?»

«Deine Fantasie geht mit dir durch», brummte er. «Bei all den Scheusslichkeiten, die als Kunst gehandelt werden, kämen die Neonazis nicht mehr zur Ruhe. Nein – definitiv nicht. Aber dass der Zurbrugg das Bild für sein Herrchen zurückholen wollte und dabei ein bisschen gar radikal vorgegangen ist – das könnte man sich gut vorstellen.»

Die Verbindung mit Neonazis liess mich nicht los. Ich rief Freya an.

«Freya, wie bist du eigentlich zu deinem Vornamen gekommen?»

«Na, das nenne ich mal eine kreative Gesprächseröffnung. Hallo Li.»

Als ich nicht antwortete, sagte sie: «Ich schätze, ich bin so zu meinem Vornamen gekommen wie du auch. Meine Eltern haben sich vermutlich während der Schwangerschaft mehrere Wochen gezofft, meine Mutter hat sich durchgesetzt, und aus irgendwelchen Gründen, die ich nicht kennen kann, da ich damals noch gar nicht auf der Welt war, ist ‹Freya› dabei herausgekommen. Weshalb fragst du?»

«Na ja, Freya tönt so nach germanischer Mythologie. Man denkt unwillkürlich an germanische Runen, an Wagner, und auch an jene Leute, die Wagner so gerne gehabt haben.»

«Du meinst die Nationalsozialisten. Du musst nicht um den heissen Brei herumreden mit mir.»

«Ja», gab ich zu, «hatte deine Mutter entsprechende Sympathien?»

«Das weiss ich nicht genau. Allerdings kann ich sagen, dass mein Grossvater Geschäfte mit den Nationalsozialisten gemacht hat, und zwar teilweise auch aus Überzeugung. Das hat dann wahrscheinlich ideologisch auf meine Mutter abgefärbt. Es ist schlussendlich ja auch kein Zufall, dass sie ausgerechnet auf Lexi hereingefallen ist.»

«Du meinst, er sympathisiert auch mit denen!»

«Oh ja, wir hatten schon einige Diskussionen deswegen. Er bringt mich ab und zu auf die Palme mit irgendwelchen stupiden Aussagen. Das ist fast ein Kunststück, denn ich bin eine ziemlich apolitische Person und verstricke mich nie in ideologische Auseinandersetzungen.»

«Könnte es sein, dass er Kontakte zur rechtsextremen Szene hat?»

«Für so blöd halte ich ihn nicht. Weshalb fragst du?»

«Es muss unter uns bleiben, aber die Polizei hat im Zusammenhang mit der Ermordung von Frau Kundera Hinweise auf Rechtsextreme gefunden.»

«Waaas», rief sie überrascht, «wie denn das?»

«Genaues weiss ich auch nicht», log ich. «Vergiss unser Gespräch. Ich wollte nur abklären, ob du irgendwelche Hinweise auf entsprechende Verbindungen hast.»

* * *

«Diese gelbe Kakerlake hätten wir zerquetschen sollen», grollte Watzke und schaute Wehrle drohend an. «Ich war von Anfang an dagegen, diesen Reiskopf zu engagieren.»

«Was hätten wir denn tun sollen – das Bild einfach aufgeben?»

«Nein, aber auf unsere Einsatzkräfte vertrauen.»

«Das Problem mit deinen ‹Einsatzkräften› ist: Die sind nicht mit der Stadt Zürich und Umgebung vertraut. Ausserdem passen deine Glatzköpfe nicht so ganz ins malerische Strassenbild von Zürich, ganz zu schweigen vom Hochdeutsch.»

Watzke war ein knapp fünfzigjähriger Mann, klein, drahtig, mit biederem Hemd und Veston. Er hatte kurz geschorenes Haar und war in seiner ganzen unauffälligen Erscheinung ziemlich genau das Gegenteil von dem, was man sich gemeinhin als Rechtsextremen, zudem als Chef des Schweizer Chapters der Hammerskins, vorstellte. Genau das war sein grösster Vorteil: Watzke bewegte sich fast unsichtbar sowohl in Deutschland als auch in der Schweiz. Er war nicht nur der Verbindungsmann zwischen den Schweizer und den deutschen Chapters, sondern auch zu den Reichsbürgern, die ein rein deutsches Phänomen waren.

«Hochdeutsch hört man in Zürich mehr als euren komischen Dialekt», versetzte Watzke, «und immerhin sind wir dem Chinesen und dem Bullen heute Morgen am See gefolgt, ohne dass die etwas davon bemerkt hätten. Wir prägen nämlich immer mehr das modische Erscheinungsbild in Europa: Glatzköpfe gibt es viele. Und wenn wir auf unser elegantes Schwarz verzichten, fallen wir nicht auf», ergänzte er grimmig lächelnd.

«Das mag sein, aber eure Methoden sind mir ein bisschen zu wenig subtil und ziehen Aufmerksamkeit auf sich. Wie bei der Kundera – jetzt haben wir eine Morduntersuchung am Hals. Du machst dir gar keine Vorstellung, wie sehr ein Mord in Zürich auffällt. Das ist nicht so wie bei euch in Deutschland: Wir sind hier noch in einer kleinen, heilen Welt. Oder glauben es zumindest.»

«Dafür ist die Polizei noch doofer als in Deutschland», meinte Stickelberger, der eine der beiden Glatzköpfe, auf Schweizerdeutsch vom Rücksitz des Autos. Rinderknecht, der zweite Glatzkopf, nickte zustimmend. Die Skins waren strikt hierarchisch organisiert: Watzke war der Entwicklungshelfer aus Deutschland, der für den ideologischen Überbau und die Finanzen zuständig war. Stickelberger war sein Stellvertreter und sollte dereinst die Führung des Schweizer Chapters übernehmen. Er und Rinderknecht waren die Männer fürs Grobe.

«Ja, das mit der Galeristin war eine misslungene Aktion», musste Watzke brummend zugeben. «Aber wo gehobelt wird, da fallen Späne. Wir werden jetzt sicher nicht den Schwanz zwischen die Beine klemmen und abziehen, wie feige Ratten. Wir werden dieses Bild finden. Du in deinem netten Schlösschen über dem Zürichsee kannst dir wahrscheinlich gar nicht ausmalen, was das Bild für uns bedeutet.»

«Oh doch, das kann ich sehr wohl. Wir haben dasselbe Ziel, die Frage ist nur: Wie finden wir das vermaledeite Ding? Zurbrugg können wir nicht einsetzen.»

«Die Polizei hat es also nicht gefunden bei der Kundera?»

«Nein. Ich habe denen ein Foto vom Bild gezeigt, und nichts in der Galerie der Kundera und nichts in ihrem chaotischen Lager ähnelt dem Bild auch nur im Geringsten. Es ist verschwunden. Es ist nicht mal klar, ob es je in ihrer Galerie war.» Er schaute Watzke prüfend an. «Es ist ja schon sehr erstaunlich, dass es ausgerechnet am Montagabend verschwunden ist, als der Führungsstab bei mir tagte.»

«Willst du uns beschuldigen?», fragte er drohend. «Das Bild gehört uns, wir hätten uns also selbst bestohlen, was offensichtlich Unsinn ist. Es wäre auch rein technisch unmöglich. Wie hätten wir das Ding mitlaufen lassen sollen – wir waren ja die ganze Zeit zusammen?»

«Fast!»

«Ja, fast, aber wir haben es nicht. Denk nach: Hätten wir sonst der Kundera einen Besuch abgestattet? Nein. Würden wir hier auf diesem öden Parkplatz eines noch öderen Einkaufszentrums sprechen? Nein.» Wehrle und die versammelte Hammerskin-Leitung befanden sich in einem abgelegenen, fast autofreien Teil des Einkaufszentrums Glattpark, in Wehrles alter, aber geräumiger BMW 740 L Limousine.

«Das könnte aber auch alles Ablenkung sein», gab Wehrle zu bedenken. «Damit ich nicht auf den Gedanken komme, dass ihr mit dem Verschwinden etwas zu tun habt.» Er schaute Watzke lauernd an.

«Du solltest vorsichtig sein mit deinen Beschuldigungen», drohte dieser unverhohlen. «Du sitzt im Glashaus, und wir mit dir. Wir haben dir vertraut. Trotz starker Opposition habe ich durchgesetzt, dass das Bild bei dir gelagert wird. Weit weg von unseren Versammlungsorten in Deutschland, wo es den Bullen immer einfallen könnte, eine Razzia zu veranstalten. Und wo so viele Menschen ein- und ausgehen aus anderen Chapters, dass man nie sicher sein kann, ob nicht ein Spitzel darunter ist.»

Er sah Wehrle herausfordernd an.

«Du hast uns von der ach so sicheren Schweiz vorgeschwärmt. Von der beschaulichen Zürcher Goldküste. Von deinem top gesicherten Anwesen. Ich kann mich noch gut erinnern: ‹Meine Überwachungskameras erfassen jeden Quadratzentimeter meines Anwesens. Nur schon eine Maus, die dort nicht hingehört, würde einen Alarm bei der besten und teuersten Sicherheitsfirma der Schweiz auslösen.› So hast du das damals angepriesen. Und was ist daraus geworden? Ein unerklärlich verschwundenes Bild. Und keiner hat eine Ahnung, wie das geschehen konnte. Du solltest dir aber keine Illusionen machen: Wir sind keine Warmduscher-Organisation. Das Bild hat sehr hohe Erwartungen bei vielen von uns geweckt. Wenn diese Erwartungen enttäuscht werden, dann könntest du enden wie die Kundera.»

«Ich habe mich nie vorgedrängt, um das Bild aufzubewahren!», stotterte Wehrle.

«Aufgedrängt nicht. Aber du wolltest dich wichtigmachen als Wächter des Bildes. Wahrscheinlich hast du von Anfang an vermutet, dass mehr dahintersteckt als nur ein altes Gemälde. Vielleicht hast du von Anfang an darauf gehofft, deinen Teil abzubekommen.»

Damit wollte Watzke mit seinem Gefolge aussteigen.

Wehrle schluckte trocken, fasste sich aber schnell wieder und hielt ihn zurück. «Gegenseitige Drohungen helfen wenig», sagte er schwach, «wir haben ein gemeinsames Ziel. Mir scheint einfach, dass ihr nicht die richtigen Mittel findet, um das Bild wiederzubeschaffen. Und dass ihr Fehler macht.»

«Was für Fehler?», fragte Watzke und schnellte seinen Kopf vor, so dass Wehrle zurückschreckte.

«Li Rösti hat meine Tochter heute über Mittag kontaktiert», begann dieser.

«Ich dachte, du sprichst kaum mit ihr.»

«Das stimmt auch. Aber sie lässt keine Gelegenheit verstreichen, um mich zu provozieren. Wenn sie mir ans Schienbein treten kann, dann macht sie es.»

«Womit hat sie dich getreten?»

«Sie hat mich gefragt, ob ich etwas mit Nazis zu tun habe.»

«Waaaas? Wie kommt sie denn darauf? Du hast mir versichert, dass deine Tochter völlig für sich lebt in ihrem Anbau und dass sie uns nicht in die Quere kommt beim arischen Widerstand.»

«Sie kennt natürlich meine politischen Überzeugungen, zumindest der Richtung nach, und wir hatten deswegen in der Vergangenheit auch schon unsere Diskussionen. Sie ist nicht dumm, sie weiss auch, dass schon ihr Grossvater entsprechende Sympathien hatte. Auch meine verstorbene Frau hat ihre einzige Tochter nicht zufällig ‹Freya› getauft.»

«Aber sie selbst teilt unsere Überzeugungen nicht?»

«Sie ist politisch nicht interessiert. Das Leben ist für sie eine einzige Abfolge von Männern und Partys, ohne Bindungen oder feste Überzeugungen. Es ist ihr im Grunde genommen egal, welche politischen Ansichten ich habe, so lange die nicht in ihren Schickimicki-Multikulti-LGBT-Kreisen ruchbar werden. Als Chef der Wehrle Stiftung habe ich ein gewisses öffentliches Profil, ich bin exponiert und muss vorsichtig sein. Ich kann mir keinen Skandal erlauben, und ihr ist völlig klar, dass ein Skandal auch auf sie abfärben würde. Deswegen giftet sie mich ab zu an, wenn sie mich, selten genug, sieht. Wir gehen uns ziemlich aus dem Weg. Aber heute war das anders: Sie ist ins Haupthaus gekommen und hat mich richtiggehend verhört.»

«Was genau hat sie gesagt?»

«Zunächst wollte sie wissen, ob Zurbrugg tatsächlich in der Residenz war, als die Kundera ermordet wurde, was ich natürlich bestätigt habe. Dann wollte sie wissen, ob ich oder Zurbrugg Kontakt zu Rechtsextremen habe, was ich verneint habe. Normalerweise hätte sie es dabei belassen. Aber heute hat sie zweimal nachgehakt und angedeutet, dass der Mord an der Kundera etwas mit der rechtsextremen Szene zu tun haben könnte.»

«Nun haben wir die Katastrophe!», schrie Watzke so laut, dass Wehrle besänftigend die Arme hob. Zwar war die deutsche Luxuskarosse bestens isoliert. Aber mittlerweile war der Parkplatz bevölkert, und der wild gestikulierende Watzke konnte dann doch Aufmerksamkeit erregen. «Hast du gefragt, wie sie darauf kommt?»

«Natürlich, aber sie hat gemauert. Klar wurde aber, dass es mit dem Anruf des Chinesen zu tun hatte. Ihr habt doch hoffentlich keine Fingerabdrücke hinterlassen oder sonst irgendetwas Verdächtiges liegenlassen bei der Kundera?»

«Natürlich nicht», herrschte er Wehrle an. «Aber ich glaube, es wird Zeit, dass wir uns die ganze Geschichte etwas genauer ansehen.»

Damit stiegen die drei aus, kletterten in einen Jeep Cherokee und fuhren mit quietschenden Reifen los.

* * *

Am Montag war immer Clubabend. Unser Lokal war eigentlich ein ganz normales Restaurant, nur am Montagabend war es offiziell geschlossen und gehörte ausschliesslich unserem Club. An allen anderen Tagen konnten sich Clubmitglieder in einem abgetrennten Bereich treffen. Das Restaurant mit dem wenig anziehenden Namen Avinnova bot eine hervorragende Küche und einen ebenso hervorragend bestückten Weinkeller und war noch nicht von den Touristenhorden entdeckt worden. Das war kein Zufall, sondern Konzept: Der Besitzer des Restaurants, der mit zarten fünfunddreissig Jahren mit einer Software für Banken («Avinnova») zum Multimillionär geworden war, scheute nichts mehr als viel Arbeit mit den falschen Gästen. Statt seine Zeit mit Golfen, Gambeln und Gleitschirmfliegen zu vergeuden, hatte er ein Restaurant gekauft mit einem Personal, das rund fünfzig Prozent über dem eh schon hohen Lohnniveau von Zürich verdiente. Einzige Bedingung an Personal und Clubmitglieder: Niemand sollte sich unterstehen, auf sozialen Kanälen oder anderswo Werbung zu machen für Avinnova. Und sollte sich doch einmal ein Tourist auf den Sonnenberg verirren, sorgten prohibitiv hohe Preise auf der Menükarte für Abschreckung. Entsprechend leer sah das Lokal oft aus, wenn nicht gerade die Clubmitglieder für Furore sorgten – wie heute Abend. Ich vermutete stark, dass Peter, der Besitzer, jedes Jahr einen Verlust im hohen sechsstelligen Bereich einfuhr. Allerdings schien ihn das nicht allzu sehr zu kümmern, da dieser Verlust steuerlich absetzbar war. Peter war stolzer Mitbegründer und Präsident unseres Clubs, was bestimmt Vorteile hatte, wenn mal wieder Schaden am Mobiliar entstand.

Ich trat ein und wäre fast wieder geflohen, weil ich an einem der hinteren Tische einen vom Eingang abgewandten Kopf sah. Schwarze Haare, graziöse Haltung einer Balletttänzerin (was sie auch war), sehr sinnliche, halb geöffnete, vielversprechende Lippen (das sah ich nicht, vermutete es aber) und dunkle Augen, die – ausgerechnet! – Roli Bucher anlächelten, der sich letzte Woche bei seinem Tischtanz lächerlich gemacht hatte. Und mich auch eine Stange Geld gekostet hatte. Denn ich hatte gegen ihn gewettet. Aber da ich das Clubhaus verlassen musste, spielte es keine Rolle, ob ich mit meiner Wette richtig lag. Wer geht, verliert. Ich musste bekanntlich auf höheren Befehl ins Family Office. So streng waren die Sitten in unserem Club.

Er verschlang Tatjana mit den Augen, was ich natürlich zutiefst verachtete und ziemlich sexistisch fand. Frauen nur auf ihr Äusseres zu reduzieren, das ging gar nicht. Keine Feigheit vor dem Feind, sagte ich mir, blieb im Restaurant, steuerte aber zur Sicherheit doch einen Tisch fernab des lächerlichen Balzgehabes an.

«Li, willst du dich nicht zu uns setzen?», hörte ich wie befürchtet die Stimme von Tatjana.

«Klar», gab ich mich cool und freute mich über das Gesicht von Roli, der die Idee offenbar ganz und gar nicht so cool fand.

«Du bist letzte Woche so schnell verschwunden», meinte er anklagend. «Ich habe einen neuen Rekord geschafft.» Beim Rekord – falls es denn einer war – handelte es sich um eines der vielen sinn- und identitätsstiftenden Rituale des Clubs: Auf einem wackligen Tisch galt es, mit einem grossen Bier auf dem Kopf möglichst graziös zum ABBA-Song «Gimme! Gimme! Gimme!» zu tanzen, ohne das Bier zu verschütten. Wenn die Melodie verstummte, war das Bier ohne abzusetzen auszutrinken. Gemessen wurde die Zeit, bis das Halb-Liter-Glas leer war. Zudem wurde noch eine Stilnote von eins bis zehn vom Publikum vergeben, auf die sich die johlende Meute einigte. In einer komplizierten mathematischen Operation wurde dann aus Stil und Schnelligkeit eine Gesamtnote errechnet. Peter war zuständig, die Rangliste zu führen. Wenn Sie das nun für kindisch oder vielleicht sogar saudumm halten, dann haben Sie wahrscheinlich recht. Aber dann waren Sie wahrscheinlich auch nie jung.

«Ach so, und Tatjana ist der Siegerpreis», sagte ich rüde. Habe ich schon erwähnt, dass ich bis vor Kurzem mit Tatjana liiert war?

«Was bist du für ein Idiot», fuhr sie mich wütend an. Roli feixte. Man kann auch gewinnen, ohne etwas zu tun.

«So habe ich es nicht gemeint», krebste ich lahm zurück. Aber der Schaden war angerichtet, und das Gespräch wollte nicht mehr in Gang kommen. Ich fühlte mich elend: Dass Tatjana wieder mit einem Mann anbandelte, lag in der Natur der Sache. Aber ausgerechnet mit

Roli Bucher? Er war nun wirklich nur sehr knapp würdig, ein Mitglied unseres Clubs zu sein. Man hätte ihn eher in einer Fachvereinigung für Buchhalter vermutet, aber nicht in einem so angesagten, megacoolen Club wie «PoorUntamedYouth».

«Schon gut», lenkte Tatjana ein und bestrafte mich mit einem Blick, den nur Frauen im Repertoire haben: Sie schaute Roli mit einem verheissungsvollen Blick an, der ihn wie eine Hundert-Watt-Glühbirne erstrahlen liess.

«Tja, dann will ich nicht mehr länger stören», sagte ich und ging.

Der Parkplatz war völlig leer, als ich die Türe meines Spiders öffnete. Plötzlich durchzuckte ein heftiger Schmerz meinen Kopf, mir wurde schwarz vor Augen, und ich spürte, wie sich zwei Arme unter meine Schultergelenke schlangen und mich fort vom Auto zerrten, in das kleine Wäldchen gleich hinter dem Parkplatz. Dort lehnten mich die beiden Arme an einen Baum, und als ich die Augen aufschlug, sah ich einen kleinen maskierten Mann, neben dem zwei riesige, ebenfalls maskierte Typen standen, in ärmellosen, eng anliegenden Shirts, die ihre Muskeln eindrücklich zur Geltung brachten. Die sehen irgendwie aus wie Dwayne «The Rock» Johnson, fuhr es mir durch den Kopf, und ich hätte gewettet, dass sie kahlköpfig waren. Sie sahen wesentlich grimmiger aus als Johnson in seiner fiesesten Rolle. Der eine hatte einen Totschläger in der Hand, den ich bis jetzt nur im Film gesehen hatte. Wahrscheinlich mit Metall gepimpt, dachte ich und spürte, wie mir Blut hinten in den Kragen meines Gucci-Hemdes floss.

Der eine der beiden Johnsons trat vor und versetzte mir ansatzlos und wie nebenbei einen Haken direkt in meinen Solarplexus. Es verschlug mir die Luft, gleichzeitig konnte ich nicht umhin, die Präzision und Schnelligkeit des Schlages zu bewundern. Immerhin trug ich einen schwarzen Gurt in Karate. Natürlich werden Sie sich jetzt fragen, warum ich die drei Typen nicht mit Karatehieben massakriert habe. Leider muss ich Ihnen sagen: Einer gegen drei ist hoffnungslos, vor allem wenn der eine schon halb betäubt ist. Im richtigen Leben ist es ganz anders als im Film.

«Wieso haben Sie sich bei der kleinen Wehrle nach Rechtsextremisten erkundigt?», fragte der kleine Mann. Ganz korrekt, in der Sie-Form, und auch nicht unhöflich. Offenbar hatten sie Arbeitsteilung: Zwei schlugen, einer redete.

«Was meinen Sie?», krächzte ich, immer noch nach Luft schnappend wegen dem Schlag in den Solarplexus.

Der zweite Johnson trat vor und hämmerte mir einen rechten Haken direkt in die Rippen. «Stellen Sie sich nicht dümmer, als Sie sind», sagte der Buchhalter. «Wieso die Fragerei nach Rechtsextremen?»

Ich krümmte mich am Boden und war ausserstande, auch nur einen Ton herauszubringen. Die beiden Johnsons stellten mich auf, und der Buchhalter spritzte mir etwas Wasser ins Gesicht aus einer Petflasche, die sie mitgebracht hatten. «Trinken Sie etwas», sagte er, mit verständnisvoller Stimme. «Jetzt reden Sie», fuhr er fort, als ich einen Schluck genommen hatte.

Ich hörte eine Polizeisirene in der Ferne.

«Die Polizei hat Abdrücke von Runen am Hals der Kundera gefunden und daraus haarscharf geschlossen, dass sie von Rechtsextremen um die Ecke gebracht worden ist», sagte ich mit schwacher Stimme.

Die Polizeisirene kam schnell näher, und ich hörte auch Stimmen aus dem Clubhaus.

«Danke», sagte der freundliche Mann, «letzte Frage: Wo ist das Bild?»

«Welches Bild?», gab ich mich naiv.

Einer der beiden Johnsons – ich weiss nicht, welcher – versetze mir einen Magenhaken, der mich zusammenklappen liess. Ich sah nur noch, wie ein Knie in Richtung meines Gesichtes schoss – und dann sah ich gar nichts mehr.

* * *

Als ich wieder zu mir kam, lag mein Kopf angenehm gebettet im Schoss von Tatjana, die sich von oben mit erschrockenem Gesicht über mich beugte. Das Leben bietet in den dunkelsten Stunden seine schönen Momente. «Ich habe durch das Fenster gesehen, wie dich drei Typen zusammengeschlagen und weggezerrt haben», sagte sie mit schriller Stimme, «und ich habe sofort die Polizei verständigt.» Immerhin, ein gutes Zeichen: Sie hat mir nachgeschaut, fuhr es mir durch den Kopf. Blöd, ich weiss.

«Was ist geschehen? Wurden Sie ausgeraubt?», fragte einer der beiden Polzisten.

Ich wollte mir in die Tasche greifen, aber sofort wehrte er ab. «Bewegen Sie sich nicht, wir haben eine Ambulanz verständigt.»

«Konnten Sie die Angreifer erkennen?»

«Es waren drei, ein Kleiner und zwei Grosse. Sie hatten Roger-Staub-Chappen an.»

«Hä?», fragte der eine Polizist. Sie waren zu jung, um sich an den legendären Skirennfahrer und Mützen-Erfinder zu erinnern, und zu alt, um die bei Jugendlichen wieder populär gewordenen Roger-Staub-Chappen zu kennen.

«Roger-Staub-Mützen, das ist jetzt total in. Halt ziemlich retro. Die lassen nur die Augen frei», half Tatjana. «Sie sind im Sommer aber eher selten zu sehen. Er kann Karate», sagte sie völlig unmotiviert.

«Roger Staub kann Karate?»

«Nein, Li kann Karate. Hast du sie verletzt?», fragte sie.

Nicht nur Tatjana, auch die restlichen Clubmitglieder blickten mich erwartungsvoll an. Glücklicherweise trafen nun schon die Sanitäter ein und erlösten mich aus der peinlichen Situation. Der eine untersuchte mich, der andere stellte mir eine Menge Fragen. «Wie heissen Sie?» «Welcher Tag ist heute?» «Können Sie beschreiben, was passiert ist?» Und der Höhepunkt: «Haben Sie Schmerzen?» «Nein, ich mache nur gerne Grimassen», sagte ich mit schmerzverzerrtem Gesicht: «Habe mich noch nie im Leben so gut gefühlt.» Alles ein bisschen unreal, und wie durch einen dichten, grauen Nebel.

«Wir nehmen ihn ins Unispital mit», beschied der eine Sanitäter den beiden Polizisten und indirekt auch den vielen Gaffern aus dem Clubhaus, die sich mittlerweile um den Ort des Geschehens geschart hatten. Sie luden mich auf eine Bahre, schoben mich in die Ambulanz und fuhren mit Blaulicht Richtung Universitätsspital, das nur ein paar Minuten entfernt war. Mir wurde wieder schwarz vor Augen.

Als ich wieder zu mir kam, lag ich in einem Spitalbett in einem jener geschmacklosen, entwürdigenden Spitalhemden, die hinten offen sind und mich unmittelbar an ein Domina-Studio erinnerten. Das Unterbewusste spielt einem oft sonderbare Streiche, fuhr es mir durch den Kopf. Da ich noch nie in einem entsprechenden Etablissement gewesen war, konnte nur die Geschichte von Wehrle der Auslöser für die Assoziation sein. Ein junger Mann in weissem Kittel trat ein, und ich hätte ihn für einen zivildienstleistenden Gymnasiasten gehalten, hätte ich nicht sein Stethoskop um den Hals bemerkt, das mich scharfsinnig und eines Detektivs würdig schliessen liess, es handle sich um einen Arzt.

Tatsächlich stellt er sich als Assistenzarzt von der Notaufnahme vor und informierte mich nüchtern über all meine Blessuren. Ich hatte eine Platzwunde am Kopf, Hämatome in der linken Gesichtshälfte und eine angeknackste Rippe, innere Verletzungen konnten nicht ausgeschlossen werden.

«Die Wunde haben wir bereits genäht, ansonsten können wir nicht viel machen. Sie haben eine Morphium-Spritze gekriegt, weil Sie sich lautstark über die ‹verfluchten Schmerzen› beklagt haben. Wir behalten Sie mindestens bis morgen früh hier, weil Sie wahrscheinlich eine Gehirnerschütterung haben. Sie sollten nicht aufstehen, eine Urinflasche finden Sie neben dem Bett. Hier sind Medikamente gegen die Schmerzen – alle sechs Stunden dürfen Sie eine Tablette nehmen.» Er zeigte auf das Nachttischchen neben dem Bett. «Haben Sie Fragen?» Seine schwarzen Ringe unter den Augen zeigten mir, dass er lieber nicht durch Fragen aufgehalten werden wollte, also schüttelte ich den Kopf, was ich allerdings sofort bereute.

Kaum war er verschwunden, trat mein Vater mit erschrockenem Gesicht in mein Einzelbettzimmer ein. «Tatjana hat mich angerufen», sagt er schnell, als er meine Verblüffung sah. «Wie geht es dir?»

«Ich fühle mich, wie wenn ich ein paar Stunden in einem Betonmischer verbrachte hätte, mit drehender

Trommel und ein paar Felsbrocken drin», versetzte ich. Ob dieser doch sehr plakativen Beschreibung, noch dazu aus der Baubranche, verzog er das Gesicht.

Nachdem ich ihm versichert hatte, dass mir nichts fehle und dass die Swiss Rennweg Capital Preservation Alliance weiter auf ihren Hoffnungsträger zählen dürfe und vor allem keine Kosten wegen medizinischer Versorgung zu befürchten hätte – beides quittierte er mit ärgerlichem Schnauben –, wollte er wissen, wie es überhaupt zum Angriff gekommen sei. Ich verschaffte ihm einen Überblick über den Stand der Ermittlungen, legte den Verdacht der Polizei dar, dass vermutlich Rechtsextreme für den Tod der Kundera verantwortlich waren und dass es mutmasslich Rechtsextreme waren, die mich ziemlich übel zugerichtet hatten.

Hatte mein Vater bis jetzt nur erschrocken ausgesehen, machte sich nun Panik auf seinem Gesicht breit. «Wir steigen sofort aus. Du stellst die Nachforschungen im Fall Wehrle umgehend ein, und die Alliance wird das Mandat der Wehrle Stiftung umgehend kündigen», sagte er, mit einer viel zu lauten Stimme, die dem soignierten CEO des «führenden Multi-Client Family Office auf dem Platz Zürich» so gar nicht ähnlich sah.

«So einfach ist das nicht», entgegnete ich, «für einen Notausstieg ist es ein bisschen spät. Denn ich bin schon mitten in der ganzen verdammten Sache. Ich glaube nicht, dass mich der Fall so einfach loslässt. Ausserdem ist das jetzt auch eine persönliche Angelegenheit», versetzte ich trotzig und zeigte auf meine Platzwunde.

Er schwieg.

«Ich bin vielleicht ein bisschen verlangsamt», fuhr ich fort, «Du willst das ganze Mandat kündigen? Dass wir aus der Jagd nach dem verschwundenen Bild aussteigen, ist die eine Sache. Aber aus dem ganzen Mandat auszusteigen, scheint mir doch etwas übertrieben. Zumal wir Herrn Wehrle nicht unbedingt dafür verantwortlich machen können, dass mich ein paar Rechtsextreme zusammengeschlagen haben.» Obwohl ich Wehrle nicht leiden konnte, sah ich mich gezwungen, ihn zu verteidigen. Denn auf gar keinen Fall wollte ich die Ermittlungen aufgeben. Die Reaktion meines Vaters hatte mich überrascht. Es sah mir so gar nicht nach dem grossen Vorsitzenden aus, wie ich ihn bisweilen nannte, ein fettes Mandat in den Wind zu schiessen. Wie alle in der Finanzindustrie war er fast nur an der «bottom line» interessiert, also am Gewinn, der mit einem bestimmten Kunden zu erzielen war. Ich wusste, dass die Wehrle Stiftung und Herr Wehrle als deren Repräsentant einer der besten Kunden waren.

«Ich war nicht ganz offen mit dir, was Alexander Wehrle anbelangt», eröffnete er mir mit einem Seufzer. «Was ich dir jetzt sage, muss in diesem Zimmer bleiben. Aber du bist ja schliesslich ein Mitarbeiter der Alliance und hast ein dickes ‹Non-Disclosure-Agreement› unterschrieben», erinnerte er mich, nun schon wieder ganz der auf Diskretion bedachte CEO.

«Wir haben mit der Wehrle Stiftung ein 360-Grad-Care-Mandat», eröffnete er mir. «Das heisst: Wir machen von der Steueroptimierung bis zur Vermögensverwaltung so ziemlich alles, was man für einen Kunden machen kann. Das bedingt auch, dass wir Einblick in die Banktransaktionen der Stiftung haben, die von Herrn Wehrle initiiert werden. Natürlich würden wir niemals, niemals Transaktionen dulden, die in irgendeiner Weise illegal oder auch nur schon verdächtig erscheinen.» Nach diesem Exkurs kam er endlich zum

Punkt: «Aber: Herr Wehrle hat in letzter Zeit zuhanden der Stiftung verschiedene Politiker einer deutschen Partei finanziert, die – zumindest in Teilen – von Gerichten als rechtsextrem eingestuft werden. Nun ist es nicht an uns, die politische Gesinnung unserer Kunden anzuzweifeln oder zu verurteilen. Aber hier stellte und stellt sich doch die Frage, ob das im Sinne des Stiftungszweckes ist – an den sich auch Herr Wehrle zu halten hat.»

«Und das habt ihr zugelassen?» fragte ich entrüstet.

«Wie gesagt ist es nicht an uns, die Gesinnung unserer Klientel zu be- oder gar zu verurteilen. Es ist auch nicht unsere Verantwortung, im Rahmen des Mandates zu gewährleisten, dass die Gelder im Sinne des Stiftungszweckes verwendet werden.»

«Trotzdem willst du jetzt aussteigen?», fragte ich scharf.

Er wies mich mit einem Blick in die Schranken. Ein Blick, der mir immer wieder sagt, er sei der Herr meines Gärtnerhäuschens und meines Futtertroges.

«Frau Wiederkehr vom Accounting ist aufgefallen, dass in der Vergangenheit auch grössere Überweisungen an Heinrich XIII. dabei waren», sagt er, ganz faktisch und sehr still.

«Wer ist denn das?», rief ich aus.

«Frau Wiederkehr ist ...»

«Nein, die kenne ich, aber Heinrich XIII.?!»

«Heinrich XIII. Prinz Reuss.»

«Du sprichst in Rätseln und die Wirkung des Morphiums lässt nach», warnte ich ihn und sank mit schmerzverzerrtem Blick ins Kopfkissen zurück.

«Am Mittwoch, 7. Dezember 2022 wurde der Adelige im Zuge einer bundesweiten Razzia der deutschen Generalbundesanwaltschaft verhaftet. Er steht im Verdacht, ein Reichsbürger zu sein, oder genauer: der Kopf dieser rechtsextremen Bewegung, die einen gewaltsamen Umsturz in Deutschland anstrebt. Hast du das denn nicht gelesen? Es waren die ganz grossen Schlagzeilen. Eben deshalb hat sich Frau Wiederkehr an die Überweisungen erinnert.»

«Ich bin weniger ein Mann des Wortes als der Tat», gab ich schwach zurück. «War Wehrle wirklich so dumm, Geld auf das Konto eines so exponierten Mannes zu überweisen?»

«Nicht direkt an ihn, das schon nicht. Aber wohl an seine Immobilienfirmen. Das Problem ist nur: Es gab und gibt keinen vernünftigen Zahlungszweck für diese Gelder. Wir haben uns diskret informiert bei der Wehrle Stiftung: Die Stiftung hat keine Immobilien in Deutschland. Es gab und gibt auch nicht den Plan, Immobilien zu erwerben.»

«Dann hat Wehrle das Geld zweckentfremdet? Ist das nicht höchst riskant?»

«Aus heutiger Perspektive schon. Seit dem 7. Dezember ist Heinrich XIII. ziemlich toxisch, und niemand in der Wirtschaft will auch nur im Entferntesten etwas mit ihm zu tun haben. Aber vor ein paar Monaten war das noch ganz anders. Klar: Es mag Gerüchte gegeben haben, dass der gute Prinz mit rechtem Gedankengut sympathisiert. Nur: Das liesse sich über nicht wenige Repräsentanten von altem deutschem Geld und Adel sagen. Trotzdem will niemand darauf verzichten, Geschäfte mit denen zu machen. Wer wollte schon bei jedem Geschäftspartner die politische Gesinnung erkunden, bevor man sich mit ihm einlässt. Niemand – bei uns herrscht Meinungsfreiheit.»

«Aber was haben Reichsbürger hier in der Schweiz zu schaffen?», fragte ich ihn. «Denn so viel weiss ich: Reichsbürger bestreiten die Legitimität der Bundesrepublik Deutschland als Staat und behaupten, das Deutsche Reich existiere in den Grenzen von 1937 immer noch. Sie lehnen die bundesdeutsche Rechtsordnung und staatliche Institutionen ab und erkennen deren Autorität nicht an. Aber wir sind hier in der Schweiz – und gehörten 1937 nicht zum Deutschen Reich.» Nimm das – ich bin nicht so unbedarft, wie du meinst, und beeindrucke dich hoffentlich mit meinem historischen Exkurs. Und das alles vom Krankenbett aus.

Mein Vater lächelte milde – er hatte mein Imponiergehabe durchschaut. «Reichsbürger haben aber feste Bande zu anderen rechtsextremen Bewegungen, die es ja auch in der Schweiz gibt. Zudem darf man nicht vergessen: Nicht selten werden solche zweifelhaften Bewegungen aus der Schweiz mitfinanziert.»

Ich fragte mich, ob mein Vater mehr darüber wusste, als er sagte. Schliesslich waren die Kunden der Alliance allesamt reich. Und wenn ich etwas gelernt hatte: Reiche entwickeln oft exotische, und bisweilen leider auch völlig abwegige Weltanschauungen.

Aber dann stellte er eine Frage, die bewies, dass er tatsächlich der Vater des besten Ermittlers auf dem Platz Zürich (oder der ganzen Schweiz?) war.

«Hast du denn Herrn Wehrle angedeutet, du habest Grund zur Annahme, es seien Rechtsextreme in die ganze Geschichte verwickelt?»

Ich erbleichte noch ein bisschen mehr.

«Herrn Wehrle nicht, aber Freya.»

Auf seinen fragenden Blick präzisierte ich: «Seine Stieftochter.»

Am Dienstagmorgen standen Kommissar Meierhofer und mein alter Freund Oertli in meinem Zimmer statt der angedrohten Streifenpolizisten. Ich hatte mich des unseligen Spitalnachthemdes schon entledigt und stand in meinen Designer-Klamotten da, auch wenn sowohl mein Gucci-Hemd als auch mein Tom-Ford-Veston deutliche Spuren der gestrigen Auseinandersetzung aufwiesen. Die beiden schauten mich mit einer Mischung aus Schock und Mitleid an. Ich hatte mich noch nicht im Spiegel angeschaut, konnte mir aber vorstellen, dass ich wie das Frankenstein-Monster Herman aussehen musste: Dicker Verband um den Kopf, Hämatome im Gesicht, und langsame, schmerzverzerrte Bewegungen, die einem Hundertjährigen Ehre gemacht hätten. Die geschundene Rippe schmerzte selbst beim Lachen.

«Schau an, schau an, unser unerschrockener Nachwuchs-Privatdetektiv», feixte Meierhofer, der sich offenbar sehr viel schneller gefasst hatte ob meines Anblicks als Oertli.

«Was machen denn Sie beide hier?», gab ich mich naiv. Tatsächlich war ich erstaunt, dass die zwei Detektive schon von meinem Missgeschick gehört hatten. Ich konnte mir nicht vorstellen, dass die Polizei so gut vernetzt war, um das über polizeiinterne Kanäle zu erfahren. Aber wahrscheinlich rächte sich, dass ich Oertli ein paar Mal in den Club genommen und ihn dort eingeführt hatte. Bei den Clubmitgliedern war der Überfall sicherlich Tagesgespräch, und irgendwie musste das zu Oertli durchgedrungen sein. Zürich ist ein Dorf.

«Wir machen einen Krankenbesuch», meinte Meierhofer, «und nehmen den Kollegen gleichzeitig ein bisschen Arbeit ab. Oertli nimmt die Anzeige auf und macht das Protokoll. Schliesslich sind Sie beide Busenfreunde.» Er sah Oertli streng an, was mich vermuten liess, er habe von unseren Mauscheleien erfahren.

«Tja, was kann ich für Sie tun?», fragte ich, «ich warte noch darauf, dass ich offiziell entlassen werde, dann bin ich hier weg.»

«Wer hat Sie so zugerichtet? Und warum? Das wären die offensichtlichsten Fragen, die mir einfallen», sagte Meierhofer.

«Keine Ahnung, auf beide Fragen. Das ist die Aufgabe der Polizei. Deshalb zeige ich die Typen ja an.»

«Wir tun unser Bestes. Wie haben sie ausgehen? Es waren drei, oder?»

«Ja, sie waren zu dritt. Sie waren maskiert, deshalb kann ich sie nicht genau beschreiben. Aber von der Statur und vom Auftreten würde ich sagen: Einer hat wie Buchhalter Nötzli ausgehen, die beiden anderen ein bisschen wie Dwayne Johnson.» Ich hoffte darauf, dass Meierhofer nicht wusste, wie Dwayne Johnson aussah. Aber ich hatte mich getäuscht.

«Ein bisschen wie Dwayne Johnson? Kahlköpfig, muskelbepackt und schwarzgewandet. Also so, wie man sich gemeinhin rechtsextreme Skinheads vorstellen würde?», schoss es wie aus der Pistole.

«Kahlköpfig weiss ich nicht, aber muskelbepackt, schwarze Shirts und Jeans kommen hin. Allerdings hatte ich keine Zeit, mich nach ihrer politischen Gesinnung zu erkundigen», meinte ich.

«Nicht frech werden», ermahnte er mich. «Warum wohl haben die es auf Sie abgesehen?»

«Ich habe keine Ahnung», log ich, «wir hatten keine Zeit für einen kleinen Schwatz. Denn glücklicherweise sind Ihre Kollegen von der Streife schnell gekommen.»

«Wie haben sie denn gesprochen – Schweizerdeutsch?»

«Buchhalter Nötzli hat Hochdeutsch gesprochen», entfuhr es mir. Erwischt, dachte ich.

«Wie können Sie das wissen: Sie hatten doch gar keine Zeit für einen Schwatz», fuhr er mich an.

«Der eine hat was zum andern gesagt, das war Hochdeutsch, eindeutig. Aber ich weiss nicht mehr, was es war.»

Die beiden sahen mich argwöhnisch an.

«Es wäre besser, wenn du uns sagst, was du weisst», griff Oertli zum ersten Mal in den Dialog ein. «Die Typen sind gefährlich. Wer weiss, ob es das nächste Mal wieder so glimpflich abläuft.»

Ich war mir nicht sicher, ob ich mit Oertlis Einschätzung hinsichtlich «glimpflich» einverstanden war. Während ich noch überlegte, fuhr Meierhofer fort: «Nur damit wir alle auf dem gleichen Informationsstand sind: Ich weiss, dass Oertli Ihnen unseren Verdacht gegen Rechtsextreme ausgeplaudert hat, was den Mord betrifft. Da ist es ja schon sehr seltsam, dass der Privatdetektiv, der die Leiche gefunden hat, ebenfalls von Rechtsextremen zusammengeschlagen wird. Nicht nur das: Er wird kurz nach dem Zeitpunkt überfallen, zu dem er erfahren hat, dass es sich mutmasslich um Rechtsextreme handelt. Es stellt sich die Frage: Wohin hat der Schnüffler seine Nase gesteckt, wo er sie nicht hätte stecken sollen? Wollen die ihn zum Schweigen bringen? Oder weiss er etwas, das die von ihm wissen wollen? Oder das er nicht ausplaudern soll? Oder steckt er mit denen unter einer Decke, und es gab Streit unter Komplizen? Jedenfalls ist völlig klar: Sie, mein lieber Herr Rösti, stehen im Zentrum einer Mordermittlung. Und da kennen wir kein Pardon. Auch Ihr Vater mit all seinen Beziehungen wird Sie nicht schützen können.»

Oertli schaute schuldbewusst in die Gegend, allerdings wusste ich nicht, ob es wegen der Entdeckung von Meierhofer war, dass er mir gegenüber geplaudert hatte. Oder ob er fand, sein Chef packe mich zu hart an.

«Das sind alles ziemlich wilde Thesen», sagte ich, «vor allem die letzte: Ich kann Ihnen aber eines versichern: Ich habe die drei Gestalten noch nie gesehen. Also kann ich wohl auch schwerlich mit ihnen unter einer Decke stecken.»

«Aber wie sind die denn auf Sie gekommen?», beharrte Meierhofer. «Haben Sie mit irgendjemandem über unseren Verdacht gesprochen, dass Rechtsextreme für den Mord verantwortlich sein könnten?»

«Nein», log ich.

So ging das eine Weile weiter, bis mich ein anderer Assistenzarzt erlöste. «Leider muss ich mich jetzt entschuldigen», sagte ich höflich. «Ich möchte mich um meine Entlassung aus dem Spital kümmern.»

«Gut, aber wir erwarten Sie in zwei Stunden auf dem Revier, Sie sind ja offensichtlich wieder gesund, wenn Sie schon entlassen werden.»

«Wieso sollte ich aufs Revier kommen?»

«Nun, Sie wollen ja sicher eine offizielle Anklage gegen Unbekannt erheben. Ausserdem brauchen wir ein Protokoll.»

«Ich dachte, das macht der Oertli.»

«Ich habe gelogen», meinte Meierhofer trocken. «Ausserdem wollen wir noch eine genauere Beschreibung von den drei Angreifern von Ihnen, damit wir eine landesweite Fahndung nach denen auslösen können.»

«Zu viel der Ehre!»

«Nicht wegen Ihnen», erwiderte Meierhofer verächtlich. «Wenn ein reicher Zürichberg-Schnösel auf die Nuss kriegt, steht das nicht weit oben auf unserer Prioritätenliste. Aber wenn es gleichzeitig um Mord geht, dann schon.»

* * *

Mit einem Taxi liess ich mich zum Clubhaus fahren und versicherte dem besorgten Peter, dass ich gedachte, weiterzuleben. Danach stieg ich in mein Vintage-Gefährt und rollte vorsichtig heim. Jede kleine Erschütterung tat mir weh, auch das Schalten schmerzte. Auf dem Weg nach Hause rief ich Freya an.

«Ich muss dich unbedingt sehen», begann ich.

«Endlich – darauf habe ich gewartet», flötete sie kokett.

«Es geht um eine ernste Sache», antwortete ich leicht genervt.

«Ich verstehe dich nicht – bist du in einem Tunnel?»

«Ja», log ich. Ich hatte es satt, mir die Belehrungen anzuhören, dass ich mir doch ein modernes, gut schallgedämpftes Gefährt anschaffen sollte. Wozu ich keine Lust hatte, da ich in solchen Spiesserautos immer eine akute Depression entwickle. «Es wäre gut, wenn du zu mir kommen könntest und deinem Stiefvater nichts davon sagen würdest.»

«Keine Sorge, er hat vor langer Zeit aufgehört, meine Unschuld zu verteidigen», lachte sie. Aber als sie merkte, dass mir nicht zum Spassen zumute war, fragte sie, sachlicher: «Du bist heute nicht zum Scherzen aufgelegt. Wann und wo sollen wir uns treffen?»

Ich bestellte sie in einer Stunde in mein Gärtnerhäuschen und hoffte, dass ich mich bis dann wieder etwas manierlicher präsentieren könnte.

Ziemlich genau eine Stunde später öffnete ich ihr die Türe. Sie hatte ein hautenges Kleid an, das tiefe Einblicke erlaubte, zudem ihre hochhackigen Jimmy-Choo-Schuhe, mit denen ich mich vortrefflich gegen meine Angreifer hätte verteidigen können.

«In dieser Hundehütte ...», begann sie lachend, stoppte aber abrupt, als sie mein Gesicht sah. Ich hatte geduscht, die Bandagen entfernt und mir von meiner Stiefmutter eine teuer aussehende Tube ausgeborgt. Mit der hautfarbenen Paste hatte ich die Hämatome abgedeckt. Offenbar war mir das nur unzureichend gelungen.

«Es ist nicht so schlimm, wie es aussieht», bemühte ich eine abgedroschene Wendung, die ich schon mindestens dreimal in alten Humphrey-Bogart-Filmen gesehen hatte. Ich trat zur Seite, um sie eintreten zu lassen, verzerrte dabei aber das Gesicht und strafte meinen heldenhaft vorgetragenen Satz gleich selbst Lügen. Meine angeknackste Rippe erinnerte mich daran, dass sie auch noch da war.

«Was ist geschehen?», fragte sie mich entsetzt.

Ich gab ihr eine Kurzversion der Attacke, der sie mit aufgerissenen Augen folgte. Als ich erwähnte, dass die Angreifer von mir wissen wollten, warum ich mich ausgerechnet nach Rechtsextremen erkundigt hatte, sah sie mich erschrocken an.

«Die Einzige, die wusste, dass ich mich für Rechtsextreme im Zusammenhang mit dem Mord an der Kundera interessiere, das warst du, Freya. Damit stellt sich für mich die Frage: Hast du mir die Typen auf den Hals gehetzt und wenn ja: Warum?»

Beim letzten Satz sah sie mich erschrocken an, beherrschte sich aber schnell wieder und sagte wütend: «Das glaubst du ja selbst nicht.» Und als ich schwieg, fuhr sie fort: «Ich habe meinen Stiefvater damit konfrontiert.»

«Warum hast du das getan? Das war dumm und gefährlich.»

«Ich habe keine Angst vor ihm. Ich habe es getan, weil ich ihn schon längst im Verdacht habe, dass er mit irgendwelchen Nazis mauschelt. Er vergisst sich bisweilen, vor allem, wenn er etwas getrunken hat. Dann lässt er Dinge raus, die mich schaudern lassen. ‹Deutschland vernegert langsam, und die Schweiz ist nicht viel besser›, hat er mal gesagt. Das gehört aber noch zu den harmloseren Dingen. Auch Zurbrugg hat ziemlich radikale Ideen, die beiden stecken immer ihre Köpfe zusammen und hecken etwas aus. Das ist einer der Gründe, weshalb ich selten bis nie ins Haupthaus gehe. Ich will damit nichts zu tun haben. Mir ist auch bekannt, dass in unserem Haus Versammlungen stattfinden, von denen ich nichts wissen soll.»

«Wie denn das?»

«Nun, mein Stiefvater weiss, dass ich am Montag immer ins Bachata gehe. Das ist mir heilig. Vor einem halben Jahr hat es aber so geregnet mit starkem seitlichem Wind, dass wir unsere Vorstellung unter dem ungeschützten Pavillon am Bürkliplatz abbrechen mussten. Als ich heimkam, sind gerade zwei Autos durchs Eingangstor gefahren. Sofort hatte ich verstanden, warum es meinem Stiefvater so wichtig ist, dass die Gnägi am Montag immer auswärts nächtigt. Ich habe die Probe aufs Exempel gemacht und siehe da: Am nächsten Montag hatte mein Stiefvater wieder Besuch. Ich weiss nicht, was das bedeutet. Jedenfalls waren es keine Dominas, aber vielleicht kommen die ja auch nur jeden dritten Montag im Monat. Wenn mein Stiefvater solchen Wert auf Geheimniskrämerei legt, dann geht es jedenfalls sicherlich um nichts Gutes. Ich habe auch den Eindruck, dass der feine Herr den Stiftungszweck ziemlich willkürlich auslegt und Geld für sich und irgendwelche ‹Spezialprojekte› hinauswirft, die mir suspekt sind.»

«Wie kommst du darauf?»

«Lexi ist kein absolutistischer Herrscher, was die Wehrle Stiftung anbelangt. Klar, er hat denselben Namen, und ja, er ist der arme Witwer der reichen Stiftungsgründerin. Aber meine Mutter hat auch da vorgesorgt. Der Stiftungsrat ist mit integren Persönlichkeiten besetzt, die ihm auf die Finger schauen. Eine dieser Persönlichkeiten bin ich selbst. Im Stiftungsrat werden zunehmend Fragen gestellt, was die Geschäftsführung von Lexi anbelangt. Einigen Stiftungsräten ist zunehmend unwohl. Denn wer sehr integer ist und einen Ruf zu verlieren hat, der ist auch exponiert. Meinen Stiefvater absetzen oder aber als Stiftungsrat zurücktreten, das sind die Alternativen. Aber zurücktreten hiesse auch, auf die dicken Honorare verzichten. Daher besteht eine angespannte Situation.»

«Was würde geschehen, wenn dein Stiefvater abgesetzt würde?»

«Nun, dann würde er vielleicht doch noch unter der Brücke landen», schmunzelte sie leise.

«Jetzt verstehe ich, warum zwischen euch beiden Eiszeit herrscht», sagte ich. «Aber warum wohnst du denn noch zu Hause?»

«Fragt einer, der im Gärtnerhäuschen auf dem Anwesen seines Vaters wohnt.» Autsch. Es gibt auch verbale Schläge, die weh tun.

Ich hatte mit Freya Stillschweigen über unser Gespräch vereinbart, und sie beschied mir, dass sie ohnehin reiten gehe. In diesem Kleid?, schoss es mir durch den Kopf. Sie liebkoste meine Wange mit mitleidigem Blick. Sekundärer Krankheitsgewinn, dachte ich.

Nach dem Überfall auf mich war es nun an der Zeit, die Samthandschuhe auszuziehen. Ich hatte mich bei Zurbrugg für einen Besuch in der Residenz Wehrle angemeldet. Er wollte mich zwar abwimmeln, aber ich hatte ihm grob erwidert: «Ich fahre heute Nachmittag entweder nach Herrliberg oder auf den Polizeiposten. Wenn es der Polizeiposten sein soll, dann kann ich Ihnen garantieren, dass sowohl Sie als auch Ihr Herrchen bald Besuch von denen haben werden. Sie haben bereits Ihre Erfahrung gemacht mit der hiesigen Polizei.»

Ich war insofern nicht aufrichtig, als ich ohnehin aufs Revier musste. Kommissar Meierhofer war zwar nicht zu sehen, dafür war Oertli vor Ort. Er machte ein Gesicht, als ob er eine Kröte verschluckt hätte. Unsere Mauschelei war sicherlich nicht gut angekommen bei seinen Vorgesetzten.

Ich versuchte mich in forciertem Optimismus und gab mich zuversichtlich, die Sache sei bald zu klären, vor allem auch weil Nazi-Schläger nicht unbedingt zu den allergeschicktesten Kriminellen zählen. Er maulte noch ein bisschen herum, befragte mich dann aber zu den drei Angreifern. Allerdings konnte ich nicht viel mehr angeben als Grösse und Gewicht. Immerhin war das Trio mit einem Kleinen und zwei Riesen ziemlich auffällig.

«Denkt ihr wirklich, dass die drei etwas mit dem Mord an der Kundera zu tun haben?», fragte ich.

«Du hast gerade zum Besten gegeben, dass Nazi-Schläger nicht unbedingt zu den allergeschicktesten Kriminellen gehören. Du sagst, du habest nicht mit denen gesprochen, du habest die nie gesehen, weil sie maskiert waren. Wie kannst du denn wissen, dass es Rechtsextreme sind? Du solltest uns nicht für völlig blöd verkaufen, Li!»

«Es war ja auch mehr ein Gefühl. Vielleicht ist es ein rassistisch motivierter Überfall», verteidigte ich mich schwach.

«Nehmen wir mal an, dass dich dein Gefühl nicht täuscht und dass es sich wirklich um Rechtsextreme handelt. Nehmen wir weiter an, dass die Kundera von Rechtsextremen ermordet wurde. Wie gross ist dann die Wahrscheinlichkeit, dass es sich um dieselben Typen handelt?»

«Ich dachte, ihr habt den Zurbrugg im Visier?»

«Das haben wir. Vermutlich steckt er mit denen unter einer Decke.»

Ich schwieg.

«Nimm dich in Acht, Li, die Sache könnte buchstäblich ins Auge gehen.»

* * *

Inzwischen hatte mir Zurbrugg eine Nachricht auf meiner Voicemail hinterlassen. Ich sei zwar nicht willkommen, aber ausnahmsweise geduldet in der Villa Wehrle und würde erwartet. Ich schwang mich in meinen roten Flitzer, den ich direkt vor dem Revier hatte abstellen können, und röhrte Richtung Herrliberg. Entweder hatten die Schläger auch meinen geliebten Alfa beschädigt, oder es handelte sich um eines der gewohnten kleineren Probleme. Jedenfalls schien mir der Motor nicht ganz rund zu laufen. Oder hatte mein Gehör Schaden genommen? Keine Zeit, sagte ich mir.

«Ich bin ganz erstaunt, dass die Polizei Sie nicht schon eingebuchtet hat», fuhr ich Zurbrugg an, der mich vor dem Haus erwartete.

«Die sind intelligenter, als sie aussehen», meinte er.

«Sie haben mich ja noch gar nicht gefragt, warum ich so aussehe und warum ich so gestöhnt habe beim Aussteigen aus meinem Alfa?»

«Habe ich nicht», knurrte er mit gehässigem, wissendem Lächeln. «Einige kriegen, was sie verdienen.» Entweder war Zurbrugg ein sehr guter Pokerspieler, der seine Überraschung gut verbergen konnte. Oder aber er war nicht überrascht. Zum Beispiel, weil ihn die Schläger schon detailliert ins Bild gesetzt hatten über ihren Ausflug zu unserem Clubhaus.

Er führte mich ins Büro von Wehrle, der mich stehend empfing. Auch er kommentierte mein Aussehen mit keinem Wort. Bingo, dachte ich. Zwei hervorragende Pokerspieler auf einmal sind selten. Seine Grandseigneurhafte Selbstgefälligkeit war aber einer offensichtlichen Nervosität gewichen. Zurbrugg stellte sich breitbeinig und drohend vor der Bürotüre auf, als wollte er mich notfalls an einem schnellen Abgang hindern. Er sagte kein Wort, hörte uns aufmerksam zu.

«Herr Wehrle, ich wurde gestern überfallen und ziemlich übel zugerichtet. Ich muss Sie fragen: Haben Sie irgendetwas damit zu tun?»

«Wie kommen Sie denn darauf?», gab er sich entrüstet.

«Hauptsächlich deshalb, weil weder Sie noch Herr Zurbrugg auf mein lädiertes Äusseres reagieren. Der Rest der Menschheit ist ziemlich erschrocken über mein Aussehen und äusserte sich auch entsprechend.»

«Ihr Aussehen ist mir egal. Aber wenn es Sie glücklich macht: Es tut mir leid, dass Sie zusammengeschlagen wurden.»

Das war eigentlich nicht mein Punkt, und Mitleid von Wehrle war das Letzte, was ich wollte. Ich sah ihn scharf an. «Ich weiss nicht genau, was der Status von Ihnen und Ihrer Stiftung bei unserem Family Office ist. Aber ich werde Sie so behandeln, wie ich jeden unserer Kunden behandle. Mit Diskretion und dem über alles stehenden Ziel, Schaden von Ihnen abzuwenden. Auch wenn Sie es mir verdammt schwer machen.»

«Das erwarte ich auch von Ihnen», gab er zurück. «Wenn Sie Ihre Pflicht mir und der Wehrle Stiftung gegenüber vernachlässigen, dann haben wir durchaus Mittel und Wege, Ihnen und dem Family Office das Leben schwer zu machen. Es ist richtig, dass ich mir einen Skandal nicht leisten will. Ich bin mir aber auch sehr sicher, dass sich die Swiss Rennweg Capital Preservation Alliance einen Skandal noch weniger leisten kann.» Er hatte den dämlichen Namen unseres Family Office mit offensichtlicher Verachtung ausgesprochen, was mich vermuten liess, mein Vater habe schon mit Wehrle über eine Beendigung des Mandates gesprochen. Natürlich hatte Wehrle recht: Das Schlimmste, was einem Family Office passieren kann, ist ein Skandal. Wehrle war mit seinen Kungeleien mit Nazis zu einem offensichtlichen Reputationsrisiko nicht nur für seine Stiftung, sondern darüber hinaus auch für die Alliance geworden.

«Deshalb lassen Sie uns Nägel mit Köpfen machen. Ich erzähle Ihnen jetzt mal alles, was ich weiss», log ich, denn ich hatte ganz und gar nicht vor, ihm alles zu erzählen. «Und ich werde Ihnen dann ein paar Fragen stellen. Wenn Sie mir die beantworten, dann kann ich Ihnen helfen. Wobei ich Ihnen sagen muss: Wenn Sie direkt an einer Straftat, zum Beispiel einem Mord, beteiligt sind, dann hört meine Kooperation auf.»

«Ich habe mich an keiner Straftat beteiligt», fuhr er auf, «Sie vergessen etwas: Ich bin das Opfer!»

«So hat alles angefangen», bestätigte ich, «aber offensichtlich haben Sie mich schon bei unserem allerersten Treffen belogen. Schon dort habe ich Ihnen Ihre Schwärmerei über das Bild, das Ihnen so wichtig ist, nicht abgenommen. Es ist auch nicht ganz nachzuvollziehen, warum ausgerechnet das hässlichste und wertloseste Bild aus Ihrer Villa geklaut werden sollte. Daraus lässt sich haarscharf folgern: Das Bild muss für Sie einen hohen Wert haben, der sich einem nicht sofort erschliesst. Vielleicht versteckt sich darunter ein Rembrandt, der übermalt wurde? Oder der Rahmen ist aus purem Gold? Oder das Bild führt denjenigen, der es zu deuten weiss, zu einem verborgenen Schatz?»

Bei letzterem zuckte Wehrle zusammen. Ein schlechter Pokerspieler, dachte ich.

«Ich weiss es nicht», fuhr ich fort, «aber Sie werden es mir sagen. Ich weiss jedoch, dass Sie Kontakt mit Rechtsextremisten haben, wahrscheinlich deutschen Nazis. Ich hatte Freya nach Rechtsextremisten im Zusammenhang mit dem Mord an der Kundera befragt, und ich wette meinen Alfa Romeo Spider, dass die sofort zu Ihnen gerannt ist, um Sie damit zu konfrontieren. Danach sind Sie zu Ihren Nazi-Freunden gegangen und haben die auf mich gehetzt. Jedenfalls wussten Sie, dass die mich aufgemischt haben – nur deshalb sind Sie so ganz und gar nicht erstaunt darüber, wie lädiert ich aussehe.»

«Ich habe niemanden auf Sie gehetzt!»

«Das mag sein – vielleicht sind die auch selbst auf die gute Idee gekommen. Jedenfalls ist klar: Sie stehen in Kontakt mit denen. Und jetzt wird die Sache heikel. Nein, ich spreche nicht vom kleinen Überfall auf mich. Ich spreche vom Mord an der Kundera. Die Polizei hat nämlich den Beweis, dass sie von Ihren schlagkräftigen Freunden mit einem Gürtel umgebracht wurde. Sie haben die Sache so dilettantisch angegangen, dass daran kein vernünftiger Zweifel bestehen kann.»

Ich sah ihn an, er wurde immer bleicher.

«Damit sind Sie zwischen die Fronten geraten. Nicht nur, dass die Polizei wohl äusserst gerne mit Ihnen plaudern würde, wenn sie erführe, dass Sie mit denen unter einer Decke stecken. Nein, ich wette nochmals meinen Alfa, dass Sie auch von Ihren Nazi-Freunden nicht mehr ganz so sehr geschätzt werden. Für die sind Sie verantwortlich für den Verlust des Bildes. Die haben schon gemordet, um an das Bild zu kommen. Sie haben mich zwischen den Schlägen eindringlich nach dem Ding befragt. Da ich Nazis nicht als grosse Kunstfreunde einschätze, vermute ich, dass die weniger am Bild selbst als an dem interessiert sind, was sich dahinter verbirgt.»

«Da täuschen Sie sich sehr: Franz von Stuck war einer derjenigen Maler, die in der Hitlerzeit sehr geschätzt wurden.»

«Das mag sein, aber ich glaube nicht, dass Ihre Freunde jemanden nur deshalb totschlagen, weil der Maler in ihre kranke Ideologie passt. Es muss etwas anderes sein. Ganz offensichtlich haben Sie dabei versagt, denn das Bild ist Ihnen, trotz aller Sicherheitsmassnahmen, geklaut worden. Das schmeckt Ihren Nazi-Freunden sicherlich ganz und gar nicht. Es macht Sie zum nächsten Ziel. Dass die nicht zimperlich sind, haben sie ja bewiesen.»

Er wurde noch bleicher.

«Also spucken Sie aus, um was es hier eigentlich geht und mit wem wir es zu tun haben, sonst kann ich Ihnen nicht helfen. Mir schwant Böses, nicht nur für Sie und Zurbrugg, auch für Ihre Tochter, die auch hier lebt. Ich kann mir nicht vorstellen, dass die Kahlköpfe gross differenzieren, wenn sie mal von der Kette gelassen werden.»

«Das muss alles unter uns bleiben!»

Ich erinnerte ihn daran, dass er technisch gesehen nicht direkt mein Klient war, sondern der Klient eines Kollegen aus dem Family Office, der über ein Rechtsanwaltspatent des Kantons Zürich verfügte. Ich ermittelte rechtlich gesehen in dessen Auftrag, was den sehr angenehmen Nebeneffekt hatte, dass ich dem Berufsgeheimnis eines Anwaltes unterlag: Dieses verbietet es einem Anwalt, vertrauliche Informationen über seinen Klienten weiterzugeben, es sei denn, es besteht eine gesetzliche Verpflichtung, solche Informationen preiszugeben. Tja, wie ich schon erwähnte: Unser Family Office scheut keine Kosten und Mühen, unsere zahlungskräftigen Klienten zu schützen.

«Also gut», gab er sich geschlagen. «Sie haben recht: Das Bild ist zwar nicht ganz so wertlos, wie Sie das immer darstellen, aber es geht tatsächlich nicht um das Bild. Obwohl ich das lange Zeit selbst nicht ahnte. Wie Sie schon wissen, habe ich regelmässig Kontakt zu gewissen Kreisen. Ich unterstütze diese Kreise, vor allem auch was den Aufbau einer Schweizer Organisation anbelangt.» Er schaute mich an. «Vor ein paar Monaten hat mich der Führer der Schweizer Organisation gebeten, besagtes Bild sicher zu verwahren, was ich auch zugesagt habe.»

«Es kam Ihnen nicht komisch vor, dass Sie ein altes Bild aufbewahren sollten? Nazis sind nicht unbedingt als Kunstfreunde bekannt. Es sei denn, es handelt sich um sehr wertvolle Kunst.»

«Es kam mir seltsam vor. Aber ich kannte den Maler nicht und wusste damals noch nicht, dass das Gemälde nicht viel wert war. Das habe ich erst nach einer Recherche festgestellt, und ich habe Verdacht geschöpft. Aber manchmal ist es besser, wenn man einige Dinge nicht so genau weiss. Am Montagabend, als das Bild gestohlen wurde, waren natürlich keine Dominas bei uns. Sondern ich habe mich mit den drei Führungsmitgliedern dieser Organisation getroffen. Mit eben jenen Leuten, die mir das Bild übergeben haben. Der Chef der Schweizer Organisation heisst Watzke.»

«Zwei Fragen», grätschte ich hinein. «Erste Frage: Haben Sie beim Treffen mit denen am Montagabend bemerkt, dass das Bild fehlte?»

«Nein, das haben wir nicht. Wir haben uns immer im Sitzungszimmer aufgehalten und sind nie in mein Büro gegangen.»

«Das kommt mir seltsam vor. Wollten die denn das Bild nicht sehen, das sie Ihnen zur Aufbewahrung gegeben haben?»

«Nein, warum sollten die auch? Es gab keine Hinweise darauf, dass es verschwunden war. Wir befanden uns für vier Stunden im Sitzungszimmer, die drei haben uns danach mit ihren zwei Autos wieder verlassen. Zurbrugg und ich sind danach schlafen gegangen. Erst am Morgen habe ich den Diebstahl entdeckt.»

«Sie haben die aber nicht unmittelbar verständigt, oder?»

«Nein, ich hatte gehofft, das Bild könnte sehr schnell wiederbeschafft werden und wollte es hinauszögern. Diese Leute können sehr emotional reagieren.» Er seufzte. «Zweite Frage?»

«Was um alles in der Welt haben Sie mit diesen drei Leuten ganze vier Stunden besprochen? Offenbar war das nicht das erste Treffen, sondern eines von vielen an Ihren freien Montagabenden.»

«Was wir besprochen haben, geht Sie nichts an. Es hat auch nicht das Geringste mit dem Fall zu tun. Ganz allgemein kann ich Ihnen sagen, dass es um die Schweizer Aufbauorganisation und die Finanzierung ging.»

Schweizer Aufbauorganisation und Finanzierung – das tönte fast so wie bei Boston Consulting!

«Wann haben Sie Watzke informiert?»

Er seufzte. «Am Donnerstagmorgen.»

«Also am selben Morgen, als Frau Kundera ermordet wurde?»

Er nickte. «Ich habe ihn von meinem Büro aus angerufen und ihn informiert, weil ich keine Hoffnung mehr hatte, dass das Bild bald wieder gefunden würde. Aus seiner heftigen Reaktion wurde klar, dass stimmte, was ich schon vermutet hatte: Mit dem Bild hat es etwas auf sich, das einen grossen Wert für die Organisation darstellt. Ich habe Watzke damit konfrontiert, und er hat mir dann endlich reinen Wein eingeschenkt.»

«Und wie sieht dieser reine Wein aus?», fragte ich ihn ironisch.

«Das Bild hat einen doppelten Boden beziehungsweise eine doppelte Wand. Darin ist ein Dokument aus dem Zweiten Weltkrieg verborgen, das in bestimmten Kreisen einen ziemlich hohen Wert hat. Aber damit nicht genug. Das Dokument weist den Weg zum verschwundenen Goldenen Zug. Der ist Hunderte von Millionen, vielleicht Milliarden wert.»

«Sie müssen mir etwas auf die Sprünge helfen. Ich bin zwar knapp kein Millennial, aber der Zweite Weltkrieg ist doch ein bisschen weit weg von mir!»

«Im Zweiten Weltkrieg gab es in Deutschland die Organisation Todt. Sie war benannt nach ihrem Gründer Fritz Todt, der allerdings noch während des Krieges verstarb. Die paramilitärische Organisation war die Bautruppe des deutschen Regimes und war dem Reichsministerium für Bewaffnung und Munition unterstellt. Die Organisation Todt war für einige der spektakulärsten Bauwerke in der damaligen Zeit verantwortlich», in seiner Stimme schwang Bewunderung mit. «1943 beschlagnahmte das deutsche Regime Schloss Fürstenstein, das grösste und prächtigste Schloss in Schlesien, und übertrug es sofort der Organisation Todt. Diese begann damit, unter dem Schloss ein Gangsystem zu errichten, das etwa zwei Kilometer Länge aufweist. Sie gruben auch einen fünfzig Meter tiefen Schacht, der zum Gangsystem führt. Das alles geschah mit allerhöchster Priorität und Geheimhaltung. Das Schloss wie auch die unterirdischen Gänge sind heute eine Touristenattraktion. Sie sollten es besuchen. Allerdings liegt Schloss Fürstenstein heute auf polnischem Staatsgebiet», fügte er bedauernd hinzu.

«Ja, aber was hat das mit dem Bild zu tun?» wollte ich wissen.

«Es war nie klar, warum das deutsche Regime einen riesigen Aufwand betrieben hat, um die unterirdischen Anlagen so gigantisch auszubauen. Nun aber ist es für mich und ein paar Eingeweihte in jedem Detail nachvollziehbar», meinte er, mit leuchtenden Augen. «Denn wir sind in den Besitz von handschriftlichen Aufzeichnungen von Albert Speer gelangt. Er war eine der führenden Kräfte im deutschen Regime und wurde nach 1942 zum direkten Leiter der Organisation Todt ernannt, nachdem Todt selbst bei einem Flugzeugabsturz ums Leben gekommen war. Albert Speer hat alles dokumentiert: vom Auftrag zum Ausbau des unterirdischen Festungssystems, der direkt von Hitler kam, über die Ausführung bis hin zum Zweck der Anlage, die sich allerdings gegen Ende des Krieges immer mehr veränderte. Es gibt viele Aufzeichnungen von Gesprächen, die Speer mit Hitler direkt geführt hat. Speer war der Liebling von Hitler: Als Rüstungsminister und Architekt war er für den Bau der gigantischsten Bauwerke des Regimes zuständig. Da Hitler sich selbst als begabten Architekten sah, hatten die beiden Männer eine innige Beziehung», führte Wehrle mit verträumten Augen aus.

«Das alles ist mir völlig fremd, muss ich gestehen», warf ich ein.

Das schien ihn in seinen Schwärmereien nicht gross zu hindern. «Ab 1944 wurde jedoch klar, dass ein sicherer Unterschlupf für den Führer und seine engsten Vertrauten notwendig war. Der Bunker in der Reichskanzlei galt als ungeeignet, andere Anlagen wie die Wolfsschanze als zu bekannt. Gemäss den Aufzeichnungen von Albert Speer sollten die Anlagen unter Schloss Fürstenstein zu einem sicheren und gleichzeitig komfortablen Versteck für Hitler und seine engsten Mitarbeiter werden. Gleichzeitig beschreibt Speer ausführlich, wie riesige Schatzkammern angelegt wurden. Denn das Regime hat zwar ab 1944 bedeutende Summen über verschiedenste Tarnfirmen ins Ausland überführt, es wurden auch grosse Summen auf Schweizer Nummernkonten deponiert. Aber Hitler war ein misstrauischer Mensch, der vor allem an das glaubte, was er sah und berühren konnte. Deshalb wurden die Schatzkammern in unmittelbarer Nähe der Anlage angelegt. Der prominenteste aller Schätze war der bis jetzt verschwundene legendäre Goldene Zug.»

Ich liess den historischen Exkurs über mich ergehen und konnte nicht sagen, dass ich wirklich alles verstanden hätte. Auch schien mir die Geschichte allzu fantastisch.

«Und wie ist dieses geheimnisvolle Dokument von Albert Speer zu Ihnen und Ihren Freunden gelangt?»

«Es gibt in der Schweiz, vor allem aber in Deutschland gewisse Kreise, die der Meinung sind, dass nicht alles schlecht war, was das nationalsozialistische Regime anbelangt. Diese Kreise haben nie aufgehört, nach Dokumenten aus der damaligen Zeit zu forschen. Sie sind auf diese Aufzeichnungen gestossen. Sie sind einzigartig, eben wegen den vielen handschriftlichen Aufzeichnungen der Gespräche mit dem Führer. Zusätzlich enthalten sie detaillierte Hinweise, die zum verschwundenen Goldenen Zug führen. Gold, Edelsteine, Gemälde und vieles andere, das sich zu Geld machen liesse. Das würde in Deutschland alles verändern. Die Bewegung müsste sich nie mehr Gedanken über Geld machen, und wir könnten endlich wieder ein neues Deutschland aufbauen. Auch in der Schweiz gibt es viele Leute, die ähnlich denken. Aber natürlich wäre alles viel leichter, wenn Deutschland voranginge.» Seine Augen leuchteten.

«Ist es denn sicher, dass die Aufzeichnungen wirklich von Albert Speer stammen?»

«Oh ja, es gibt gleich zwei Gutachten dazu, beide sind eindeutig. Seit dem grossen Skandal hat die Forschung enorme Fortschritte gemacht.» Er schaute mich an. «Sie sind natürlich noch zu jung, um sich an den Skandal um Hitlers Tagebücher zu erinnern. 1983 wurden vom deutschen Magazin ‹Stern› angebliche Tagebücher von Adolf Hitler entdeckt. Deren Veröffentlichung sorgte weltweit für enormes Aufsehen. Allerdings bestanden schon von Anfang an Zweifel an ihrer Echtheit, was sich auch bewahrheiten sollte. Die Tagebücher waren vom deutschen Fälscher Konrad Kujau hergestellt worden, der sie dem ‹Stern› für sehr viel Geld verkaufte. Der darauffolgende Skandal war gigantisch. Wie jede Krise hatte auch diese ihre gute Seite: Die Wissenschaft machte enorme Fortschritte, was die Prüfung historischer Dokumente anbelangt. Deshalb lässt sich mit Sicherheit sagen: Die Aufzeichnungen von Albert Speer sind authentisch.»

«Was ich nicht ganz verstehe: Warum ist dieses Dokument dann, versteckt im Bild, zu Ihnen gelangt? Warum haben die deutschen Nazis den Schatz nicht einfach gehoben?»

«Tja, weil das nicht ganz so einfach ist. Es gibt grosse Hürden. Die Aufzeichnungen von Speer sind handschriftlich, sie sind gestochen scharf und von jedermann gut zu lesen. Sie betreffen den Bau der Anlage und die Gespräche mit Hitler. Sie geben aber keinen Aufschluss darüber, wo die Schätze verborgen sind. Am Ende der Aufzeichnung sind einige leere Seiten. Zunächst dachte man, was man immer denkt, wenn man leere Seiten sieht: Dass der Autor noch nicht dazu gekommen ist, diese mit Inhalt zu füllen.»

Er schaute mich erwartungsvoll an. Doch ich reagierte nicht. Seine offensichtliche Begeisterung über das Hitler-Regime stiess mich ab.

«Einer der Gutachter für die handschriftlichen Aufzeichnungen wusste, dass die Nationalsozialisten oft unsichtbare Schrift verwendeten, um besonders schützenswerte Informationen zu verbergen. Nach einigen Tests gelang es, die Schrift sichtbar zu machen. Aber Sinn machte nur die Überschrift: ‹Der Goldene Zug›. Der Rest war ein Buchstabensalat. Der Weg hin zum Goldenen Zug wurde nicht nur durch die geheime Schrift, sondern durch eine zweite Sicherheitsstufe geschützt. Die Regierung sicherte vertrauliche Dokumente mit der One-Time-Pad-Verschlüsselung. Das ist eine Verschlüsselungsmethode, bei der eine einmalige Liste von zufälligen Schlüsseln verwendet wird. Wenn die Schlüsselliste geheim blieb, galt und gilt dieses System als sicher.»

«Dann weiss also niemand so ganz genau, ob der Goldene Zug tatsächlich dort ist? Er könnte auch schon lange gefunden worden sein. Das Ganze wäre dann eine ziemlich lächerliche Schatzsuche», wandte ich ein.

«Oh, der Goldene Zug ist sicher noch genau dort, wo ihn Albert Speer und seine Organisation verborgen haben, daran gibt es keinen Zweifel. Sie müssen sich das einfach ganz plastisch vorstellen. Selbst wenn der Ort des Goldenen Zuges ermittelt werden könnte, ist das Heben des Schatzes alles andere als trivial. Wir sprechen hier nicht von einer Schatztruhe, die man sich unter den Arm klemmen kann. Es geht um Tonnen von Gold, kostbare Gemälde und vieles mehr. Die Polen würden kaum tatenlos zusehen, wenn das ausser Land geschafft werden sollte. Die Besitzverhältnisse sind zwar unklar, aber man darf darauf wetten, dass die polnische Regierung Anspruch darauf erheben würde.»

So langsam dämmerte es mir, weshalb Wehrle und vor allem die Wehrle Stiftung ins Bild passten.

«Und da haben sich Ihre Freunde in Deutschland gedacht: Bringen wir mal den Wehrle ins Spiel. Der kann das Gemälde mit dem Dokument nicht nur sicher aufbewahren in seiner Villa an der Goldküste. Der Wehrle hat noch einen anderen Vorteil: Die Stiftung engagiert sich in Polen kulturell. Ich wette, Sie sind auch beim Wiederaufbau von historischen Gebäuden beteiligt. Das hat in Polen eine lange Tradition. Wenn ich mich richtig an meinen Geschichtsunterricht erinnere, wurde die ganze Stadt Danzig nach alten Plänen wieder aufgebaut. Es würde also niemandem auffallen, wenn die Wehrle Stiftung mit Lastwagen und anderem schweren Gerät in Polen herumfahren würde, um irgendwelche historischen Gebäude wiederaufzubauen.»

Er nickte. «Sie haben es erfasst. Aber bis es so weit ist, sollte ich das kostbare Dokument, sicher versteckt im Bild, aufbewahren. In Deutschland kommt es immer wieder zu Razzien bei den bekannten Exponenten der Bewegung. In der Schweiz hingegen, zumal bei einem geschätzten Mitglied der Gesellschaft, sollte das Dokument versteckt im Bild sicher sein. Das hat sich als Trugschluss herausgestellt.»

«Wie sind die Nazis denn ausgerechnet auf Sie gekommen?», fragte ich naiv, obwohl ich die Antwort bereits wusste.

«Ich habe denen in der Vergangenheit deutlich zu verstehen gegeben, dass ich mit ihrer Sache sympathisiere,» antwortete er unbestimmt, ohne die Zahlungen zu erwähnen.

Ich dachte nach.

«Zwei Fragen habe ich aber dennoch: Warum vertrauten die Nazis ausgerechnet Ihnen? Und wie sollte es mit der Schatzsuche weitergehen?»

«Sie vertrauten mir, weil sie wussten, dass ich viel zu verlieren habe und ziemlich exponiert bin, sollte ich ein krummes Ding versuchen. Was die Schatzsuche anbelangt: Das One-Time-Pad ist zwar hundertprozentig sicher. Aber die Kollegen in Deutschland suchen noch nach dem Schlüssel, das den Buchstabensalat in Klartext verwandelt. Sollte das nicht auffindbar sein, dann gibt es vielleicht im Zeitalter der Künstlichen Intelligenz Mittel und Wege, den Code zu knacken.»

«Sie versuchen es mit Künstlicher Intelligenz?»

«Ja», gab er zu, «allerdings ist das nicht ganz einfach. Denn Hammerskins haben nicht unbedingt Zugang zu Computernerds. Das ist eine ganz andere Szene, die meisten von denen sind eher im anarchistisch-sozialistischen Spektrum zu verorten. Der Schuss könnte sehr schnell in die falsche Richtung gehen, wenn man denen in einer so heiklen Angelegenheit vertraut. Auch in dieser Hinsicht hatten sie Hoffnung in mich gesetzt. Allerdings muss ich gestehen, dass das auch nicht meine Welt ist.»

Hammerskins also, dachte ich bei mir. Eine rechtsextreme Organisation, die sich als Elite der Naziskins versteht.

«Sie müssen mir helfen», flehte er mich an. «Ich bin in akuter Gefahr. Wenn dieses Dokument nicht bald wieder auftaucht, dann bin ich tot. Das haben die mir offen gesagt.»

Als ich nicht antwortete, fuhr er fort: «Ich habe nichts Illegales, nicht mal etwas Unethisches getan. Ich habe ein historisches Dokument für die aufbewahrt, das die ganz legal erworben haben. Mit dem Mord an der Kundera habe ich nichts zu tun. Ich habe keine Ahnung, wie die auf die Galerie Kundera gekommen sind und was dort vorgefallen ist. Ich kann Ihnen auch versichern, dass ich mich von diesen Leuten distanzieren werde, wenn diese unselige Angelegenheit abgeschlossen ist, das können Sie auch Ihrem Vater sagen. Ich habe die Nase voll von denen!»

«Die ganze Geschichte über das Bild haben Sie am Donnerstagmorgen im Telefonat mit Watzke erfahren? Muss ein langes Gespräch gewesen sein.»

«Nun, er hat mir die Kurzform gegeben. Den Rest habe ich später erfahren, einiges habe ich auch aus dem Internet.»

«Und Sie, Zurbrugg?», fragte ich den grossen Schweiger. «Sie waren beim Telefonat dabei?»

«Wir haben es zusammen erfahren.»

«Interessant, sehr interessant!», sagte ich, was mir zwei fragende Blicke einbrachte.

«Was bedeutet das?», fragte Wehrle.

«Wir werden sehen.»

Zurbrugg, der wieder in Schweigen verfallen war, führte mich zum Ausgang. Stille Wasser gründen tief, dachte ich, und wusste in dem Moment, wer mein Hauptverdächtiger war.

* * *

«Es wird Zeit, dass du dich nützlich machst.» Watzke sah Zurbrugg scharf an. Es war Mittwochmorgen, und die beiden trafen sich an fast der gleichen Stelle, an der sich vor ein paar Tagen Wehrle und Watzke getroffen hatten. Allerdings hatte Wehrle nicht die geringste Ahnung, dass sich sein Privatsekretär und Watzke so gut und lange kannten. Bei den Montagabendtreffen täuschten sie immer über ihre langjährige Bekanntschaft hinweg.

«Ich mache mich nützlich – indem ich dich über den Stand der Dinge aufkläre. Die Konsequenzen sind klar: Ihr müsst sofort verschwinden. Ihr seid zur Fahndung ausgeschrieben.»

«Rinderknecht und Stickelberger sind untergetaucht. Die sind Schweizer und können sich leicht unsichtbar machen. Ohne die beiden im Schlepptau bin ich praktisch unsichtbar», meinte Watzke. «Aber es wird Zeit, dass wir vorwärtskommen. Ich kriege mächtig Druck aus Deutschland vom Führer der Division Ost. Wenn wir das Dokument nicht bald beschaffen, dann wird Blut fliessen. Wehrle ist geliefert, aber auch wir beide werden das nicht unbeschadet überstehen.»

«Ich verstehe immer noch nicht, warum es keine Kopie vom Dokument gibt», maulte Zurbrugg. «Dann könnten wir uns die ganze Aufregung sparen.»

«Du bist immer noch ein ziemlich einfältiger Fremdenlegionär, der zwar weiss, wie man effizient mit einem Dolch umgeht, aber von Führung und Kontrolle nicht viel versteht. Was die handschriftlichen Aufzeichnungen von Albert Speer anbelangt, sind die natürlich nur im Original wertvoll. Im Hinblick auf den verschlüsselten Weg zum Goldenen Zug ist die Führung zum Schluss gelangt, dass wir am sichersten sind, wenn es dieses Dokument nur einmal gibt – hohe Summen wecken hohe Begehrlichkeiten. Wenn wir zehn Kopien anfertigen, gibt es zehn Mal zehn Möglichkeiten, wie das Dokument in falsche Hände gelangen könnte. Abgesehen davon kann man es nicht einfach auf einen Kopierer legen: Die Schrift ist nur ganz schwach sichtbar. Es ist vorläufig eh nur ein nutzloser Buchstabensalat. Interessant wird das erst, wenn wir die Verschlüsselung knacken können.»

«Jetzt verstehe ich, warum du als hoher Offizier unserer Organisation in der Schweiz bist», meinte Zurbrugg.

Watzke schaute ihn an.

«Du bist der Hüter des Schatzes. Aber wenn der Hüter des Schatzes versagt, dann ist er geliefert», versetzte Zurbrugg. «Solange das Dokument verschwunden bleibt, hast du nur noch ein Leben auf Bewährung.»

«Das mag sein, aber ich kann dir garantieren: Wenn ich falle, dann falle ich nicht allein!»

«Vielleicht hast du das Ganze aber auch nur geschickt inszeniert. Du hast dir das Dokument unter den Nagel gerissen, weil du in den letzten Monaten einen Weg gefunden hast, die Verschlüsselung zu knacken. Vielleicht führst du uns alle an der Nase herum. Vielleicht führt ihr drei uns alle an der Nase herum.»

Watzke holte zum Schlag aus, aber der ehemalige Fremdenlegionär zückte blitzschnell ein schwarzes Ka-Bar-Messer aus Carbon und setzte es Watzke seitlich an den Hals.

«Wir – sind – alle – etwas – nervös», sagte er so langsam, wie wenn er zu einem kleinen Kind sprechen würde.

Watzke erbleichte. Er war unerschrocken in ideologischen Geplänkeln und taktischen Winkelzügen. Bei tätlichen Auseinandersetzungen war er den oft ruppigen Mitgliedern der Skins jedoch masslos unterlegen und musste sich in der strikt hierarchisch organisierten Truppe deshalb auf seinen hohen Rang verlassen.

«Lass das – oder du bist derjenige mit dem Leben auf Bewährung. Nur dass deine Bewährung bald abliefe.»

Zurbrugg steckte sein Messer wieder ein. Er blieb bei solchen Auseinandersetzungen seltsam ruhig, fast unbeteiligt. Ich habe es hier mit einem gefährlichen Psychopathen zu tun, schoss es Watzke durch den Kopf.

«Was sollen wir tun?», wollte der alte Legionär ganz ruhig wissen.

«Wie gut ist der Chinese?»

«Ich habe mich erkundigt», entgegnete Zurbrugg, «er ist ein ziemliches Weichei, wenn die Fetzen fliegen, trotz seinem Shotokan Karate. Er schaut auch jedem Rock nach und lässt nichts anbrennen. Sein Modefimmel und die alte Kiste, die er fährt, sind ziemlich lächerlich. Aber das alles ist vielleicht auch nur Fassade, damit man ihn unterschätzt. Der Bursche ist recht erfolgreich, wenn es darum geht, den Kunden des Family Office aus der Patsche zu helfen.»

«Dann haben wir die Sache offensichtlich falsch angepackt», stellte Watzke fest. «Statt ihn aufzumischen, hätten wir ihn stattdessen motivieren sollen, die Suche nach dem Dokument zu beschleunigen. Er ist jetzt ganz bestimmt so eingeschüchtert, dass er es uns übergeben wird. Schliesslich gehört es ja auch uns. Wir müssen ihm das nur genügend klarmachen. Ich weiss auch schon, wie wir das tun.»

Zurbrugg sah Watzke fragend an.

«Er hat sich bei Freya erkundigt, ob ihr Stiefvater etwas mit Rechtsextremisten zu tun hat. Das lässt auf ein sehr vertrautes Verhältnis der beiden schliessen», erklärte Watzke. «Wehrle hat sich einmal über seine Tochter ausgelassen, und siehe da: Es war fast dieselbe Beschreibung, wie du sie mir über den Chinesen gegeben hast: männergeil, modebewusst, gibt sich als Dummerchen, ist aber eigentlich ziemlich aufgeweckt und zielstrebig. Ich würde wetten, dass sich die beiden nähergekommen sind, auch wenn das Wehrle-Töchterchen eigentlich schon ein bisschen alt ist für den Chinesen. Aber gar so wählerisch wird er nicht sein.»

Zurbrugg erbleichte, denn er ahnte, was kommen würde. «Du wirst ihr doch nichts tun», fragte er nervös. «Das wäre ganz und gar nicht klug. Die Polizei hängt uns schon an den Fersen wegen der Kundera, und der Überfall auf den Rösti hat die noch weiter angeheizt. Die haben mir ziemlich zugesetzt, und ich würde wetten, dass die früher oder später auch bei dir aufschlagen. Wenn jetzt Freya etwas passiert ...»

Watzke sah Zurbrugg höhnisch lächelnd an. «Sieh an, sieh an – das Fräulein Wehrle scheint mir ein paar Verehrer zu haben!»

Nun errötete Zurbrugg. «Quatsch», entfuhr es ihm. «Es wäre einfach nicht klug.»

«Keine Angst: Wir werden ihr nichts tun. Aber wir werden uns ein bisschen um sie kümmern und ihr klar zu verstehen geben, was mit ihr geschieht, wenn ihr Freund das Bild nicht bald heranschafft.»

«Ihr tut ihr doch wirklich nichts?», fragte der plötzlich besorgte Privatsekretär.

«Wir werden sie auf den richtigen Weg bringen, das ist alles.»

Zurbrugg schaute Watzke fragend an, hielt es aber für angebracht, nicht weiter zu bohren.

«Ihr solltet euch eher um Wehrle kümmern», meinte er.

«Warum?»

«Er hat gegenüber dem Gelbgesicht klar zum Ausdruck gebracht, dass er aussteigen und die Kontakte zur Organisation abbrechen will. Er ist ein feiger Drückeberger, der sich gerne im Hintergrund hält. Er glaubt zwar an unsere Sache, will sich aber niemals selbst die Hände schmutzig machen und meint, mit seinem Geld beziehungsweise dem Geld der Stiftung Teil der Bewegung werden zu können. Aber sobald es brenzlig wird, hat er den Arsch auf Grundeis. Wir hatten solche Typen auch in der Legion. Nur sind die dort ganz schnell wieder verschwunden. Ein Unfall in der Wüste ...», lächelte der alte Legionär böse.

«Trotzdem hast du all die Jahre bei Wehrle ausgeharrt», versetzte Watzke.

«Die einfachste Art und Weise, zu verschwinden: an exponierter Stelle, aber dort immer im Hintergrund, hinter dem grossen Mann. In der biederen Schweiz ist das ein bombensicheres Versteck. Im Übrigen möchte ich dich erinnern: Ihr wart ganz einverstanden, dass ich auf meinem Posten bleibe, sobald ihr rausgefunden hattet, dass Wehrle mit uns sympathisiert.»

«Wehrle ist kein Problem. Er gehört uns. Er gehörte uns von dem Moment an, als er so blöd war, Geld aus der Stiftung für unsere Sache abzuzweigen. Keine Angst, den bringe ich auch wieder auf Kurs. Ich muss ihn nicht mal sehen – ein Telefonat genügt.»

Damit war das Gespräch für Watzke beendet.

Tief in Gedanken fuhr Zurbrugg Richtung Herrliberg. «Habe ich zu hoch gepokert?», fragte er laut. Doch das Auto antwortete nicht.

* * *

Als ich meinem Vater am Abend Bericht erstattete, war er ausser sich. «Ich hatte bereits ein sehr deutliches Telefonat mit Wehrle», schäumte er. Dass er nicht «Herr Wehrle» sagte, zeigte mir, dass sich der CEO des Family Offices geistig bereits vom mittlerweile ungeliebten Mandanten getrennt hatte. «Das sind unerhörte Vorgänge!»

«Ich bitte dich noch um ein paar Tage Zeit», bat ich ihn. «Ich verstehe, dass du ihn loswerden willst, aber ich brauche noch Zugang zu ihm, um den Fall zu lösen.»

«Das ist unmöglich – unser Family Office kann nicht in illegale Machenschaften verstrickt sein.»

«Nun», versetzte ich, «soweit wir wissen, hat Wehrle bis jetzt nichts Illegales getan. Er hat ein Bild beziehungsweise ein darin verstecktes Dokument aufbewahrt für Leute, die ihm versichert haben, dass sie das Dokument auf legalem Weg erworben hätten. Dieses Bild ist ihm gestohlen worden, er ist also eher das Opfer. Er könnte noch viel mehr und sehr direkter zu einem Opfer werden, wenn wir das Dokument nicht wiederbeschaffen – denn diese Leute sind offensichtlich zu allem bereit.»

«Du vergisst das abgezweigte Geld aus der Wehrle Stiftung!»

«Ich vergesse es nicht. Aber wie du selbst gesagt hast: Wir beraten unsere Kunden in allen Geld- und Steuerangelegenheiten. Punkt. Was unsere Kunden dann mit ihrem Geld anstellen, ist unserer direkten Kontrolle entzogen. Können wir sicher sein, dass einer unserer Kunden mit seinem Geld ein gestohlenes Kunstwerk erwirbt, einfach weil er es in seinem Keller aufhängen will? Können wir nicht. Können wir sicher sein, dass einer unserer Kunden Geld für Drogen, illegale Parteispenden, Bestechungen oder was auch immer einsetzt? Das können wir nicht.»

«Wir können es nicht. Aber wir können handeln, wenn wir es wissen. Es ist ja gar nicht das Geld von Wehrle – sondern der Stiftung.»

«Dann sollten wir das dem Stiftungsrat zur Kenntnis bringen. Aber nicht heute, sondern genau in einer Woche. Bis dann habe ich den Fall gelöst», sagte ich mit viel mehr Überzeugung, als ich innerlich verspürte. Denn ich hatte nicht die geringste Ahnung, wie ich den Fall knacken sollte.

Mein Vater stimmte widerwillig zu. Nachdem er sich nach meinen Verletzungen erkundigt und mich ermahnt hatte, vorsichtig zu sein, war ich entlassen. Sein Vorzimmerdrache sah mich mitleidig an. Hat sie doch ein Herz? fragte ich mich. Ich nickte ihr zu und verzog mich, die Blicke der anderen Alliance-Angestellten ignorierend, in mein winziges Büro.

Den ganzen Mittwochmorgen verbrachte ich mit Telefonieren. Mein Bauch sagte mir, dass die Lösung des Falles ganz nah lag. Aber mir war klar, dass ich noch zu wenig über die Hintergründe dieses Schlosses in Schlesien, den Goldenen Zug und die Organisation Todt wusste. Auch eine One-Time-Pad-Verschlüsselung war mir in meiner Karriere als privater Ermittler noch nie untergekommen. Das alles musste ich schleunigst ändern. Wissen ist Macht.

Nach ihrer letzten Lektion verliess Freya das Yogastudio an der Fabrikstrasse und steuerte zielstrebig auf ihren gelben Alfa zu. Sie wollte schon einsteigen, als sie den Strafzettel an ihrer Windschutzscheibe sah. «Nicht schon wieder», dachte sie. Die Lektion dauerte von 20 bis 21.15 Uhr. Mit der Vor- und Nachbereitung und den gelegentlichen Gesprächen mit den Kursteilnehmern schaffte sie es normalerweise ziemlich genau, unter der maximalen Parkzeit von zwei Stunden zu bleiben. Seufzend griff sie nach dem vermeintlichen Busszettel, als ihr etwas Feuchtes, Modriges über den Kopf gestülpt wurde. Zwei Hände packten sie, und bevor sie sich wehren konnte, öffnete sich eine Autotür und sie wurde rüde auf den Hintersitz eines grossen Autos geworfen, wo offenbar schon jemand sass, der ihren Kopf nach unten drückte. Sie wollte schreien, aber das tiefe Atemholen hatte sie verraten: Eine Hand legte sich um ihren verhüllten Hals und erstickte den Schrei.

«Ruhig, oder wir machen dich kalt», sagte eine höfliche, scheinbar gelangweilte Stimme.

«Ich kriege keine Luft.» Die Hand lockerte ihren Griff. Offenbar hatte man ihr einen alten Jutesack über den Kopf gestülpt. Ihr Angreifer hob ihre Beine und setzte sich ebenfalls auf den Rücksitz. Sie lag jetzt wie ein längliches Gepäckstück auf den Beinen der beiden Männer. Sie musste sich krümmen, denn so gross war das Auto doch nicht.

In dieser für alle drei ungemütlichen Konstellation fuhren sie rund zwanzig Minuten weiter, zuerst offenbar in der Stadt, was ihr die vielen Stopps verrieten. Dann wurden die Intervalle immer länger. Schliesslich hielt das Auto, der Fahrer stieg aus, und nach zehn Sekunden fuhren sie in ein Gebäude. «Eine Garage», schoss es ihr durch den Kopf, «dann können die mit mir machen, was sie wollen.» Sie bäumte sich auf, aber die Hände waren viel zu stark. Die Hintertür des Autos wurde geöffnet, und sie wurde aus dem Auto gezerrt. Zwei Hände packten sie an den Armen, zwei andere Hände nahmen ihre Füsse, sie wurde eine Treppe hinunter geschleppt. Grob wurde sie auf einen Stuhl gesetzt, und sie hörte ein seltsames Geräusch: Ratsch! Sekunden später wurde ihr rechter Arm mit Klebband an den Stuhl gefesselt, dann der zweite Arm und die Beine. Alles ganz ruhig und geschäftsmässig, als ob die Typen eine Kiste Wein verpackten. Sie glaubte, dass es drei waren: zwei fürs Grobe, ein Anführer, mit der psychopathischen Stimme. Immer noch mit dem modrigen Sack über dem Kopf hörte sie, wie sich die Schritte entfernten. Dann wurde das Licht gelöscht und es wurde unter dem Sack noch dunkler. «Hey, was soll das!», schrie sie panisch, aber niemand antwortete.

Noch nie in ihrem Leben hatte sie so viel Angst gehabt wie jetzt. Was wollen die Typen von mir? zerbrach sie sich den Kopf. Sie wusste, dass Schreien sinnlos war. Sie wollte den Entführern auch nicht die Genugtuung geben, sie in Panik und schreiend zu sehen, denn sie ging davon aus, dass sie beobachtet wurde. Also machte sie das Gegenteil.

Sie nahm eine noch aufrechtere Sitzhaltung ein, schloss ihre Augen, obwohl es ohnehin total dunkel war, und begann tief und gleichmässig zu atmen. Sie versuchte, ihre Gedanken zu beruhigen und sich auf den gegenwärtigen Moment zu konzentrieren. Sie stellte sich vor, wie sie an einem idyllischen Strand sass, das sanfte Rauschen der Wellen im Ohr. Ruhig, ganz ruhig. Tief atmen.

«Ich hasse euch, ihr verdammten Arschlöcher, ich hasse euch!» Das mit der Meditation hatte hervorragend geklappt – für schätzungsweise zwei Minuten. Danach musste sie ihre Angst und ihren Frust herausschreien. Zudem spürte sie einen starken Druck auf der Blase, was Meditieren generell schwierig gestaltete. Sie tobte mehrere Minuten, geriet aber immer mehr in Panik, da sie zu wenig Luft bekam unter dem modrigen Sack und bald verzweifelt nach Luft schnappte. Das Toben ging in ein Schluchzen über, und schliesslich wurde sie so müde, dass sie fast eingeschlafen wäre. «Das ist es – ein Traum», sagte sie leise.

Es kam ihr wie eine Ewigkeit vor, als wieder Licht im Raum gemachte wurde. Sie hatte gar nicht gehört, dass jemand den Raum betreten hatte. Der Betreffende trat von hinten an sie heran und riss ihr mit einem Ruck den modrigen Sack vom Kopf. Befreit atmete sie aus, kniff aber sofort die schmerzenden Augen zusammen, denn sie blickte in eine grelle Lampe, die genau auf sie gerichtet war.

Eine Stimme hinter der Lampe sagte leise, entspannt und sehr höflich: «Sagen Sie es uns.»

«Was soll ich sagen?»

«Sagen Sie es uns.»

«Ich sage es Ihnen.»

«Sagen Sie es uns?»

«Was zum Teufel soll ich Ihnen sagen?»

«Sagen Sie es uns.»

«Jetzt wird es mir zu blöd, ich sage gar nichts mehr.»

«Sagen Sie es uns.»

Schweigen.

«Sagen Sie es uns.»

«Okay, Sie haben den Pissing Contest gewonnen. Ich sage es Ihnen.»

Schweigen.

«Ich weiss nicht, was ich Ihnen sagen soll. Aber ich vermute, es hat mit dem verschwundenen Bild zu tun. Etwas Aufregenderes ist in meinem Leben nicht passiert.»

«Wo ist das Bild?», fragte die Stimme.

«Wie soll ich das wissen? Bis vor Kurzem wusste ich nicht einmal, dass es dieses Bild gibt.»

«Sie haben es gestohlen!»

«Waaaaaaaas? Denken Sie, ich bin blöd? Das ganze Haus ist voller kostbarer Gemälde. Wieso würde ich ausgerechnet dieses alte, geschmacklose Gepinsel klauen, von dem ich nicht mal wusste, dass es im Haus war?»

«Weil Sie blöd sind?», versetzte die Stimme emotionslos.

«Ich bin nicht blöd. Ich weiss eine Menge über Kunst.»

«Wer hat das Bild gestohlen?»

«Das müssen Sie meinen Stiefvater fragen – oder den Schnüffler, den er engagiert hat.»

«Sie scheinen dem Schnüffler sehr nahegekommen zu sein.»

«Wie kommen Sie darauf? Er hat mich verhört, wie alle anderen auch.»

«Er scharwenzelt um Sie herum und erzählt etwas von Rechtsextremisten.»

«Offenbar hat er damit recht!»

«Wir haben eine Botschaft für ihn. Richten Sie ihm aus: Das Bild gehört uns. Er soll es wiederbeschaffen, dann passieren keine blöden Dinge mehr. Es kann sein, dass beim nächsten Zwischenfall jemand dran glauben muss.»

«So wie bei Frau Kundera?»

«Genau so. Richten Sie es ihm aus. Es ist uns ernst. Wir bringen Sie jetzt wieder in die Stadt, um unseren guten Willen zu zeigen.»

Von hinten wurde ihr der Sack über den Kopf gestülpt.

«Stopp, ich muss noch auf die Toilette.»

«Kein Problem. Der Sack bleibt aber auf dem Kopf, und einer von uns hilft Ihnen.»

«Ich verklemme es.»

«Wie Sie wollen.»

Die Rückfahrt war etwas komfortabler, da ihr erlaubt wurde, aufrecht zwischen den beiden grossen Brocken zu sitzen. Als sie ankamen, sagte die ruhige Stimme. «Sie hatten recht. Wir gehören einer arischen Organisation an. Ich sage Ihnen das, damit Sie nicht auf falsche Gedanken kommen. Keine Polizei. Es ist möglich, dass die uns erwischen. Aber das wäre für Sie das Ende. Unsere Organisation begleicht immer alle Rechnungen – und wir wissen ja, wo Sie wohnen! Sagen Sie das auch dem Schnüffler!»

* * *

Mitten in der Nacht hämmerte es wie wild an der Tür zu meinem Gärtnerhäuschen. Verschlafen öffnete ich vorsichtig die Tür und wurde fast überrannt von Freya Wehrle. «Was ist …», wollte ich fragen, sah aber, dass sie offensichtlich traumatisiert war. «Setz dich. Willst du etwas trinken?» Sie zitterte am ganzen Körper wie Espenlaub und brachte keinen vernünftigen Satz heraus. Ich setzte sie in einen Sessel, entkorkte eine Flasche Rémy Martin und flösste ihr die braune Flüssigkeit ein.

Nach fünf Minuten war sie so weit, dass sie mir mit stockenden Worten erzählen konnte, was passiert war. «Das sind mit Sicherheit dieselben Typen, die mich zusammengeschlagen haben. Das müssen wir unbedingt der Polizei melden», rief ich erregt.

«Ich will aber nichts mit der Polizei zu tun haben», rief sie aus. «Was soll das bringen? Die haben klargemacht, dass sie Teil einer grösseren Organisation sind. Die finden mich immer wieder, denn ich habe nicht die geringste Lust, abzutauchen!»

«Du musst zur Polizei – so eine Entführung ist keine kleine Sache.»

Wir stritten etwa eine halbe Stunde hin und her, aber es war nichts zu machen: Sie wollte keine Polizei.

«Ich verstehe überhaupt nicht, was an diesem Bild so Besonderes sein soll», beklagte sie sich. «Die riskieren ja einiges mit einer Entführung.»

«Ja, und sie haben noch sehr viel mehr riskiert mit einem Mord», erwiderte ich.

«Du meinst, dass diese Typen Frau Kundera ermordet haben?», fragte sie erschrocken.

«Ich glaube, davon können wir ausgehen!»

«Aber warum nur? Nazis sind nicht unbedingt als Kunstliebhaber bekannt.»

«Es geht auch nicht um das Bild, sondern darum, was darin versteckt war. Hat dir denn dein Stiefvater gar nichts erzählt?»

«Der erzählt mir nichts. Was ist im Bild versteckt?»

Ich gab ihr die Kurzversion vom Speer-Dokument und dem verschlüsselten Weg zum Goldenen Zug. «Du siehst also», schloss ich, «dass die Sache sehr ernst ist. Es geht um sehr viel Geld. Es wurde genau zu dem Zweck versteckt, für den es die Hammerskins nun nutzen wollen: der rechtsextremen Ideologie zum Durchbruch zu verhelfen und dort weiterzumachen, wo die Nationalsozialisten vor hundert Jahren begonnen haben.»

«Umso weniger können wir die Polizei einschalten. Wenn die drei verhaftet sind, dann bedeutet das gar nichts. Die werden schlicht andere Schläger schicken, um der Sache auf den Grund zu gehen. Li, wir haben es hier nicht mit drei Bösewichten zu tun. Sondern mit einer ganzen Organisation.»

«Was schlägst du vor?»

«Ich muss zunächst einmal diese Nacht überstehen. Ich bin noch immer schockiert und mir ist kalt.»

Mir dämmerte so langsam, aus welchen Gründen sie gekommen war.

«Du kannst natürlich bei mir schlafen – hier bist du sicher: vor denen und vor mir! Ich bin sowieso zu müde für alles.» Der lahme Versuch eines Witzes kam bei der immer noch traumatisierten Freya nicht gut an.

Wir einigten uns, dass ich mein Bett behalten und sie im Gartenliegestuhl schlafen würde, den ich hereinholte. «Jeder Knochen wird dir am Morgen weh tun», orakelte ich, aber sie war nach dem erlittenen Schock und dem Cognac dermassen müde, dass sie schon fast im Halbschlaf auf den Liegestuhl sank und sofort einschlief.

Ich horchte noch ein paar Minuten in die Nacht hinein, war aber ebenfalls bald vom Schlaf übermannt.

Ich erwachte erst gegen neun Uhr und erschrak. Der Liegestuhl war leer, keine Spur von Freya. Als ich mich erhob, fand ich einen Zettel: «Jeder Knochen tut mir weh – wo sind die galanten Männer geblieben?» Immerhin schien Freya ihren Humor nicht ganz verloren zu haben, dachte ich halbwegs beruhigt. Noch im Halbschlaf steuerte ich das Haupthaus an, wo mir unsere Haushälterin ein Frühstück zubereitete.

«Harte Nacht?», tönte es von hinten.

Es war Mirjam, die meinen nächtlichen Besuch oder den frühen Abflug des gelben Alfa-Flitzers von Freya offenbar mitgekriegt hatte.

«Kann man sagen», brummte ich unbestimmt.

«Etwas Festes?», fragte sie.

«Kann man nie wissen», sagte ich noch unbestimmter.

«Jedenfalls hat man der kleinen Wehrle die harte Nacht angesehen», versuchte sie es nochmals. Die kleine

Wehrle? Offenbar hatte meine Stiefmutter schon ein bisschen recherchiert. Das Nummernschild, dachte ich.

Als sie merkte, dass sie nichts aus mir herausholen konnte, liess sie mich in Ruhe und ich beendete mein Frühstück.

Fünfzehn Minuten später steuerte ich meinen Flitzer in Richtung Westen, durch den Kanton, der in der Schweiz als Rüeblikanton gilt, aus welchen Gründen auch immer. Viele hochnäsige Zürcher – zu denen ich mich als globalisierter Mensch allerdings nicht zählte – blickten mit Verachtung auf die hinterwäldlerischen «Agglos» aus der Provinz. Das Autokennzeichen «AG» für «Aargau» steht für viele Zürcher für «Achtung Gefahr». «Was passiert, wenn man einen Rumänen mit einem Aargauer kreuzt?», war einer der ersten Witze, den ich gehört hatte, als ich in die Schweiz zurückgekehrt war. «Der klaut ein Auto und kann nicht damit fahren.»

Zuerst war ich schockiert von solchen Gehässigkeiten, bis ich begriff, dass es sich um einen Mechanismus der «Identitätsabwehr» handelte. Die allermeisten «Zürcher» waren nämlich zugezogen aus den Kantonen Graubünden und Aargau. Kaum hatten sie sich in der grossen Stadt eingenistet, verwandten sie viel Energie darauf, sich von ihrem Herkunftskanton abzugrenzen, indem sie sich besonders pointiert über die «Agglos» äusserten. Etwas kindisch – aber wenn es hilft?

Ganz objektiv gesehen handelte es sich beim Kanton Aargau indes um einen der schönsten Kantone der Schweiz, mit sehr vielen Burgen und Schlössern. Am bekanntesten war das Schloss Habsburg, das im 11. Jahrhundert errichtet worden war und als Stammsitz der Habsburger gilt, die damals weit in den Westen vorgedrungen waren.

Mein Ziel war Gränichen, ein kleines Dorf bei Aarau, wo ein emeritierter Professor nach seiner Pensionierung wieder in sein Heimatdorf fernab der grossen Stadt Zürich zurückgezogen war. Urs Fritschi hatte lange als Ordentlicher Professor für Neuere Geschichte an der Universität Zürich gelehrt, wobei er viel zum Zweiten Weltkrieg im Allgemeinen und zum Nationalsozialismus im Besonderen publiziert hatte. Als ich ihn angerufen hatte, war er zunächst skeptisch. Aber meine Fragen zur Organisation Todt und dem Goldenen Zug hatten sein Interesse geweckt und er willigte ein, mich zu treffen. Voraussetzung war allerdings, dass ich mich nach Gränichen zu ihm bemühte, da er «nicht mehr mobil» sei.

Ich verliess die Autobahn A1 bereits in Lenzburg und fuhr weiter über Land nach Gränichen. Richtige Freude mit einem Cabrio kommt bekanntlich eher auf Überlandstrassen auf, vor allem in einer so schönen Gegend wie dem ländlichen Kanton Aargau. Da mein Alfa Romeo Spider Duetto über kein Navigationsgerät verfügte, war ich auf mein Telefon angewiesen, das auf dem Beifahrersitz lag. Google Maps lotste mich in Gränichen auf eine enge Seitenstrasse, die aus dem Dorf hinausführte. Ich war überzeugt, dass ich falsch liegen musste, denn ein immobiler Professor wohnt eher nicht völlig abgelegen in der Pampa. Aber die enge Strasse erlaubte kein Wendemanöver, so fuhr ich wohl oder übel weiter. Ich gelangte an ein altes Bauernhaus, und Google Maps war sich sicher, dass dies die Zieladresse sei. Ich stieg aus und tatsächlich: Auf dem überquellenden Briefkasten stand «Fritschi». Ich läutete, im ersten Stock öffnete sich ein Fenster, und ein kleiner Korb wurde heruntergelassen. Im Korb lag ein Schlüssel. «Nehmen Sie die Post mit», schrie eine Stimme, was ich pflichtschuldigst tat.

Beladen mit einem Stapel Briefe und einem Paket stieg ich in den ersten Stock. Fritschi liess sich die Überraschung kaum anmerken, als er mich sah. Ich hatte mich mit meinem Nachnamen «Rösti» angemeldet. Gesprächspartner assoziierten mit diesem Namen eher einen gestandenen Schweizer, der seine Freizeit mit Hornussen oder Schwingen verbrachte. Mein asiatisches Äusseres passte nicht ins Bild. Mein asiatisches Äusseres mit dem ramponierten Gesicht noch viel weniger.

Der Professor sass in seinem Rollstuhl, und ich musste unwillkürlich wieder denken, dass das alte Bauernhaus ganz offensichtlich nicht der beste Ort für einen gebrechlichen alten Mann war.

Er schien meine Gedanken zu erraten. «Das Haus gehörte meinen Eltern, ich stamme aus Gränichen. Im Alter findet man zu seinen Wurzeln. Hier ist mir wohl. Was ist mit Ihrem Gesicht passiert?»

«Es freut mich, dass Sie mich empfangen», sagte ich in meinem akzentfreien Zürichdeutsch, was die Dinge im Allgemeinen wieder ein bisschen zurechtbog. «Ich hatte einen kleinen Unfall.» Das schien ihn zu befriedigen.

Professor Fritschi war sich von der Universität offensichtlich gewohnt, mit vielen verschiedenen Ethnien zu tun zu haben – und mit vielen exotisch aussehenden Studenten, die aber lupenreines Schweizerdeutsch sprachen.

«Können Sie sich ausweisen?», fragte er. «Das hat nichts mit Ihrem Äusseren zu tun», beeilte er sich nachzuschieben. «Aber bei mir klopfen manchmal die seltsamsten Figuren an. Das bringt das Forschungsgebiet Nationalsozialismus so mit sich. Obwohl ich zugeben muss, dass Sie ganz und gar nicht wie ein Neonazi aussehen.»

Ich zückte meine Lizenz als Privatdetektiv und erklärte ihm, dass ich für ein renommiertes Family Office tätig sei.

Er studierte den Ausweis sorgfältig und brummte dann: «Aha, da will also offenbar jemand die Suche finanzieren.»

Ich wusste nicht genau, was er damit meinte. Also tat ich, was ich in solchen Situationen immer tue: Ich schwieg.

«Was wollen Sie wissen?» Er sah mich fragend an.

«Beginnen wir mit dem Goldenen Zug – Fakt oder Märchen?», fragte ich provokativ.

«Keine Ahnung», antwortete er kurz angebunden. Das half mir nun auch nicht gerade weiter.

«Aber es gibt Leute, die daran glauben», kitzelte ich ihn.

«Ja, schon. Es gibt auch Leute, die glauben, die Erde sei eine Scheibe. Ich bin Wissenschaftler, und wir Wissenschaftler müssen uns an die Fakten halten.»

«Was sind die Fakten?»

«Fakt ist, dass die Nationalsozialisten zwischen 1933 und 1945 rund 600 000 Kunstwerke gestohlen haben, davon rund die Hälfte in Osteuropa. Sie wurden von den Nazis versteckt, die allermeisten von ihnen konnten jedoch an die rechtmässigen Besitzer zurückgegeben werden. Denn Kunstwerke sind verhältnismässig einfach ihrem Besitzer zuzuordnen. Etwas komplizierter ist das mit Gold: Das haben die Nazis aus allen möglichen Quellen geklaut. Von Währungsreserven der Zentralbanken in Ländern, die sie überfallen haben, bis hin zu goldenen Zähnen von Juden, die sie in Konzentrationslagern ermordet haben – die haben Tonnen von Gold zusammengerafft.»

«Und das wurde natürlich nie gefunden?»

«Oh doch, es gab immer wieder spektakuläre Goldfunde. 1945 haben die Amerikaner im Tauerntunnel einen ‹Goldzug› beschlagnahmt, der Inhalt wurde später versteigert. Sechs Tonnen Gold wurden in Bad Gastein und Hintersee versteckt und von den Alliierten später gefunden. Aber natürlich weiss niemand so genau, wie viel Gold von den Nazis geraubt und versteckt wurde. Da gibt es viele Geschichten. Von zwei U-Booten etwa, die Nazi-Gold nach Argentinien gebracht haben sollen bis hin zu der Geschichte vom Goldzug in Polen, der Sie ja offenbar interessiert.»

«Dann könnte also durchaus etwas dran sein», fragte ich ihn.

«Klar, es ist nicht auszuschliessen. Nicht zuletzt, weil das Ganze von prominenter Stelle angestossen wurde.»

«Wie meinen Sie das?»

«Na, von der polnischen Regierung selbst. Ich weiss allerdings nicht, welcher Teufel die geritten hat. Und ich bin mir auch ziemlich sicher, dass sie es mittlerweile bereuen», fuhr er fort. «Die Lawine wurde 2015 losgetreten von Piotr Żuchowski, der damals immerhin stellvertretender Kulturminister von Polen war. Er behauptete, dass ihm ein Mann auf seinem Sterbebett gesagt haben soll, er habe geholfen, den Goldenen Zug in Walberzych, deutsch Waldenburg, zu verstecken. Das Ganze war insofern glaubwürdig, als die Nazis nach 1943 im Rahmen des Projektes Riese mehrere gigantische Stollensysteme in Schlesien angelegt haben. Die Insassen von Konzentrationslagern wurden gezwungen, diese Anlagen unter unmenschlichen Zuständen anzulegen. Der Verwendungszweck war nicht immer ganz klar. Man vermutet, dass ein sicheres Führerhauptquartier als Alternative zur bekannten Wolfsschanze, wo sich Hitler oft aufhielt, geschaffen werden sollte.»

«War das nicht auf Schloss Fürstenstein?»

Er schaute mich an. «Sie scheinen ja mehr von der Sache zu wissen, als Sie zugeben.» Als ich nichts sagte, fuhr er fort. «Nein, ich habe eigentlich von einer Anlage im schlesischen Eulengebirge gesprochen, die als die bedeutendste und grösste Anlage galt. Aber es ist schon so: Schloss Fürstenstein, das in unmittelbarer Nähe von Waldenburg liegt, beziehungsweise die darunter liegenden Stollen, gehören zum Projekt Riese. Es gibt viele Schlösser und Burgen in Polen, ähnlich wie im Aargau. Aber so etwas Prächtiges wie Schloss Fürstenstein findet man hier nicht.»

«Wie ist das Schloss in die Hände der Nazis gefallen?»

«Die Nazis waren unzimperlich, wenn es darum ging, sich etwas unter den Nagel zu reissen, das ihnen nutzen konnte. Sie enteigneten die Besitzer des Schlosses; wenn ich mich richtig entsinne, hatte der eine von ihnen in der polnischen Armee gedient und gegen die deutschen Besatzer gekämpft, was als Anlass für die Enteignung verwendet wurde. Das Schloss wurde sofort einer paramilitärischen Einheit, der Organisation Todt, übergeben. Diese war mit allerlei Bauvorhaben für das NS-Regime befasst. Nach dem Tod des Gründers Todt stand die Organisation direkt unter dem Kommando von Hitlers Liebling, Albert Speer. Von den allermeisten Bauvorhaben der Organisation Todt wusste man haargenau, was der Zweck war. Nicht so bei den kilometerlangen Schächten und Anlagen unter dem Schloss Fürstenstein: Das ist bis heute nicht geklärt. Aber logisch sind eigentlich nur zwei Verwendungszwecke: Entweder wollte man einen sicheren Ort für dic Führungsstäbe der Nazis schaffen.

Oder aber man wollte riesige Schatzkammern erstellen für das enorme Raubgut der Nazis. Zum Beispiel für einen Goldzug», blinzelte er mich an.

«Aber man hat doch sicher in der ganzen Anlage nachgeschaut: So ein Zug ist doch nicht so ganz einfach zum Verschwinden zu bringen?»

Fritschi lachte. «Natürlich. Man hat sehr genau nachgeschaut, und ja: Der Legende nach handelt es sich um einen gepanzerten Zug, der mit dreihundert Tonnen Gold, Kunstwerken und Edelsteinen beladen war. Der lässt sich nicht so einfach verstecken. Nur müssen Sie bedenken: Den Nazis standen fast unbeschränkt viele Arbeitskräfte zur Verfügung. Die Organisation Todt hatte auch rund ein Jahr, um das perfekte Versteck zu finden. Und Albert Speer war, im Gegensatz zu den anderen Nazi-Grössen, nicht ganz dumm. Man hätte den Zug beispielsweise in eine versteckte Kaverne einfahren lassen können, ihn zuschütten, die Schienen abreissen und den Zugang zubetonieren können. Wer wüsste dann schon, wo man suchen müsste? Das Ganze lag bis zu hundert Meter im Untergrund.»

«Aber heute gibt es doch spezielle Geräte. Ich kann mir nicht vorstellen, dass man so einen Zug nicht orten kann.»

«Es gibt spezielle Geräte, und es gibt auch spezielle Leute, die danach gesucht haben, und ich vermute, dass Sie und Ihr Family Office oder einer Ihrer reichen Kunden die Nächsten sind, die danach suchen werden.»

Ich sagte nichts.

«Nachdem Sie mich angerufen haben, konnte ich die Zeit nutzen, um mich über den neusten Stand zu informieren. Ich bin ja emeritiert, alt und ein bisschen einsam in meinem Bauernhaus. Also: 2015 haben zwei Schatzsucher, Piotr Koper und Andreas Richter, behauptet, sie hätten Indizien für einen hundertzwanzig bis hundertfünfzig Meter langen gepanzerten Zug in Waldenburg gefunden, eben genau auf der Basis solcher moderner Geräte, mit einer sogenannten Georadarabbildung. Dann passierte das, was bei einem Goldrausch immer passiert: Hektik, Gier, Verbrechen, unerklärliche Vorgänge. So kam es beispielsweise in der Nähe des vermeintlichen Fundortes Ende August 2015 plötzlich zu einem Waldbrand. Man sollte eigentlich meinen, dass die polnische Regierung das zum Anlass nehmen würde, um der ganzen Schatzsuche den Stecker zu ziehen, aber seltsamerweise geschah das Gegenteil: Sie äusserte sich sehr zuversichtlich, dass da was ist. Wahrscheinlich, weil ein paar Milliarden den polnischen Staatshaushalt ziemlich aufbessern würden. Bis sie bemerkt haben, dass ihnen die Schatzsuche auch eine Menge Ärger einbrockt. Diese Eingebung scheinen sie dann auch gehabt zu haben: Die Georadarabbildung wurde dann plötzlich als Fälschung entlarvt. Es gab aber einige Stimmen, die das nicht glaubten und behaupteten, die polnische Regierung habe die Schatzsucher nur deshalb diskreditiert, weil sie den Schatz für sich allein beanspruchen wollte. Oder eben: die Invasion der Schatzsucher beenden wollte.»

«Von wie viel Geld sprechen wir denn eigentlich?»

«Das ist unmöglich zu veranschlagen. Aber ich kann Ihnen eine Hausgrösse nennen: Nehmen wir an, die dreihundert Tonnen stimmen wirklich und nehmen wir an, es handle sich dabei ‹nur› um Gold, dann betrüge der Wert nach heutigem Goldpreis rund fünfzehn Milliarden Franken. Aber natürlich kann der Wert viel höher liegen: Ein verschwundenes Bild von Rembrandt wiegt fast nichts, kann aber hundert Millionen Franken wert sein.

«Das war dann das Ende der Schatzsuche?»

«Oh nein, ganz im Gegenteil: Das war eher der Startschuss. 2016 machten die beiden Schatzsucher ernst. Sie hatten offenbar Leute gefunden, die sie finanzierten», er sah mich an, «und hatten sich offenbar auch mit den Behörden geeinigt. Aber gefunden haben sie nichts. Bei der dritten Suchaktion im Juni 2017 gingen es die beiden etwas wissenschaftlicher an. Es wurde ein geophysikalisches Unternehmen aus Warschau verpflichtet, und siehe da: Man stiess tatsächlich auf sieben Hohlräume, die durchaus als Bahntunnel hätten dienen können. Der Fund machte Tiefenbohrungen notwendig, die aber sehr teuer waren. Soviel ich weiss, hat der eine der beiden Schatzsucher mittlerweile aufgegeben, der andere ist noch dran.»

«Sie sind sehr gut informiert!»

«Sie müssen mir nicht schmeicheln, das mag ich nicht. Abgesehen davon wäre mir lieber, wenn Sie mir sagten, worum es hier eigentlich geht», brummte er. Fritschi schien schon etwas müde vom Besuch. Ich vermutete, dass er das nicht mehr gewohnt war. Also beschloss ich, ihm einen Teil zu erzählen.

«Ich kann Ihnen versichern, dass weder unser Family Office noch einer unserer Kunden in die Finanzierung solcher Suchmassnahmen involviert ist. Jedenfalls, soweit ich weiss. Aber einer unserer Kunden ist in den Besitz von handschriftlichen Aufzeichnungen gelangt, die von Albert Speer stammen sollen. Offenbar gibt es gleich zwei Gutachten, die das bestätigen. Die handschriftlichen Aufzeichnungen enthalten Angaben über das Bauprojekt unter Schloss Fürstenstein und detaillierte Aufzeichnungen von Gesprächen mit Hitler, der daran offenbar einen Narren gefressen hatte. Es gibt auch Angaben über den Verlauf des Bauprojektes, den vorgesehenen Verwendungszweck und so weiter. Als Zusatzdokument gibt es ein paar leere Seiten. Bei richtiger Behandlung sollen sie die Anleitung zum Auffinden des Goldenen Zuges enthalten. Allerdings sind diese Anweisungen verschlüsselt nach dem One-Time-Pad-Verfahren.»

Bei diesen Ausführungen leuchteten die Augen von Fritschi, und die Müdigkeit schien wie verflogen.

«Kann ich dieses Dokument sehen?»

«Leider nein», versetzte ich, «es wurde gestohlen. Es ist sogar zu vermuten, dass wegen diesem Dokument gemordet wurde.» Er erschrak sichtlich. «Mir geht es bei meinem Besuch bei Ihnen vor allem darum, etwas Hintergrundinformationen und eine wissenschaftliche Einschätzung zu erhalten, wie wahrscheinlich das Ganze ist. Ist es denkbar, dass Albert Speer handschriftliche Aufzeichnungen hinterlassen hat? Ist es denkbar, dass es einen Goldenen Zug überhaupt gibt und dass er ausgerechnet dort versteckt sein sollte? Ist es denkbar, dass die Nazis verschlüsselte Aufzeichnungen hinterlassen haben, wie der Zug zu finden wäre? Ich muss gestehen: Das Ganze kam und kommt mir doch etwas abenteuerlich vor, so wie ein schlechter Indiana-Jones-Film.»

Der kühle, zurückhaltende und abwägende Wissenschaftler hatte offenbar Feuer gefangen. «Die Antwort ist ganz einfach: Ja, ja und ja.»

«Wie meinen Sie das?»

«Fangen wir mit Albert Speer an. Der hatte im Gegensatz zu anderen Nazi-Grössen tatsächlich den Hang, die Ereignisse handschriftlich festzuhalten. Nach den Nazi-Prozessen sass er in einem Spandauer Gefängnis, wo er mehrere Schriften verfasste, unter anderem das für die Forschung bedeutsame Buch ‹Erinnerungen›. Wie es der

Titel sagt, enthält es Erinnerungen über seine Zeit als Architekt und Rüstungsminister im Dritten Reich. Es gibt aber auch Tagebücher von ihm aus seiner aktiven Zeit als Mitglied des Nazi-Regimes. Sie sind höchst interessant, geben sie doch Aufschluss über das Innerste der kranken Nazi-Ideologie, wie Entscheidungen zustande kamen, welches seine Rolle war und was er darüber dachte. Also Ihre erste Frage lässt sich mit ‹ja› beantworten: Es ist durchaus wahrscheinlich, dass Albert Speer handschriftliche Aufzeichnungen hinterlassen hat.»

«Aber sicher sind Sie nicht, dass das verschwundene Dokument authentisch ist?»

«Nein, das müssten die Gutachter beurteilen. Aber zu Ihrer zweiten Frage: Ist es wahrscheinlich, dass dieser Zug ausgerechnet dort versteckt ist? Die Frage kann ich nur mit einer Gegenfrage beantworten: Wo denn sonst? Berlin oder eine der anderen grossen Städte waren zu offensichtlich. Es musste an einem Ort sein, der die geologischen Gegebenheiten aufwies, damit überhaupt solche riesigen, von Zügen befahrbare Stollen möglich waren. Es musste in einem dünn besiedelten Gebiet sein, damit die Bautätigkeit nicht auffiel. Und es mussten Konzentrationslager in der Nähe sein, die für den personellen Nachschub sorgen konnten. Sie dürfen auch nicht vergessen: Schlesien war damals deutsches Staatsgebiet. Jedenfalls gehörte es vor dem Zweiten Weltkrieg zum grössten Teil zu Deutschland. Und denjenigen Teil, der nach 1919 unter polnischer Verwaltung stand, riss sich Hitler gleich zu Beginn des Zweiten Weltkrieges unter den Nagel.»

«Und der verschlüsselte Hinweis auf das Versteck des Zuges?»

«Das halte ich für hochwahrscheinlich! Überlegen Sie mal: Spätestens 1944 wussten die Nazis, dass der Krieg verloren war. Was also tun Sie, als Individuum und als Teil des Nazi-Regimes? Sie tun dasselbe, aber in unterschiedlichen Dimensionen. Privat legen Sie vielleicht ein Schweizer Nummernkonto an, auf das Sie Ihr zusammengestohlenes Geld deponieren. Oder Sie kaufen über einen Mittelsmann eine Farm in Südamerika. Kurz: Sie sorgen vor für ein Leben nach dem unvermeidlichen Zusammenbruch. Als Teil des Nazi-Regimes machen Sie dasselbe, aber in grossem Stil und institutionalisiert. Sie wissen natürlich, dass es nach dem Krieg zur grossen Abrechnung kommt und dass einige Köpfe rollen werden. Aber Sie ahnen auch, dass die Alliierten nicht alle Nazis verurteilen und ins Gefängnis werfen können. Die Entnazifizierung war ein Witz, und viele Nazi-Verbrecher schafften es in wichtige Ämter in der Bundesrepublik. Viele schworen ihren Grundüberzeugungen ganz und gar nicht ab, sondern träumten weiterhin vom Dritten Reich. Aber dafür brauchten sie Geld, sehr viel Geld. Also, so behaupten manche, versteckten sie riesige Schätze, die ihnen später bei der Realisierung ihrer Träume helfen sollten. Gold war dafür die wichtigste Währung. Denn die Herkunft von Gold lässt sich nur schwer bestimmen.»

Ich löcherte den guten Professor noch mit einigen Fragen, aber mehr war aus dem Gespräch mit ihm nicht herauszuholen. Das lange Gespräch hatte ihn sichtlich angestrengt, er schien müde. Ich bedankte mich und fuhr in gemächlichem Tempo Richtung Zürich. Auf der Heimfahrt versuchte ich, Freya anzurufen, aber sie hatte ihr Telefon ausgeschaltet. Yoga, Reiten oder der geheimnisvolle Freund, dachte ich, leicht eifersüchtig. So heftig kann die Liebe allerdings nicht sein, tröstete ich mich. Schliesslich ist sie nach dem Schock zu mir geflüchtet.

Nach einer Nacht mit vielen wirren Träumen – geheime Dokumente, goldene Züge und riesige unterirdische Stollen – bereitete ich mich auf meine nächste Lernstunde in Sachen geheimnisvolles Albert-Speer-Dokument vor. Es war zwar Samstagmorgen, aber mein nächster Gesprächspartner wollte wahrscheinlich keine kostbare Arbeitszeit mit einem so unwichtigen Menschen wie mir vertrödeln.

Der Weg zum nächsten Treffen betrug dreizehn Minuten – zu Fuss. Nach einer kurzen Recherche hatte ich herausgefunden, dass die ETH Zürich seit 2007 einen Lehrstuhl für Kryptografie hat, der zum Departement für Informatik gehört. Dieser Lehrstuhl hatte in den letzten Jahren massiven Rückenwind erhalten, gehörten doch digitale Signaturen, Verschlüsselungssysteme und andere moderne Anwendungen zum Forschungsgebiet.

Meine Anfrage war von der Assistentin der Institutsleitung zunächst ziemlich rüde abgeschmettert worden. Erst als ich erwähnte, dass unser Family Office schon Forschungsprojekte finanziell unterstützt hatte – zwar nicht im Bereich Kryptografie, aber wer weiss! – wurde die Dame etwas freundlicher. «Ich rufe zurück!» Was sie denn auch tat und mir Beschied gab, der Herr Professor könne wirklich keine Zeit erübrigen, er habe das Treffen mit mir an Oberassistent Dr. Merz delegiert. Ich fragte noch schüchtern, ob der sich auch mit so altmodischen Verschlüsselungstechniken wie der One-Time-Pad-Verschlüsselung auskenne oder ob er schon auf all die digitalen Verschlüsselungsalgorithmen fixiert sei, was sie mit einem verächtlichen Schnauben quittierte, mir die

Mobiltelefonnummer von Merz herunterratterte und aufhängte. Ich wusste nicht, ob sich ihre Verachtung auf die analoge und damit altertümliche Verschlüsselung bezog oder aber ob sie mich mit Verachtung strafen wollte, weil ich an Oberassistent Dr. Merz zweifelte.

Bald würde ich es herausfinden. Ich hatte mich mit Merz auf der Polyterrasse verabredet. Auf seine Bemerkung, dass die samstags bevölkert sein könne, hatte ich leichthin geantwortet: «Ich erkenne Sie, ich bin schliesslich ein Detektiv.» Wobei es nicht sehr viel Detektiv-Erfahrung braucht, um mit Google ein Foto eines, wie ich herausfand, ziemlich renommierten Kryptografen zu finden. Gemessen an der Anzahl seiner wissenschaftlichen Publikationen in einschlägigen Fachmagazinen hatte der Mann offenbar eine akademische Laufbahn im Sinn.

Merz war knapp vierzig Jahre alt, er hatte eine runde John-Lennon-Brille, einen Wuschelkopf, in dem sich schon das erste Grau bemerkbar machte, und er war etwas nachlässig gekleidet in ziemlich verwaschenen Jeans und einem Schweizer Ethno-Hemd mit Kühen und Glöckchen. Offenbar war gute Kleidung keine Voraussetzung für eine akademische Karriere.

Als ich zielgenau auf ihn zusteuerte, schaute er mich verdutzt an, fasste sich aber schnell wieder und fragte neutral: «Sie sind Herr Rösti? Was ist mit Ihrem Gesicht geschehen?»

«Mir ist der Golfschläger aus der Hand gerutscht beim Versuch, den Ball mit einem Schlag aus zweihundert Metern Entfernung zu versenken», antwortete ich, obwohl ich noch nie in meinem Leben Golf gespielt hatte. Aber ich habe die Erfahrung gemacht, dass der einfachste Weg, solche Dinge schnell und schmerzlos aus der Welt zu schaffen, oft darin besteht, die Leute in ihren Vorurteilen zu bestätigen. Family Office, Zürichberg und Golfspielen passte hervorragend zusammen, und ein kleiner Unfall beim Golfspielen war nicht ausgeschlossen.

Als ich bestätigte, ebendieser Rösti zu sein, verlangte er zu meiner Verblüffung ebenfalls einen Ausweis zu sehen sowie den Nachweis, dass ich für unser Family Office arbeite.

«Ich bin etwas überrascht, dass Sie das sehen wollen», gestand ich und übereichte ihm die gewünschten Dokumente.

Merz zuckte mit den Schultern. «Wissen Sie, es gab vor ein paar Jahren einen Skandal um die Firma Crypto AG. Sie stellte sichere Chiffriergeräte her, die von vielen Regierungen, Militärs und Geheimdiensten genutzt wurden. Dann stellte sich heraus, dass die Firma Hintertüren eingebaut hatte in den Chiffriergeräten, die von US-amerikanischen und deutschen Geheimdiensten benutzt werden konnten. Ein Whistleblower namens Edward Snowden hat das ans Tageslicht gebracht.» Ich sah ihn fragend an. «Na ja, und im Verlauf des Skandals habe ich mal mit einem Schweizer Ermittlungsbeamten gesprochen, der gar kein Ermittlungsbeamter war, sondern ein Journalist. Am nächsten Tag las ich dann Zitate von mir in einer Zeitung – nicht karrierefördernd, kann ich Ihnen sagen.»

Ich nickte mitfühlend und erklärte ihm, was ich von ihm wollte. «Ich weiss, ich weiss – Sie beschäftigen sich mit modernen, computergestützten Verschlüsselungsmethoden und kennen die One-Time-Pad-Verschlüsselung wohl weniger gut. Aber alles, was Sie mir sagen können, hilft mir.»

«Sie sind drollig ... Können wir uns ‹Du› sagen? Ich heisse Florian. Also: Du bist drollig.»

«Ich heisse Li, aber warum bin ich drollig?»

«Hast du schon jemals etwas vom heissen Draht gehört zwischen der russischen und amerikanischen Regierung, der insbesondere während dem Kalten Krieg zum Einsatz kam?»

«Jaaaaa», bestätigte ich unsicher.

«Dieser heisse Draht beruhte genau auf diesem One-Time-Pad-Verfahren, oder zu Deutsch: Einmalschlüsselverfahren. Dieses Verfahren ist Stoff im ersten Proseminar, und da ich die Ehre habe, dieses Proseminar zu leiten, kenne ich mich damit ziemlich gut aus.»

In einem zehnminütigen Monolog, den er in seinem Proseminar wahrscheinlich schon dutzende Male gehalten hatte, eröffnete er mir, dass dieses Verschlüsselungsverfahren bereits 1882 vom Kryptologen Frank Miller vorgeschlagen wurde und dass es seitdem kein bisschen an Berechtigung verloren habe. Es sei fünfunddreissig Jahre später zum Patent angemeldet worden und kurz darauf unter der Bezeichnung One-Time-Pad populär geworden und vor allem für die Übermittlung von diplomatischen Depeschen zum Einsatz gekommen.

«Haben das auch die Nazis eingesetzt?», unterbrach ich seinen Redefluss.

«Oh ja, die vor allem. Es handelt sich dabei um ein polyalphabetisches Substitutionsverfahren», er sah mich an, als ob damit für mich alles klar wäre. «Also um eine Textverschlüsselung, bei der einem Buchstaben beziehungsweise Zeichen jeweils ein anderer Buchstabe oder ein anderes Zeichen zugeordnet wird.»

Damit schien für ihn das Proseminar in Einzelabreibung beendet, für mich fing es aber erst an. «Können wir das an einem Beispiel durchexerzieren?», fragte ich schüchtern, «und bitte so, wie wenn du es einem Fünftklässler erklären würdest.»

«Okay, das lässt sich machen», meinte er gutmütig. «Stell dir vor, du möchtest eine geheime Nachricht an deine Freundin schicken, aber du möchtest nicht, dass diese von jemand anderem gelesen werden kann. Eine sehr einfache Möglichkeit, dies zu tun, ist die Verwendung einer One-Time-Pad-Verschlüsselung. Du brauchst dafür weder einen Computer noch irgendwelche vertieften Kenntnisse in der Kryptografie.»

«Das hört sich gut an», ermunterte ich ihn.

B	X	Z	U	U	B	K	L	M	O	P	N	R	R
M	E	I	N	N	A	M	E	I	S	T	F	L	O

Dieser einfache Satz wird nun mithilfe des zufällig gewählten Schlüssels – die obere Zeile – und des sogenannten Vigenère-Quadrates verschlüsselt. «

«Was ist denn das?»

«Das Vigenère-Quadrat besteht aus einer Tabelle, in der das Alphabet mehrmals wiederholt wird, wobei jedes Mal eine Verschiebung um eine Position erfolgt. Jede Zeile der Tabelle beginnt mit einem anderen Buchstaben des Alphabets. Es ermöglicht es, die Verschlüsselung oder Entschlüsselung von Texten auf der Grundlage eines Schlüsselwortes durchzuführen.» Er zeigte mir eine Tabelle, auf der das Alphabet mehrmals aufgeführt war.

«Das tönt sehr kompliziert!», murmelte ich.

«Aber es ist eigentlich ganz einfach. Das Chiffrat, also der verschlüsselte Text, würde dann so aussehen.» Er fuhr mit seinem Finger auf der Tabelle herum und kam blitzschnell zum Chiffrat, das er grün unter dem Klartext einfügte.

B	X	Z	U	U	B	K	L	M	O	P	N	R	R	
M	E	I	N	N	A	M	E	I	S	T	F	L	O	
N	B	H	H	H	B	W	P	U	G	I	S	C	F	

Wenn du deiner Freundin nun das Chiffrat sendest und ihr auch den Schlüssel dazu gibst, dann kann sie die Nachricht mithilfe des Quadrates natürlich genauso entschlüsseln und kommt auf die Nachricht: ‹Mein Name ist Flo›.»

«Das tönt ziemlich kompliziert, ich bin nicht ganz sicher, ob mich je eine Frau so sehr liebt, dass sie dieses aufwendige Verfahren auf sich nehmen würde. Vor allem müsste man sicherstellen, dass niemand anderes sowohl das Chiffrat als auch den Schlüssel in die Hände kriegt. Ich glaube, die traditionelle Methode ist mir doch lieber: Ihr die geheime Nachricht ganz leise ins Ohr zu flüstern.»

Er lachte. «Ja, damit hast du natürlich recht.» Nach kurzem Nachdenken meinte er: «Du kannst das auch sehr einfach online nachvollziehen. Gib in Google ‹One-Time-Pad online› ein, und du findest verschiedene Websites, wo du ein bisschen spielen kannst.»

Etwas ernster fuhr er fort: «Das Besondere an der One-Time-Pad-Verschlüsselung ist, dass jede verschlüsselte Nachricht einzigartig ist und nicht gebrochen werden kann, solange das Pad, also der Schlüssel, geheim bleibt.»

«Also kann das jeder anwenden?»

«Ja, klar. Es ist einfach wichtig, dass der Schlüssel und die verschlüsselten Nachrichten sicher und getrennt aufbewahrt oder übertragen werden. In der Einfachheit liegt der Charme: One-Time-Pad-Verschlüsselungen werden oft von Regierungen und Geheimdiensten verwendet, um hochsensible Informationen zu schützen. Es ist auch heute noch, nach über hundert Jahren, eine unknackbare Verschlüsselungsmethode, und das scheint mir in unserer schnelllebigen Zeit doch sehr bemerkenswert. Allerdings muss sie sehr sorgfältig angewendet werden, um ihre Sicherheit zu gewährleisten. Aber wenn das geschieht, ist sie höchst komfortabel: Jeder Fünftklässler kann die Nachricht auch wieder entschlüsseln. Es braucht dazu weder einen Computer noch andere Hilfsmittel. Ein Blatt Papier und ein Bleistift genügen.»

«Sie kann sicher nicht geknackt werden ohne den Schlüssel?», fragte ich ihn.

«‹Im Prinzip nicht›, würde Radio Eriwan sagen.» Er lachte. «Nicht mal der leistungsfähigste Supercomputer und auch nicht die hoch gehypte Künstliche Intelligenz oder ein zukünftiger Quantencomputer kann die Verschlüsselung knacken – wenn sie denn korrekt ausgeführt wird.»

«Du betonst immer die korrekte Ausführung – was genau meinst du damit?»

Er begann wieder zu dozieren, diesmal indes auf Seminarstufe, was mich noch ein bisschen mehr überforderte: «Es gibt in der Kryptografie das sogenannte Kerkhoffs'sche Prinzip, einen Grundsatz, der auf das Jahr 1883 und den Kryptografen Auguste Kerckhoffs zurückgeht. Übertragen auf das One-Time-Pad-Verfahren heisst das, dass der Einmalschlüssel mindestens so lang sein muss wie die Nachricht, gleichverteilt zufällig gewählt werden und geheim bleiben muss und nicht wiederverwendet werden darf, auch nicht teilweise. Denn dann ...»

Ich klinkte mich aus der Konversation aus, dachte nach. Plötzlich wusste ich, wie ich das verschwundene Bild beziehungsweise das verschwundene Dokument wiederbeschaffen und gleichzeitig den Mord aufklären konnte. Wissen ist Macht, dachte ich, dankte dem verdutzten Manfred ganz herzlich und sagte ihm «Uf widerluege». Ich spazierte gemütlich zum Zürichsee hinunter und genehmigte mir zwei Kugeln der besten Glace, die es in Zürich (und wenn es nach mir geht: auf der ganzen Welt) gibt. Und nein, ich sage Ihnen nicht, wie die Glace heisst, da die Dinge in Zürich dazu tendieren, unanständig teuer zu werden, wenn ein Hype entsteht.

Danach rief ich meinen Kollegen Phoenix an. Er nannte sich Phoenix, weil er der Meinung war, dass die menschliche Rasse mitnichten die Krone der Schöpfung sei. Wie Phoenix aus der Asche werde eine Künstliche Intelligenz aus den Trümmern einer von der Klimakrise oder russischen Atombomben zerstörten Welt auferstehen beziehungsweise weiterexistieren. Wie ich hatte Phoenix sein Studium abgebrochen. Allerdings hatte er an der ETH Informatik studiert, und sein Studienabbruch hatte mit seiner Meinung zu tun, die ETH könne ihm nichts mehr beibringen, womit er vielleicht recht hatte. Seitdem führte er ein komfortables Dasein als akkreditierter digitaler Kopfgeldjäger. Solche Kopfgeldjäger testen die IT-Systeme von Firmen in deren Auftrag nach Sicherheitslücken. Die Firmen setzen grössere Summen, sogenannte «Bug Bountys», für denjenigen aus, der eine Sicherheitslücke als erster entdeckt. Phoenix hatte schon mehrere solcher «Bug Bountys», also Kopfgelder, ergattern können und lebte anständig davon. Mein Auftrag war dagegen ein Kinderspiel, fast schon eine Beleidigung für einen so versierten Hacker wie Phoenix. Er schien auch dieser Meinung zu sein, denn sein Tarif schloss offensichtlich auch einen Unterforderungsbonus mit ein: «zehntausend Franken». Ich schluckte leer, war mir aber ziemlich sicher, dass dieser Betrag letztendlich auf der

Rechnung von Alexander Wehrle landen würde, und bestätigte. Er legte auf.

* * *

Da mir mein Vater mächtig im Nacken sass, drängte die Zeit, und ich beschloss, das Endspiel in diesem Drama einzuläuten. Ich rief die Mobiltelefonnummer von Wehrle an, der mir beschied, er treffe sich gerade mit einem Vertreter von Fortress in der Stadt. «Ich will Personenschutz für mich und meine Tochter», schob er als Erklärung nach.

Das konnte ich nach den Vorgängen der letzten Tage sehr gut verstehen. Allerdings gab ich ihm zu bedenken, eine bessere Strategie bestehe darin, das verschwundene Dokument zu finden. Denn dann bestünde absolut keine Notwendigkeit für die Rechtsextremisten, die Familie Wehrle unter Druck zu setzen.

«Das sagen ausgerechnet Sie?» höhnte er. «Wenn ich mich recht erinnere, habe ich Sie genau zu diesem Zweck angeheuert. Was haben Sie bis jetzt geliefert ausser schönen Worten: nichts!»

Da hatte er einen Punkt. Nach dem Austausch weiterer Nettigkeiten verabredeten wir uns um fünfzehn Uhr in unserem Family Office am Rennweg. Ich beschloss, mich schon zuvor dort sehen zu lassen, um den Gerüchten entgegenzutreten, ich arbeite gar nicht mehr für die Alliance, sondern bezöge als «fils à papa» nur einen Lohn vom Unternehmen. Denn auch im Zeitalter von Homeoffice verbinden viele Zeitgenossen die Vorstellung von «echter Arbeit» immer noch mit Anwesenheit am Arbeitsplatz.

Kaum hatte ich es mir in meinem Büro gemütlich gemacht und meinen PC aufgestartet, stand die Assistentin meines Vaters in der Tür. Offenbar gab es einen Spion in der Organisation, der die Zentrale über meine seltene Anwesenheit informiert hatte. «Der Chef möchte Sie umgehend sehen», meinte sie streng. Ihr Mitleid mit mir wegen meinen Verletzungen schien abgeflaut.

Das passte mir hervorragend, da ich für die Durchführung meines Planes ohnehin auf die Unterstützung meines Vaters angewiesen war. Er sollte mir helfen, dass der Stiftungschef seine Rolle tatkräftig mitspielte.

Ich stand auf, schlug die Hacken zusammen, salutierte und schrie: «Verstanden!», was Frau Nadig mit einem verächtlichen Gesichtsausdruck quittierte. Irgendwie wurde ich den Gedanken nicht los, dass sie mich nicht unbedingt als wichtiges und wertschöpfendes Mitglied der Swiss Rennweg Capital Preservation Alliance akzeptierte.

Mein Vater thronte hinter seinem Pult und schaute mich mit einer Mischung aus Erwartung und Zweifel an. «Wir müssen diese Sache sehr schnell zum Abschluss bringen. Die Dinge laufen aus dem Ruder!» Ich hatte ihn schon über die neusten Entwicklungen informiert. Die Entführung und Einschüchterung von Freya Wehrle hatte ihn ziemlich aufgerüttelt. In der Schweizer Finanzbranche waren körperliche Gewalt, Entführung und Mord eher selten – die tatsächlichen Verbrechen, so es denn welche gab, spielten sich auf einer ganz anderen Ebene ab. Die archaische Art von Gewaltverbrechen war ihm fremd. Zudem stieg das Skandalpotenzial der ganzen verworrenen Geschichte scheinbar täglich. «Bitte einen kurzen Rapport – ich muss in fünfzehn Minuten weg. Wo stehst du?»

Der letzte Satz unterstrich seine Ungeduld ganz besonders. Er fragte «Wo stehen wir?», solange er glaubte, dass die Dinge auf gutem Kurs waren. «Wo stehst du?» war hingegen die Variante, die Zweifel und die Bereitschaft ausdrückten, die Reissleine zu ziehen, wenn eine erfolgreiche Lösung allzu unwahrscheinlich schien.

«Wir sind auf bestem Weg, und ich kann bestätigen, dass ich den Fall bis spätestens Ende nächster Woche gelöst habe.»

Das schien ihn völlig zu überraschen, und er verlangte detailliert aufgeklärt zu werden, wie ich das denn anstellen wollte. «Auch, weil du bis jetzt noch keine allzu dicken Stricke zerrissen hast», schob er anklagend nach. Derselbe Vorwurf innerhalb einer Stunde – das war hart.

Ich füllte die versprochene Viertelstunde mit einem Monolog. Mein Vater war ein guter Zuhörer. Er nickte ein paar Mal, seine Augen glänzten, jedoch machte sich am Ende grosse Besorgnis breit. «Der Plan ist brillant, aber auch brandgefährlich für dich. Diese Leute haben schon gemordet, und wenn du sie so in die Enge treibst, dann scheint mir die Wahrscheinlichkeit gross, dass du zu Schaden kommst.» Er hatte bemerkt, wie ich beim Platz nehmen zusammengezuckt war – die Rippe schmerzte noch immer höllisch.

«Ich kann die Polizei nicht miteinbeziehen, weil die mit Sicherheit sehr grosse Bedenken hätte, was meinen Plan anbelangt. Aber ich glaube, ich kann meinen Kollegen Oertli überreden, mir Rückendeckung zu geben. Er vermag bei Bedarf sehr schnell Unterstützung anfordern.»

Nach kurzem Nachdenken stimmte er zu. «Und was brauchst du von mir?»

«Als Erstes die Genehmigung für die zehntausend Franken, die ich meinem Freund Phoenix versprochen habe.»

Er verzog sein Gesicht, als ich die Summe nannte, nickte aber widerstrebend. Wahrscheinlich hatte er das Geld geistig schon auf die Rechnung von Wehrle gebucht.

Ich fuhr fort. «Der grosse Schwachpunkt bei meinem Plan ist natürlich der Wehrle. Er muss mitziehen, sonst haben wir keine Aussicht auf Erfolg. Er kommt um fünfzehn Uhr zu uns. Ich könnte deine Unterstützung gebrauchen, um ihn zu motivieren. Für ihn wird es ein Blindflug. Ich habe nicht die geringste Absicht, ihn in den Plan einzuweihen.»

Dem stimmte mein Vater zu, er entliess mich mit einem kurzen: «Stehe zur Verfügung.»

Herr Wehrle traf gegen fünfzehn Uhr ein, allerdings war es nicht der Mann, den ich zu Beginn der Ermittlung getroffen hatte. Sein Gesicht war fahl, er hatte schwarze Ringe unter den Augen, der Krawattenknopf sass schief. «Es ist ein Albtraum», stammelte er, statt einer Begrüssung.

Ich führte ihn in unseren grossen, fensterlosen Besprechungsraum mit dem langen Mahagoni-Tisch und der leicht schummrigen Atmosphäre, mit teuren Bildern an der Wand, die diskret beleuchtet waren. Frau Nadig, nun die Herzlichkeit in Person, fragte nach unseren Wünschen, doch wir beide nahmen mit dem Mineralwasser vorlieb, das schon auf dem Tisch stand.

«Ich weiss gar nicht genau, was das Ziel dieser Besprechung ist», begann Wehrle kraftlos. «Ich glaube, es war Mark Twain, der einmal gesagt hat: ‹Und als sie das Ziel aus den Augen verloren hatten, verdoppelten sich ihre Anstrengungen.› Das scheint mir unsere momentane Situation gut zu charakterisieren.» Zumindest ein Anflug von Humor, dachte ich. Gut so – auch wenn der Humor auf meine Kosten ging.

«Das Ziel ist klar: Die ganze negative Dynamik wurde ausgelöst durch das verschwundene Bild oder, wie ich irgendwann informiert wurde, das darin versteckte Nazi-Dokument.» Ich konnte mir den Seitenhieb nicht verkneifen. «Solange wir das Dokument nicht finden, wird sich die negative Dynamik verstärken. Finden wir es hingegen, dann gibt es keinen Grund, dass die finsteren Figuren weiter Druck auf Sie und Ihre Familie ausüben.»

«Da haben Sie vielleicht recht», maulte er, «aber leider sehe ich keinen Weg, der auf die Schnelle zu diesem Ziel führt. An Sie glaube ich schon gar nicht mehr.»

Ich beschloss, die Gangart zu verschärfen. Ich erinnerte ihn daran, dass ich die Ermittlung mit ziemlich unvollständigen Angaben – um nicht zu sagen Lügen – begonnen hatte. Ein Muster, das sich weiterzog: «Ich sage nur ein Wort: Domina!», und immerhin sei erreicht worden, die Wehrle Stiftung trotz einem Mord, der höchstwahrscheinlich mit der ganzen Sache in Verbindung stehe, aus den Schlagzeilen zu halten. «Aber das kann sich natürlich sehr schnell ändern», sagte ich mit leicht drohendem Unterton. «Die Wehrle Stiftung steckt dann mit Sicherheit im Schlamassel.»

«Was wollen Sie?», fragte er resigniert.

«Ich will ein Treffen mit Ihnen, Zurbrugg, Watzke und seinen beiden Gehilfen, und zwar so schnell wie möglich.»

«Was? Sie sind völlig verrückt, wenn Sie denken, ich treffe mich mit diesen Leuten. Das wäre lebensgefährlich!»

«Das Gegenteil ist wahr: Solange die Nazis denken, Sie hätten am Verschwinden des Dokumentes Schuld oder

Sie wären sogar im Besitz des Dokumentes, werden Sie keine ruhige Minute haben. Ein kleiner tödlicher Unfall in naher Zukunft ist dann nicht auszuschliessen. Deshalb müssen wir jetzt handeln.»

«Wer garantiert mir, dass die uns nichts tun, wenn wir uns treffen?»

«Niemand, aber immerhin sind wir zu dritt: Sie, Zurbrugg und ich. Ich glaube nicht, dass die es sich leisten können, gleich drei Personen verschwinden zu lassen.»

So ging das zehn Minuten weiter, bis mir der Kragen platzte. Zeit für die nächste Eskalationsstufe.

Mein Vater war in zwei Minuten im Besprechungszimmer. Er gab Wehrle zwar die Hand, aber es war klar, dass sich die Verhältnisse geändert hatten: Mein Vater befand sich in der starken Verhandlungsposition, und Wehrle musste klein beigeben. «Unsere Kommunikationsagentur hat sehr viel Aufwand betrieben, um die Wehrle Stiftung aus den Schlagzeilen im Zusammenhang mit dem Mord zu halten», gab er zu bedenken. «Aber das wird immer schwieriger, weil die Polizei offenbar keinen Schritt vorankommt. Die hat, so habe ich mir sagen lassen, grosse Lust, die mögliche Verstrickung der Wehrle Stiftung durchsickern zu lassen. Dann haben die Journalisten wieder etwas Futter, und sie hacken nicht mehr auf der Polizei herum. Im Übrigen haben Sie auch eine moralische Verpflichtung: Sie haben uns zu Beginn in meinem Büro ziemlich unverfroren angelogen und uns auf eine völlig falsche Fährte gehetzt. Das schätze ich ganz und gar nicht.» Er schaute Wehrle scharf an.

«Gut. Ich tus und treffe mich mit Watzke und seinen Leuten. Nur sagen Sie mir: Was soll ich denen versprechen, damit sie überhaupt in ein Treffen einwilligen?»

«Sagen Sie Ihnen genau diesen einen Satz: Ich garantiere Ihnen, dass Sie nach dem Treffen einen entscheidenden Schritt weiter sind, um das Dokument zu finden.»

Er schaute mich fragend an. «Und Sie meinen, das genügt?»

«Ich bin sicher, dass das genügt. Sie dürfen nicht vergessen: Die Skins sind eine ziemlich gewaltbereite Organisation, die mit Versagern nicht zimperlich umspringt. Der Watzke und seine beiden lokalen Schläger sind momentan die allergrössten Versager der Organisation und müssen sich schnell etwas einfallen lassen.»

* * *

Als Wehrle gegangen war, rief ich Oertli an.

«Was willst du?», brummte er unfreundlich. Offensichtlich war er zur Einsicht gelangt, dass ich eher eine Belastung als eine karrierefördernde Bekanntschaft war.

«Ich will dich glücklich machen, was sonst?»

«Das kommt mir bekannt vor … Bis jetzt hast du mich aber eher ins Elend gestürzt.»

«Das wird sich ändern. Ich werden den ganzen Fall in den nächsten Tagen lösen. Aber ich brauche deine Rückendeckung.»

«Was habe ich davon?» Immer noch unfreundlich, aber nicht mehr völlig uninteressiert.

«Nun, du wirst den Ruhm und die Ehre ernten. Denn du wirst die Missetäter verhaften und bist gegenüber deinen Vorgesetzten der grosse Held.»

«Die Botschaft hör ich wohl, allein mir fehlt der Glaube!»

«Ich wusste gar nicht, dass du dich mit Goethe auskennst», schmeichelte ich ihm. «Hör mir erst mal zu, dann kannst du entscheiden.»

In den nächsten zehn Minuten setzte ich ihm meinen Schlachtplan detailliert auseinander. Er sagte ein paar Mal «Uiuiui» und versank in Schweigen, als ich geendet hatte. Typisch Oertli – zuerst eine Nutzen-Risiko-Analyse machen, bevor man sich zu irgendetwas verpflichtet. Nach einer Minute schien er zur Überzeugung gelangt zu sein, dass sein persönlicher Nutzen das nicht unerhebliche Risiko um ein Vielfaches übertraf.

«Die Sache könnte klappen. Sie könnte aber auch krass in die Hose gehen. Zum Beispiel könnte es diesen Neonazis einfallen, dich auf einen Besuch zur Kundera zu schicken. Dann hängen die mich am Grossmünster auf.»

«Das glaube ich nicht. Die wollen mich nicht umbringen, die wollen etwas von mir. Das Ganze habe ich so konstruiert, dass sie mich bis zum bitteren Ende brauchen und nicht umbringen können.»

«Logisch gesehen ist das zwar schon so. Aber was ist, wenn diese Typen nicht ganz so logisch denken wie du?»

«Dann kannst du immer noch bestreiten, dass du eingeweiht warst. Im Übrigen: Was hast du für eine Alternative? Ich höre verdächtig nichts von dir und deinem Chef, was mir sagt, dass ihr mit der Untersuchung nicht weiterkommt. Nichts Neues zum Mordfall, nichts Neues zu meinen Schlägern. Ihr habt offensichtlich keine Spur. Wenn ihr den Fall nicht löst, ist das nicht gerade förderlich für deine Karriere.»

«Dass wir nicht weiterkommen, ist deine Interpretation. Ich kann nichts sagen zu einer laufenden Ermittlung», verteidigte er sich ziemlich schwach, was meinen Verdacht erhärtete.

«Was willst du genau von mir?», fragte er schliesslich.

Ich erklärte ihm seine Aufgabe und er stimmte widerstrebend zu, seine Rolle in diesem Drama zu spielen.

* * *

Nachdem ich Oertli überzeugt hatte, beschloss ich, mich den schönen Dingen im Leben zuzuwenden. Schliesslich hatte ich heute schon harte Gespräche mit meinem Vater und Alexander Wehrle bestanden.

«Wie geht es dir?», fragte ich, als Freya sich meldete.

«Ich zittere innerlich immer noch», sagte sie.

«Willst du die Typen wirklich nicht anzeigen? Ich halte das für eine schlechte Idee. Die schrecken offensichtlich vor gar nichts zurück.»

«Ich passe jetzt besser auf. Ausserdem gedenkt Lexi, Personenschutz für uns zu organisieren.»

«Hast du ihm von der Entführung erzählt?»

«Bewahre. Aber er scheint sich vor irgendetwas zu fürchten.»

Ich hätte ihr sehr genau sagen können, wovor sich Alexander Wehrle fürchtete, unterliess es aber.

«Es freut mich, dass du freiwillig anrufst», sagte sie.

«Ich habe dich gestern schon freiwillig angerufen, aber du hast nicht abgenommen.»

«Gestern war ich zu erschüttert. Ich wollte mit niemandem sprechen.»

«Wie sieht es heute Abend aus? Ich möchte dir beweisen, dass es doch noch galante Männer gibt.»

«Ah, meine Notiz hatte also doch eine Wirkung? War ein bisschen gemein, ich weiss. Du hast mir ja dein Bett angeboten. Der Liegestuhl war wirklich etwas unbequem.»

«Genau das möchte ich heute Abend wiedergutmachen.»

«Ist das eine Einladung? Heute Abend bin ich noch frei.»

Wir verabredeten uns für zwanzig Uhr im Club. Ich erklärte ihr kurz, was es mit «PoorUntamedYouth» auf sich hatte, allerdings war ich dabei etwas unvorsichtig. «Ich will dich unbedingt zum ABBA-Song mit einem Bierhumpen auf dem Kopf tanzen sehen!», trällerte sie.

* * *

Ich wartete schon um Viertel vor acht mit offenem Verdeck vor dem Club, denn ich wollte unbedingt einen grandiosen Auftritt mit der schönen Freya an meiner Seite hinlegen. Seit Tatjana und ich uns getrennt hatten, war schon einige Zeit vergangen. Weil ich nichts Vergleichbares vorweisen konnte, war mein Ruf als Womanizer stark angekratzt. Das hoffte ich mit Freya an meiner Seite gründlich zu korrigieren.

Um zwanzig Uhr zehn flitzte ihr gelber Spider vor das Clubhaus und Freya stieg aus. «Verwandte Seelen, ich bin eben erst angekommen», flunkerte ich.

«Ich bin wirklich gespannt auf die Szene», sagte sie.

Gemeinsam betraten wir das Lokal. Obwohl es ein Abend mit Zutritt auch für Nichtmitglieder in unserem Club war, konnte ich unschwer erkennen, dass etwa neunzig Prozent der Anwesenden Clubmitglieder mit Anhang waren.

«Li, ich habe gedacht, du kommst gar nicht mehr zu uns herein», rief mir Tatjana zu. «Wir beobachten dich schon seit einer Stunde und haben uns gefragt, warum du auf dem Parkplatz wartest. Vielleicht hast du ein Trauma wegen dem Überfall?»

«Quatsch, ich musste noch ein Telefon führen», log ich und wurde hochrot. Freya sah mich leicht spöttisch an.

«So, davon habe ich aber gar nichts gesehen.» Sie liess mich nicht vom Haken. Es war Zeit, einen Gegenangriff zu starten.

«Du scheinst dich ja immer noch sehr für mich zu interessieren!»

«Na ja, nachdem ich dich vor diesen Schlägern gerettet und deinen Kopf in meinem Schoss gehabt habe, fühle ich mich etwas verantwortlich für dich!»

«Ja, sicher», sagte ich auf eine Art und Weise, die allen signalisierte, ich sei mir ganz und gar nicht so sicher.

«Wer ist deine Freundin?», fragte Tatjana. Immer noch im Angriffsmodus.

«Darf ich vorstellen», sagte ich förmlich, «das ist Freya, eine Freundin. Und das ist Tatjana, auch eine Freundin. Irgendwo hat sie vielleicht noch ihren Freund versteckt, Roli Bucher, der allerdings nicht ein vollwertiges Mitglied unseres Clubs ist, sondern noch im Kandidatenstatus verharrt. Wir sind nicht sicher, ob er den Sprung zum Vollmitglied jemals schaffen wird. Irgendwie passt der Mindset nicht so ganz – ich sage das als Vorstandsmitglied von PUY.»

«Ha», röhrte sie, «was für ein eingebildeter Pinsel. Roli hält den Rekord im Bierglas-Tanzen.» Und zu Freya: «Es freut mich, dich kennenzulernen. Auch wenn du nicht in der besten Gesellschaft bist. Seine Witze werden immer lahmer, und ziemlich verbeult sieht er auch aus. Setzt euch an unseren Tisch, Roli stösst in zwei Minuten zu uns.»

Das konnte ja heiter werden – das war nicht so ganz der Ablauf, den ich mir vorgestellt hatte.

Nachdem Roli zu uns gestossen war, ging das verbale Sparring ein paar Minuten weiter. Aber dann ging uns die Luft aus und wir beschlossen alle, es solle ein gesitteter Abend werden. Freya war begeistert vom Essen, vom Restaurant und den Leuten. Die meisten männlichen Mitglieder nahmen die gute Gelegenheit wahr, um an unseren Tisch zu kommen, und gaben vor, sich Sorgen über meine immer noch sehr gut sichtbaren Blessuren zu machen. Aber das war natürlich Quatsch – jeder von ihnen widmete sich nach dreissig Sekunden geheuchelten Mitgefühls der schönen Freya. Keiner wollte die Gelegenheit vorbeigehen lassen, eine schöne Frau kennenzulernen.

Zu fortgerückter Stunde versuchten mich Freya, Tatjana und Roli zu nötigen, den Biertanz-Rekord anzugreifen, aber ich hatte eine wunderbare Ausrede: Meine erheblichen Verletzungen, insbesondere die Rippenprellung, verhinderten leider meinen Einsatz. Niemand konnte mir schliesslich verargen, wenn ich nur topfit antreten wollte – was leider im Moment nicht der Fall war.

Nach Mitternacht verliessen Freya und ich die angeregte Gesellschaft. Es war eine sternenklare, warme Nacht. Ich fühlte mich euphorisch und musste an einen meiner Lieblingssongs von Depeche Mode denken: Nothing's impossible. Wir setzten uns in meinen offenen Spider und schauten die Sterne an.

«Ich hoffe, es hat dir gefallen», beendete ich die Stille.

«Ich hoffe, ich habe gefallen», gab sie schlagfertig zurück.

«Oh ja, du hast ja die nicht enden wollende Prozession männlicher Clubmitglieder an unseren Tisch gesehen. Glaubst du, das war wegen mir?»

Sie lachte. «Dieser Club – das ist genau meine Wellenlänge. Kein Schickimicki, aber auch kein Schweizer Bünzlitum. Das gibt es selten.»

«Ich könnte dir eine Mitgliedschaft verschaffen – ich kenne da jemanden im Vorstand.»

«Darauf komme ich zurück. Aber im Moment bin ich nicht so recht in Stimmung für Neues.» Sie schaute mich an. «Wie geht es weiter mit dieser Sache? Glaubst du, der Diebstahl des Bildes und der Mord hängen zusammen?»

«Ja, das scheint mir ziemlich klar. Alles deutet auf diese Nazis hin. Die Glatzköpfe sind auch für den Überfall auf mich verantwortlich, da gibt es keinen Zweifel.»

«Ich verstehe es einfach nicht. Wenn die das Bild geklaut haben, warum sollten sie dich dann überfallen und nach dem Bild fragen? Warum sollten sie mich entführen und einschüchtern, damit du es für die findest? Das würden die doch nicht tun, wenn sie das Bild in der Galerie gefunden hätten.»

«Ich weiss es auch nicht. Noch nicht. Aber irgendwie muss das alles einen Sinn ergeben. Sie haben die Kundera ermordet, das scheint klar. Ebenso scheint klar, dass sie das Bild nicht oder nicht mehr haben. Oder aber: Sie haben das Bild, setzen aber alles daran, dass alle glauben, sie hätten es nicht.»

«Warum sollten sie das tun?»

«Vielleicht wollen sie den Schatz auf eigene Faust heben, ohne die Hammerskin-Organisation zu beteiligen. Das wäre zwar gefährlich, aber höchst profitabel. Oder einer der drei hat das Bild und will nicht, dass die anderen das erfahren. Oder Zurbrugg hat das Bild geklaut. Oder dein Vater.»

«Stiefvater. Oder noch besser: Lexi. Aber warum sollte er sich selbst bestehlen?»

«Na ja, das Bild gehört ja nicht ihm, er hat es nur aufbewahrt. Er könnte zufällig herausgefunden haben, was sich im Bild versteckt und beschlossen haben, es beiseitezuschaffen und das als Diebstahl zu deklarieren.»

«Ziemlich riskant, die Nazis zu bestehlen.»

«Schon. Aber vielleicht auch seine letzte Chance, aus dem goldenen Käfig zu entfliehen. Mit viel Geld, das er dann mit vollbusigen Starlets in Monaco verprassen kann.»

Sie hieb mir den Ellenbogen in die Rippen, glücklicherweise war es die unverletzte Seite. Trotzdem schmerzte es, aber ich beschloss, keine Schwäche zu zeigen. «Es scheint mir, die Vorstellung lässt dich nicht mehr los.»

«Tja, in einer lauen Sommernacht, mit Sternen und einer schönen Frau an der Seite – was soll ich da denken?»

Sie schaute mir tief in die Augen. «Lass uns warten.»

Ich heuchelte Verständnis.

Sie öffnete die Tür meines Spiders und fragte: «Was sind deine nächsten Schritte?»

«Ich werde alle fünf, also Lexi, Zurbrugg und die Skins, zusammenbringen und den Dieb dazu bringen, sich zu verraten.»

«Wie soll das gehen?»

«Ach, ich habe da so meine Mittel.»

«Viel Glück!» Sie war um das Auto herumgegangen, beugte sich auf meiner Seite zu mir hinunter und drückte mir einen Kuss auf die Stirn.

Nicht unbedingt das, was ich mir für die Nacht erhofft hatte, aber ein Anfang. Tief in Gedanken versunken steuerte ich mein Gefährt in Richtung unserer Villa. Mit Mühe kletterte ich aus meinem Sportwagen und humpelte in Richtung meines Gärtnerhäuschens. Vielleicht besser allein zu schlafen, dachte ich.

* * *

«Sie sind bereit für ein Treffen – allerdings zu ihren Konditionen», meldete sich Wehrle am Sonntagabend per Telefon. «Sie sind höchst misstrauisch und vermuten eine Falle. Ich habe auch den Eindruck gekriegt, dass die Verstärkung aus Deutschland bekommen haben.»

«Wieso denken Sie das?»

«Watzke und ich haben uns wie gehabt auf dem Parkplatz des Glattpark-Zentrums getroffen. Aber ich bin nicht blind. Ganz zufällig sind zwei Jeep Cherokees in Blickweite gestanden, mit abgedunkelten Scheiben hinten, sodass ich nicht sehen konnte, wer alles drinsitzt. Die Cherokees waren auffällig parkiert – wahrscheinlich wollten sie gesehen werden, damit mir klar wird, dass die Sache ernst ist.»

«Sehr gut, das passt genau in den Plan. Je mehr Druck der Watzke hat, desto eher werden die bereit sein, mir zuzuhören.»

«Die Sache ist aber gefährlich. Watzke hat keinen Zweifel daran gelassen, dass es blutig werden könnte, wenn Sie nichts Verwertbares liefern!»

«Ich kann Ihnen versichern: Ich werde liefern. Wann und wo treffen wir uns?»

«Dienstagabend um achtzehn Uhr bei mir. Allerdings werden Watzke und seine beiden Helfer nicht dahin kommen. Wir werden an einen geheimen Ort chauffiert, an dem das Treffen stattfindet. Falls Sie vorgehabt haben, einen Peilsender oder etwas Ähnliches mitzunehmen, damit die Polizei uns zum Ort des Treffens folgen kann, dann vergessen Sie es: Watzke hat mir versichert, sie würden solche Peilsender stören. Auch unsere Mobiltelefone müssen wir abgeben, und ein zweites Auto wird sicherstellen, dass uns niemand folgt.»

Ich versicherte ihm, alles verlaufe ganz nach Plan und ich hätte keineswegs vorgehabt, das muntere Treffen auffliegen zu lassen.

«Ich hoffe für uns beide, dass Sie wissen, was Sie tun», schloss er das Gespräch.

Ich rief Oertli an und informierte ihn über das Treffen. Er tönte gequält am Telefon. Falls die Sache schiefging, konnte er sich nur schwer aus der Verantwortung ziehen. Offenbar war er sich nicht mehr sicher, ob die Sache wirklich geeignet war, seiner Karriere Schub zu verleihen. Vielleicht hatte er auch ein bisschen Sorge um mich. Nicht ganz zu Unrecht, musste ich zugeben.

Ich verbrachte den Montag im Dojo und ging danach ins Schwimmbad Tiefenbrunnen, wo ich ausgestreckt unter einer Platane mein ganzes Spiel nochmals durchging. Es war entscheidend, dass jedes Wort sass, damit ich meine nicht ganz ungefährliche Zuhörerschaft überzeugen konnte. Ansonsten war es durchaus möglich, dass ich mich bald mit Ludmilla Kundera über den Münchner Symbolismus im Allgemeinen und Franz von Stucks Bedeutung für diese Kunstrichtung im Besonderen unterhalten konnte. Mich schauderte trotz der hohen Temperaturen unter meinem Baum. Ich setzte mich in die Sonne, um mich aufzuwärmen, und zog eine letzte Runde im See.

* * *

Am Dienstagmorgen schlief ich bis zehn Uhr, denn ich vermutete, es könnte eine lange Nacht werden. Es war ein regnerischer Tag und ich beschloss, das zu tun, was ich am meisten verabscheute, aber einmal im Monat zu erledigen war: administrative Arbeiten im Büro am Rennweg, insbesondere die Spesenabrechnung, die immer besonders viel Kreativität erforderte. Unter anderem deshalb, weil meine Spesenbelege die hartnäckige Tendenz hatten, auf geheimnisvolle Art und Weise zu verschwinden, was mich zwang, grosszügige Schätzungen über die Kosten eines Geschäftsessens anzustellen. Auch die Kilometerzahl, die ich im Dienst der Alliance innerhalb eines Monats zurücklegte, erreichte teilweise astronomische Höhen.

Zu meiner Verteidigung kann ich anführen, dass meine Entschädigung in der Alliance wirklich mickrig war, was mich geradezu zwang, den Hungerlohn durch eine angemessene Spesenrechnung zu korrigieren. Allerdings gab es die nicht unbeträchtliche Hürde, dass alle Spesenabrechnungen vom Vorzimmerdrachen meines Vaters kontrolliert wurden. Sie hatte mir bei passender Gelegenheit schon einmal eröffnet, dass Spesenabrechnungen im angelsächsischen Sprachraum umgangssprachlich als «swindle sheet», also Schwindel-Blatt, bezeichnet würden. Sie empfehle mir aber nicht, das allzu wörtlich zu nehmen. Ganz im Gegenteil könne sie mir versichern, sie habe aus ihrer Zeit als Executive Assistant bei der Credit Suisse First Boston in New York gelernt, dass falsche Spesenabrechnungen regelmässig dafür verwendet wurden, um missliebige Mitarbeiter elegant und ohne Abfindung loszuwerden. Dabei sah sie mich jeweils drohend an.

Die Schauermärchen ergänzte sie jeweils mit der Geschichte von Mark Hurd. Er sei ein erfolgreicher CEO des damals grössten Computerherstellers HP gewesen. 2010 sei er vom Verwaltungsrat des Unternehmens gefeuert worden wegen falscher Spesenabrechnungen. Ich googelte die Geschichte und stellte fest, dass sie nicht unrecht hatte: Hurd hatte sich eine frühere Pornodarstellerin als ständige Begleiterin gehalten und war so blöd gewesen, die Geschenke an sie unter Spesen abzubuchen. So etwas Unmoralisches und darüber hinaus völlig Dummes würde ich natürlich nie begehen. Frau Nadig schien da nicht ganz so sicher zu sein: Immer, wenn ich meine Spesenabrechnung unauffällig auf ihrem Pult deponierte, sah sie mich an und sagte nur zwei Worte: «Mark Hurd». Natürlich ignorierte ich die Bemerkung souverän.

«Ist der Chef zu sprechen?», fragte ich sie.

«Was wollen Sie von ihm?», fragte Frau Nadig zurück.

«Nichts Unanständiges», gab ich salopp zurück, was sie mit einem entrüsteten «Ha!» quittierte.

Sie verschwand im Allerheiligsten, und nach kurzer Zeit wurde ich vorgelassen.

«Was willst du?», sagte mein Vater kurz angebunden. Schlechte Stimmung, fuhr es mir durch den Kopf. Der bevorstehende Verlust des Grosskunden Wehrle Stiftung ging nicht so ohne Weiteres an ihm vorbei. Fehlt nur noch, dass er mich ermahnt, Strom zu sparen im darbenden Rösti-Haushalt.

«Ich will dich über die neusten Entwicklungen informieren. Heute Abend kommt es zum grossen Finale.»

In knappen Worten setzte ich ihn ins Bild, was er mit einem zufriedenen Nicken kommentierte.

«Sei vorsichtig», ermahnte er mich. Damit war ich entlassen.

* * *

Pünktlich um 18 Uhr traf ich am Abend in der Residenz Wehrle ein und sah wie erwartet zwei Jeep Cherokees in der Auffahrt. Wehrle und Zurbrugg standen bei zwei breitschultrigen, schwarz gekleideten Männern, die mir feindselig entgegenblickten. Die Verstärkung aus Deutschland, dachte ich. Die Drohkulisse war eindrücklich: Beide hatten eng anliegende schwarze Stretch Shirts, die ihre massiven Oberarme zur Geltung brachten. Noch etwas eindrücklicher als die beiden «Johnsons», die mich aufgemischt hatten. Warum scheren sich alle Neonazis die Haare?, fuhr es mir durch den Kopf. Und woher kommen all die Muskeln?

Ich beschloss, das gelegentlich zu recherchieren, hatte aber keine Zeit mehr für weitere Kontemplationen. «Knochen», bellte mich der eine an, und es dauerte eine Weile, bis ich verstand, dass ich mein Mobiltelefon abgeben sollte. Als ich nicht sofort reagierte, fuhr er mich an: «Wir können dir auch wehtun, offenbar stehst du ja darauf.» Er blickte in mein immer noch deutlich lädiertes Gesicht. Er riss mir mein Mobiltelefon aus der Hand und warf es achtlos auf den Rasen, wo schon zwei weitere Exemplare lagen. Wehrle und Zurbrugg, dachte ich.

Der zweite Kahlkopf fuhr mir mit einem Anti-Spy-Detektor über den ganzen Körper, mit dem sich verschiedene Arten von Abhörgeräten wie Peilsender, Wanzen oder versteckte Kameras aufspüren liessen. Solche Geräte können Funkfrequenzen scannen und Anzeichen von Abhörgeräten erkennen, indem sie Signale empfangen, die von diesen Geräten ausgehen. «Ich bin nicht verwanzt», sagte ich leichthin, obwohl ich mich mittlerweile nicht mehr ganz so locker fühlte. «Kontrolle ist besser», herrschte er mich an. «Damit du es weisst: Wir haben auch Störsender im Auto. Wenn du darauf vertraust, dass dir die Kavallerie folgen kann, muss ich dich enttäuschen.»

Ich versicherte ihm, dass die Schweizer Kantonspolizei schon vor einigen Jahren von Pferden auf Autos umgestiegen war und dass ich keineswegs die Absicht hatte, die Polizei beizuziehen, um unser vertrautes Tête-à-Tête zu stören. Er starrte mich böse an, was entweder daran lag, dass er meinen Humor nicht schätzte oder nicht wusste, was ein Tête-à-Tête ist. Ich hatte aber keine Zeit, der Ursache auf den Grund zu gehen, denn der zweite Skinhead rief: «Einsteigen.» Offenbar hatten Wehrle und Zurbrugg dieselbe Prozedur schon hinter sich. Beide hatten noch kein Wort gesagt. Wehrle schien äusserst nervös und unsicher. Zurbrugg merkte man seine Fremdenlegionärszeit an: Er gab sich ganz cool, fast unbeteiligt.

Der eine Glatzkopf nahm hinter dem Steuer Platz, der andere setzte sich neben ihn, was die Hintersitze für uns übrig liess. «Kann nicht einer von uns im anderen Auto mitfahren?», fragte ich und deutete auf den zweiten Cherokee. Dieser wurde von einem dritten Begleiter auf unserer Ausfahrt gesteuert. Er war deutlich kleiner als die beiden anderen, hatte Haare auf dem Kopf, und mir schien, er sitze ganz allein im Gefährt. «Nein, einsteigen!», befahl der eine der beiden kurz angebunden. «Das wird schon gehen», meinte Wehrle nervös und stieg ein. «Nach Ihnen», sagte ich zu Zurbrugg, der auf meiner Seite einstieg und damit auf dem unbequemen mittleren Platz ausharren musste.

Wir fuhren hinunter Richtung See und bogen auf der Seestrasse links Richtung Meilen ab. Der zweite Cherokee folgte uns dicht auf, doch mir fiel auf, dass er immer langsamer wurde. Weil das Überholen auf der Seestrasse schwierig und oft verboten ist, entstand schnell ein immer grösser werdender Abstand zwischen den beiden Gefährten. Ganz offensichtlich sollte verhindert werden, dass wir verfolgt wurden. Die ganze Prozedur war mit wenigen Worten und ganz glatt über die Bühne gegangen. Die machen das nicht zum ersten Mal, folgerte ich haarscharf. Ich wusste nicht, ob mich das eher beruhigen oder erschrecken sollte.

Inzwischen waren wir in Rapperswil angekommen. Vom zweiten Cherokee war nichts mehr zu sehen, und wir drehten links ab, Richtung Zürcher Oberland. Nach zehn Minuten fuhren wir durch eine ländliche Umgebung, in der ich noch nie gewesen war. Obwohl unsere beiden Begleiter offensichtlich Deutsche waren, rasten sie mit traumwandlerischer Sicherheit über kleine Überlandstrassen und kurze Waldsträsschen, auf denen eigentlich ein Fahrverbot galt. Beide hielten immer wieder nach Verfolgern Ausschau.

«Geht es noch lange?», fragte Wehrle aufgeregt, aber er erhielt keine Antwort. Mir fiel auf, wie eingefallen und fahl seine klassischen Züge aussahen. Mangelnder Schlaf, schwache Nerven, dachte ich. Oder war er so nervös, weil er das Bild selbst gestohlen hatte und befürchtete, sein doppeltes Spiel könne auffliegen? Schwer zu sagen. Hingegen beeindruckte mich Zurbruggs Ruhe. Einer wie der könnte den Bilderklau über die Bühne bringen, ohne dabei einen Schweisstropfen zu vergiessen und ohne eine schlaflose Sekunde. Ich traute ihm einen solchen Sololauf durchaus zu.

Nach weiteren zehn Minuten kreuz und quer durch das Zürcher Oberland gelangten wir schliesslich zu einer alten Hütte, die völlig einsam am Waldrand lag. Wahrscheinlich sind die eingebrochen, fuhr es mir durch den Kopf, und ich verstand, warum uns keine Augenbinden angelegt worden waren.

«Aussteigen», sagte der einer der beiden Glatzköpfe, der mir der Anführer zu sein schien. Er begleitete uns zur Hütte und trat mit uns ein. Nachdem sich meine Augen an die Dunkelheit gewöhnt hatten, drei Figuren, die in der Mitte der Hütte auf uns warteten. Die Schlägertruppe, dachte ich.

«Willkommen. Es freut mich, dass es Ihrem Gesicht wieder besser geht», begrüsste mich Watzke ironisch, aber mit einer Nervosität in der Stimme, die mich vermuten liess, die Glatzköpfe aus Deutschland seien nicht nur Verstärkung, sondern auch Aufpasser, die sich sehr schnell auch gegen die offensichtlich dilettantische Schweizer Fraktion wenden konnten.

«Wir werden offensichtlich milde aufs Alter», feixte Stickelberger, «eigentlich war doch vorgesehen, dass das Gelbgesicht eine Woche nicht laufen kann!» Die beiden Schweizer Kahlköpfe im Raum quittierten das mit höhnischem Gelächter, der deutsche Aufpasser fand es weniger lustig. Zurbrugg lächelte schwach, und Wehrle schien noch ein bisschen eingeschüchterter.

Watzke beendete das Gelächter mit einer energischen Handbewegung. «Das war damals, heute wollen wir ganz zivilisiert miteinander verhandeln. Auch, weil Sie uns versprochen haben, dass wir in der unseligen Angelegenheit weiterkommen. Ich entschuldige mich für den wenig komfortablen Treffpunkt, aber ich versichere Ihnen, hier sind wir ganz sicher.»

Wehrle begrüsste das Trio zaghaft, und auch Zurbrugg reichte allen die Hand, wobei er sie mit Vornamen ansprach, was Wehrle mit einem überraschten «Ha!» kommentierte. Weiter sagte er nichts.

«Anfangen», zischte unsere Fahrer, «eine Stunde, höchstens! Das ist hier kein Kaffeekränzchen. Wenns nichts bringt, mache ich euch alle platt!» Er platzierte sich breitbeinig neben der Eingangstür und es war klar, dass er im Zweifelsfall nicht zögern würde, seine eindrücklichen Muskeln zum Einsatz zu bringen.

Wir setzten uns alle an einen langen Tisch mit zwei unbequemen Holzbänken auf den beiden Seiten. Es roch modrig, und die Sonne schien nur noch schwach durch das eine Fenster der Hütte.

«Wir warten», sagte Watzke und schaute mich auffordernd an.

«Sie erlauben, dass ich aufstehe und mich etwas bewege, ich fühle mich auf dieser wackeligen Bank nicht ganz wohl.»

«Aber komm nicht auf dumme Gedanken», tönte es heiser von der Tür.

Ich stand auf und begann mit meiner sorgfältig einstudierten Rede.

«Ich muss etwas ausholen, aber ich kann Ihnen versichern, dass es sich lohnt», begann ich. «Also haben Sie etwas Geduld mit mir.»

Keiner sagte etwas, alle schauten mich mit ausdruckslosen Gesichtern an.

«Damit wir alle auf dem gleichen Stand sind und Missverständnisse vermeiden, lassen Sie mich kurz meinen Wissensstand erläutern. Sie drei», ich schaute Watzke, Stickelberger und Rinderknecht an, «sind die Führung des Schweizer Chapters der Hammerskins. Sie, Herr Watzke, sind zwar Deutscher, aber Sie sollen den Schweizer Kollegen etwas Entwicklungshilfe leisten und, so vermute ich, reiche Schweizer Sympathisanten als Geldgeber gewinnen.»

Niemand sagte ein Wort.

«Irgendwann in den letzten paar Monaten sind Ihre deutschen Freunde auf ein kostbares und aufschlussreiches Dokument aus der Zeit des Zweiten Weltkrieges gestossen. Ich vermute mal, dass irgendein alter Nazi gestorben ist und das Dokument den Hammerskins quasi vererbt hat. Das Dokument enthielt handschriftliche Aufzeichnungen von Albert Speer. Dieser erging sich ausführlich über den Auftrag, den Bau und den Verwendungszweck der Bauten, die die Organisation Todt in Schlesien und insbesondere im Untergrund von Schloss Fürstenstein erstellt hat.»

«Mach vorwärts», tönte es von der Tür.

«Dieses Dokument war an sich schon wertvoll, zumindest für bestimmte Sammler von Nazi-Paraphernalien. So richtig interessant wurde es aber am Ende der Aufzeichnungen. Dort gab es noch einige leere Seiten, von denen wahrscheinlich zuerst angenommen wurde, sie seien für weitere Erinnerungen von Albert Speer vorgesehen. Irgendwann aber hat man den Irrtum entdeckt und es wurde klar, dass es sich um eine versteckte geheime Schrift gehandelt. Man hat etwas recherchiert und hat erkannt: Die Nazis haben oft mit solchen versteckten Schriften operiert. Die verborgene Schrift lässt sich mit einer Chemikalie namens Phenolphthalein zum Vorschein bringen.»

«Woher wissen Sie das?», fragte mich Stickelberger, der sich einen tadelnden Blick von Watzke gefallen lassen musste, der keine Insubordination duldete und nicht wollte, dass ich eine wenn auch indirekte Bestätigung für meine These bekam.

«Nun, ich kann Google bedienen», antwortete ich trocken, «es ist kein Geheimnis, dass die Nazis das einsetzten. Die Chemikalie ist übrigens heute etwas schwieriger zu kriegen, da ihr kanzerogene Eigenschaften nachgesagt werden, aber man kriegt sie, wenn man hartnäckig ist. Jedenfalls gehe ich davon aus, dass Ihre Kollegen die geheime Schrift zum Vorschein gebracht haben, was ihnen allerdings nicht viel nutzte, denn sie haben natürlich schnell erkannt, dass der Text verschlüsselt war. Indes war Ihnen klar, dass es sich beim verschlüsselten Text wohl um detaillierte Hinweise handeln musste, wie der Goldene Zug aufzufinden wäre. Denn die Überschrift war in Klartext gehalten und lautete genauso: Der Goldene Zug. Ich gehe auch davon aus, dass Albert Speer in seinen handschriftlichen Aufzeichnungen auf versteckte Schatzkammern oder vielleicht sogar ganz spezifisch auf den Goldenen Zug hingewiesen hat, freilich ohne Details, wie der Schatz zu finden sei. Er war bis ganz am Schluss ein linientreuer Nazi und hat wohl gehofft, der Schatz könne nach der unvermeidlichen Niederlage des Dritten Reiches später von einer Nachfolgeorganisation zum Wiederaufbau des Vierten Reiches verwendet werden. Als diese Nachfolgeorganisation empfinden Sie sich, weshalb Sie einen Anspruch auf den Schatz erheben.»

Ich schaute erwartungsvoll in die Runde, aber keiner sagte ein Wort.

«Nun hatten Sie gleich zwei Probleme auf ein Mal. Erstens erkannten Sie sehr schnell, dass es sich beim Buchstabensalat um eine absolut unknackbare Verschlüsselung handelte, nämlich die One-Time-Pad-Verschlüsselung. Deshalb haben Sie wahrscheinlich schon sehr viel Energie darauf verwendet, den Schlüssel zu finden, der den Buchstabensalat wieder zu einem lesbaren Klartext macht. Ich vermute, es ist Ihnen nicht gelungen, sonst würden wir alle heute nicht hier sitzen. Der Schlüssel wurde wahrscheinlich auch sehr gut versteckt. Denn es war ja absolut entscheidend für die Sicherheit, dass der verschlüsselte Text und der Schlüssel an zwei verschiedenen Orten aufbewahrt wurden. Vielleicht war damals den Eingeweihten klar, wer den Schlüssel verwaltete. Aber viele der führenden Nazis kamen ums Leben oder wurden in den Nürnberger Prozessen verurteilt, hingerichtet oder weggesperrt. Jedenfalls ging der Schlüssel verloren.»

«Bis jetzt haben Sie uns nichts gesagt, was wir nicht schon gewusst haben. Ich hoffe, da kommt noch mehr.» Watzke sah mich drohend und zugleich ängstlich an. Wahrscheinlich hatte er sich für das Treffen stark gemacht und war darauf angewiesen, dass es Resultate zeitigte.

«Nur Geduld, ich komme bald zum Punkt. Die ganze Suche hat indes Ihr zweites Problem verschärft: Für die Suche nach dem Schlüssel bei irgendwelchen Altnazis mussten immer mehr Leute involviert werden. Damit stieg das Risiko, dass sich einer von ihnen das Dokument unter den Nagel reissen könnte. Oder aber, dass die deutschen Sicherheitsbehörden Wind bekämen vom Dokument und es bei einer Razzia in die Hände erhielten, wo es dann für Sie und Ihre Organisation für immer verloren wäre. Also kamen Sie auf die gute Idee, das Dokument in einem alten Bild zu verstecken und dieses bei Herrn Wehrle zu deponieren. Und weil Vorsicht besser ist als Nachsicht, wurde Herrn Wehrle nicht mitgeteilt, was da in dem Bild versteckt war. Er wusste zunächst nur, dass es ein Bild war von einem Maler, der in der NS-Zeit geschätzt wurde, und dass er es sicher aufbewahren sollte. Franz von Stuck als Maler war gut gewählt: Einige seiner Bilder sind kostbar, andere eher nicht. Ich vermute, dass es vom selben Altnazi vererbt wurde, von dem auch das Speer-Dokument stammt. Es war also für Herrn Wehrle, der kein Kunstkenner ist, nicht unbedingt offensichtlich, dass es sich um ein eher weniger wertvolles Bild handelte. Nun hing es, für alle gut sichtbar, aber doch geschützt von einer ausgeklügelten Sicherheitsanlage in der Villa Wehrle. Auch mit Wehrle hatten Sie sehr klug und überlegt gehandelt: Er galt einerseits als loyal, weil er Sie und die Reichsbürger in der Vergangenheit mit viel Geld unterstützt hatte. Es schien auch unwahrscheinlich, dass er das Dokument finden und es sich selbst unter den Nagel reissen könnte, denn er hatte vieles zu verlieren: Geschäftsleiter-Job bei einer renommierten Stiftung, sorgenfreies Leben an der Goldküste, guter Ruf, nettes Töchterchen und was sonst noch dazugehört. Zudem hatte er als Chef einer Stiftung, die auch im Osten aktiv ist, einen grossen Vorteil: Schwere Maschinen und Lastwagen gehören zum Inventar der Stiftung, die in Ostdeutschland unter anderem beim Wiederaufbau von historischen Gebäuden tätig ist. Das konnte sich beim Heben des Schatzes als grosser Vorteil erweisen.»

«Kommen Sie zu Ihrem Punkt», knurrte Watzke.

«Dummerweise ist das Bild und damit das Dokument aber aus der Residenz Wehrle verschwunden. Und wenn man es sich richtig überlegt, hatten Sie alle ein Motiv, es zu stehlen und es der Galeristin Kundera zur Begutachtung zu bringen. Beginnen wir mit Alexander Wehrle. Ihm muss es von Anfang an sehr seltsam vorgekommen sein, dass ihm die Hammerskins ein Gemälde zur Aufbewahrung überliessen. Das war bis anhin nie vorgekommen, ganz im Gegenteil: Er hatte gegeben, nämlich Geld, und die Organisation hatte es genommen. Nun plötzlich kriegte er aus heiterem Himmel ein Gemälde zur Aufbewahrung. Er muss von Anfang an Verdacht geschöpft haben, es habe mit dem Bild irgendeine besondere Bewandtnis. Also brachte er es der Kundera zur Begutachtung. Denn diese war nicht nur eine – allerdings erfolglose – Kunstkennerin und Galeristin, sondern auch eine Bildrestaurateurin. Wahrscheinlich vermutete er, unter dem Bild sei ein Rembrandt oder sonst etwas Kostbares versteckt. Doch dann bemerkte sein Privatsekretär das Verschwinden des Bildes, und weil Wehrle schon damals vermutete, dass Zurbrugg das Schweizer Chapter der Hammerskins etwas besser kennt, als er vorgab, geriet er in Panik und erfand die Diebstahlgeschichte. Er ging zur Kundera, verlangte das Bild zurück, es gab einen Streit und er erwürgte sie mit einem Gürtel, den ihm einer seiner Nazifreunde einmal geschenkt hatte.»

«Das ist absurd, vergessen Sie nicht, für wen Sie arbeiten!», schrie Wehrle schrill und mit hochrotem Kopf.

«Tja, es ist ja nur eine Variante. Genauso gut könnte es Zurbrugg gewesen sein, der das Bild klaute. Oder Rinderknecht oder Stickelberger nutzten eine Pinkelpause bei ihrem Treffen in der Villa, um sich das geheimnisvolle Bild unter den Nagel zu reissen oder jemandem Zugang zur Villa zu verschaffen, der im Kofferraum eines der beiden Autos versteckt war. Oder aber Sie, Herr Watzke, waren es selbst. Sie mussten zwar eigentlich nicht die Kundera bemühen, denn Sie wussten genau, was es mit dem Bild auf sich hatte. Aber Sie könnten die Kundera als Ablenkung benutzt haben, so dass niemand auf die Idee käme, dass Sie ein falsches Spiel treiben. Fakt ist dann aber wieder, dass die Gruppe Watzke die Kundera umgebracht hat und dabei so dumm war, eindeutige Spuren hinterlassen.»

«Da liegen Sie völlig falsch, mein Guter. Aber ich schlage vor, dass Sie endlich zum Punkt kommen», sagte Watzke ganz leise und doch gefährlich. Seine beiden Adlaten schauten mich mit verkniffenen Mienen an, und es war klar, dass sie nur zu gerne dort weitergemacht hätten, wo sie beim Clubhaus aufhören mussten. Die tun Menschen gerne weh, und im Moment haben sie mich im Visier, sagte ich mir. Ein Wort von Watzke, und sie würden wie Doggen über mich herfallen.

«Der Punkt ist: Ich habe für Sie das Problem der Entschlüsselung gelöst!»

Es wurde mäuschenstill in der Hütte.

Nach fünf Sekunden fuhr Watzke auf. «Das glauben Sie selbst nicht. So etwas kommt nur in schlechten Filmen vor. Der Privatschnüffler findet den Schlüssel zum geheimen Dokument, der Jahrzehnte verschollen war. Absurd!» Die Körperspannung seiner beiden Schläger erhöhte sich spürbar, und der eine lächelte in freudiger Erwartung, was da bald kommen würde. Wehrle zog unwillkürlich seinen Kopf ein.

«Nein, das habe ich nicht. Ich bin sicher, der Schlüssel kann nach all den Jahrzehnten nicht gefunden werden. Aber was Sie alle offenbar nicht wissen: Die ETH Zürich hat seit geraumer Zeit eine Abteilung, die sich nur mit Kryptografie beschäftigt. Ohne allzu grossen Lokalpatriotismus lässt sich sogar sagen, dass die weltweit einen Spitzenplatz einnehmen. In dieser Abteilung gab es einen wissenschaftlichen Mitarbeiter, der sich spezifisch mit den Verschlüsselungsmethoden der Nazis auseinandergesetzt hat. Er wurde entlassen, weil er es mit den Vorschriften nicht immer so genau genommen hat. Er ist auf

Tauchstation, weil er den falschen Leuten Geld schuldet, aber ich habe ihn aufgespürt.»

«Was soll das nützen?», warf Watzke ein, «die One-Time-Pad-Verschlüsselung ist unknackbar, auch für Ihren Spezialisten.»

«Das ist nicht ganz präzise. Die One-Time-Pad-Verschlüsselung ist unknackbar, wenn die wichtigste Voraussetzung eingehalten wird. Die Zuordnung der Buchstaben im Schlüssel müssen gleichverteilt zufällig gewählt werden. Heute würde man dieses ‹gleichverteilt zufällig› wohl mit einem Zufallsgenerator lösen, den man auf jeden PC laden kann. Man findet auch entsprechende Websites im Internet, die diese Aufgabe korrekt und gleichverteilt zufällig ausführen. Aber damals wurde das von Hand gemacht. Mein in Ungnade gefallener Forscher hat herausgefunden, dass die Buchstaben im Schlüssel für die wichtigsten Dokumente der Nazis ganz und gar nicht gleichverteilt zufällig gewählt wurden. Dafür gibt es zwei mögliche Erklärungen: Entweder wurde bei der Verschlüsselung eine Schablone verwendet, die die Buchstaben nicht zufällig gleichverteilt zuordnete. Oder aber die Verschlüsselung der wichtigsten Dokumente wurde überwiegend von einer und derselben Person im Nazihauptquartier gemacht. Diese zweite Erklärung ergibt Sinn: Denn Geheimhaltung war das wichtigste Prinzip, und das ging leichter, wenn nur einer mit der Verschlüsselung der wichtigsten Dokumente befasst war. Aber, und hier wird es interessant, dieser Chef-Verschlüssler hat die Zuordnung der Buchstaben für den Schlüssel ganz und gar nicht gleichverteilt zufällig gewählt. Er hatte, wie das typisch ist für uns Menschen, bestimmte Vorlieben.»

«Ich verstehe überhaupt nichts mehr!», jetzt war es Zurbrugg, der sich zu Wort meldete. Das Thema war für ihn offenbar sehr interessant, denn er hatte wie gebannt zugehört.

«Sie müssen sich die Sache ganz plastisch vorstellen. Vielleicht fing das Dokument mit dem Worten an: ‹Der Goldene Zug…›. Diesem Klartext wird ein völlig zufälliger Schlüssel zugeordnet, also zum Beispiel ‹Lmc Kqepozy Akz›. Mithilfe des sogenannten Vigenère-Quadrates wird der Satz dann verschlüsselt. Es würde zu weit führen, Ihnen das zu erklären. Glauben Sie mir: Ich habe einen ganzen Morgen mit einem Kryptografen der ETH verbracht, und der Kopf hat mir danach geraucht. Aber etwas wurde mir ganz klar: Zentral bei dieser Geschichte ist die gleichverteilt zufällige Zuordnung der Buchstaben für den Schlüssel. Ist das nicht der Fall, wird die Sache höchst unsicher.»

«Ich verstehe überhaupt nichts», brummte Watzke.

«Nehmen wir an, der Chef-Verschlüssler hatte die Tendenz, einem ‹e› im Klartext signifikant häufig ein ‹p› im Schlüssel zuzuordnen. Vielleicht, weil er ‹Ernst Peterhans› hiess, oder aus welchem Grund auch immer. Lange Zeit war das völlig egal, da der Code auch mit dieser leichten Verletzung der Grundregel nicht zu knacken war. Aber das hat sich geändert: ETH-Forscher haben Zugang zu Supercomputern, die solche Muster entdecken können. Der natürlichste und einfachste Ansatz zu einer algorithmischen Lösung dieses Problems besteht darin, alle potenziellen Lösungen durchzuprobieren, bis die richtige gefunden ist. Diese Methode nennt man ‹Brute-Force-Suche›. Gerade der Buchstabe ‹e› ist dabei besonders interessant: Denn der Buchstabe kommt in der deutschen Sprache am häufigsten vor, nämlich zu siebzehn Komma vier Prozent. Ein Supercomputer entdeckt solche Muster mittels statistischer Analyse und beginnt, mit einem Trial-and-Error-Verfahren dem verschlüsselten Text immer mehr Sinn einzuhauchen, indem er einzelne Wörter rekonstruiert. Wenn der Damm einmal gebrochen ist, also wenn eine bestimmte Anzahl Buchstaben einmal aufgedeckt ist, simuliert der Supercomputer immer weiter, bis der Klartext gefunden ist. Bei jeder neu gefundenen Relation wird es ein bisschen einfacher.»

Ich schaute herausfordernd in die Runde. «Also für die ganz Dummen: Mein Experte kennt die unseligen Vorlieben des Nazi-Chef-Verschlüsslers genau. Und da er immer noch Zugang zu den Rechenkapazitäten des Supercomputers im Tessin hat, kann er das Versteck vom Goldenen Zug enthüllen.»

Die drei Nazis sahen sich an, und ich bemerkte, wie sich die kleinen Rädchen in ihrem Kopf drehten.

«Bevor Sie auf falsche Gedanken kommen», fuhr ich fort, «es gibt wirklich nur den einen Experten für diese Aufgabe. Ich habe ihn so gut versteckt, dass Sie ihn nie finden würden. Denn er will nicht gefunden werden, schon gar nicht von Nazis. Er hat auch nicht die geringste Sympathie für Sie und weiss, dass er mit seinem Leben spielt, wenn er sich direkt mit Ihnen einlässt. Das überlässt er lieber mir. Aber ich kann Ihnen versichern: Er wird liefern, denn er braucht das Geld.»

«Wenn das wirklich stimmt, dann nützt sein Wissen nur demjenigen etwas, der im Besitz des Dokumentes mit dem verschlüsselten Text ist», gab Watzke bedächtig zu bedenken.

«Das stimmt», versetzte ich, «und genau deshalb sind wir hier. Denn einer von den hier Anwesenden hat das Dokument. Nur würde ich wetten: Diesem einen ist mittlerweile nicht mehr ganz wohl in seiner Haut. Es wurde schon jemand umgebracht, um in den Besitz des Dokumentes zu kommen. Ein zweiter Mord macht da keinen Unterschied mehr aus. Es dürfte auch äusserst schwierig werden, den Schatz zu heben, nachdem nun so viele Leute von seiner Existenz wissen. Mehr sollten es auf keinen Fall werden, ganz im Gegenteil. Deshalb lässt sich sagen: Wir alle sind jetzt zu einer Schicksalsgemeinschaft geworden, die ein grosses Geheimnis teilt und die alles Interesse dieser Welt hat, dieses Geheimnis zu bewahren.»

«Jetzt überfordern Sie mich», sagte Watzke, plötzlich wieder ganz höflich.

«Wir alle teilen das Geheimnis, dass es diesen Goldenen Zug tatsächlich gibt. Wir alle teilen das Geheimnis, dass einer von Ihnen fünf mit Sicherheit im Besitz des Dokumentes ist, das zum Auffinden des Schatzes führt. Wir alle wissen aber auch: Wenn wir all das an einer oder mehreren geeigneten Stellen ausplaudern, dann wird es dem Betreffenden unmöglich sein, den Schatz zu heben. Insbesondere die polnische Regierung scheint der Meinung zu sein, der Schatz gehöre ihr. Sie fühlt sich immer noch nicht vollständig entschädigt für die Verluste im Zweiten Weltkrieg. Sie verlangt noch immer nach weiteren Reparationszahlungen von Deutschland – der Goldene Zug erschiene ihr wie eine verspätete finanzielle Genugtuung. Es gibt aber auch andere Organisationen, die ohne Weiteres sicherstellen könnten, dass niemand von uns den Schatz hebt. Ich denke an die weltweite Organisation der Hammerskins. Niemand von uns hätte eine ruhige Minute – und dem einen oder anderen könnte ein schnelles Ende beschieden sein. Oder man gibt das Wissen an ein Medium weiter, etwa dem ‹Spiegel›, und kreiert damit in diesem Gebiet einen Goldrausch, der es dem Betreffenden unmöglich machen wird, den Schatz in aller Stille zu heben. Sie sehen also: Wenn man es so betrachtet, dann sind wir alle keine Gegenspieler, sondern Komplizen, die ein einziges Interesse haben: den Schatz in aller Stille zu heben. Oder sich von demjenigen, der den Schatz in aller Stille heben kann, doch zumindest ein bisschen dafür entschädigen zu lassen.»

Alle sechs im Raum Anwesenden schauten mich verdutzt an, selbst der schlagkräftige Wächter an der Türe.

«Aber wie soll unsere Schicksalsgemeinschaft gemeinsam profitieren von diesem Wissen?», fragte Watzke. Genau darauf hatte ich gewartet.

«Das ist ganz einfach, Herr Watzke. Sie sind in Ihrer Organisation eben von einem absoluten Versager zu einem unglaublichen Star avanciert. Sie hatten das Dokument verloren, nun haben Sie es wiedergefunden, und nicht nur das: Sie haben es geschafft, jemanden zu finden, der den Code knacken kann. Nur kostet das Ihre Organisation die Kleinigkeit von acht Millionen Schweizer Franken.»

«Ich habe das Dokument nicht. Und Sie sind völlig verrückt, wenn Sie denken, dass unsere Organisation acht Millionen Franken lockermachen kann.»

«Ganz im Gegenteil!», versetzte ich. «Ich habe ein bisschen nachgeforscht. Wenn in den Medien von Neonazis die Rede ist, dann denken die meisten Leute an tumbe Glatzköpfe wie Ihre beiden Kollegen: viel Muskeln, aber wenig Verstand und noch weniger Geld. Leute halt, die es im Leben zu nichts gebracht und sich deshalb radikalisiert haben.» Ich deutete auf Rinderknecht und Stickelberger, die mich feindselig anstarrten. «Aber Sie und ich wissen, das ist nur die halbe Wahrheit. Kürzlich wurde Heinrich XIII. Prinz Reuss, ein prominenter Reichsbürger, verhaftet. Er war adelig, gebildet und reich. Zwar hat er durch eigene Dummheit einen Grossteil seines Vermögens verspielt. Aber es gibt andere Unterstützer von rechtsextremen Vereinigungen, für die acht Millionen ein Klacks sind. Vor allem, wenn sie in den Besitz eines handschriftlichen Dokumentes von Albert Speer kommen. Und eine Option auf einen Teil des Goldenen Zuges haben. Ich bin sicher, Sie können das Geld auftreiben.»

«Wieso gerade acht Millionen Schweizer Franken?», wollte er wissen.

«Nun, wir sind sieben Leute im Raum, hinzu kommt mein Experte.»

«Nehmen wir an, der Wehrle hat sich das Dokument unter den Nagel gerissen – warum sollte er es wieder hergeben?», hakte er nach.

«Die Antwort ist offensichtlich. Wir alle wissen nun: Wir haben es mit einer gefährlichen Organisation zu tun. Es wäre für die Gesundheit wenig förderlich, sich mit dieser Organisation anzulegen. Zudem braucht es wahrscheinlich auch eine grössere Organisation, um den Schatz zu heben. Eigentlich sehe ich da nur zwei Kandidaten: die polnische Regierung oder Ihre Organisation, die weltweit Ressourcen hat. Die Hammerskins.» Ich schaute ihm tief in die Augen. «Übrigens halte ich es für wesentlich wahrscheinlicher, dass Sie selbst oder einer Ihrer beiden Schläger sich das Bild unter den Nagel gerissen haben.» Der deutsche Aufpasser an der Türe starrte Watzke durchdringend an. «Aber auch für Sie ist es wesentlich gesünder, auf meinen Handel einzugehen: Sie kassieren eine Million, dann übergeben Sie den entschlüsselten Text Ihrer Führung. Sie haben damit nicht nur Ihre Scharte ausgewetzt und folgen nicht dem Schicksal der Kundera, sondern steigen mit Sicherheit in der Hierarchie auf. Falls es bei den Hammerskins einen

Bonus für besondere Leistungen gibt, können Sie den auch noch einstreichen.»

«Und wie soll das Ganze ablaufen?», fragte Watzke, nun wieder ganz Herr der Lage.

«Ich gebe Ihnen allen die Adresse einer Internet-Seite. Eine Adresse, die Sie sich alle sicherlich gut merken können, und die einmalig ist: ‹KlickDenWeissenPunktUndTriffInsSchwarze.com›. Alles zusammen und jedes Wort beginnt mit einem Grossbuchstaben. Wenn Sie diese Adresse eingeben, gelangen Sie zu einer Seite im Darknet, die im wahrsten Sinne des Wortes dunkel ist: Die Seite ist fast ganz schwarz, nur rechts unten, kaum wahrnehmbar, gibt es einen kleinen Cluster von weissen Pixeln. Wenn Sie daraufklicken, kommen Sie auf eine weitere Seite, die es Ihnen erlaubt, ein Dokument, also beispielsweise die Fotografie der ersten Seite der geheimen Anweisung, heraufzuladen. Mein Experte macht sich dann an die Entschlüsselung. Er schickt sowohl dem Betreffenden als auch mir den Klartext der ersten Seite.»

«Derjenige, der das Bild gestohlen hat, wird wohl nicht so blöd sein, auch noch seine Internet-Adresse anzugeben.»

«Natürlich nicht. Aber eine anonyme Mailadresse lässt sich in schätzungsweise dreissig Sekunden anlegen. Wer immer die erste Seite herauflädt, kann zusätzlich diese anonyme Mailadresse hinterlassen, an die der Klartext der ersten Seite zu schicken ist. Auf diese Weise kann der Betreffende sicher sein, dass wir in der Lage sind, den Text zu entschlüsseln.»

«Wie wissen wir, dass es sich tatsächlich um den echten entschlüsselten Text und nicht einfach um eine Erfindung von Ihnen handelt? Und wie wissen wir, dass Sie sich nicht mit dem entschlüsselten Text über alle Berge machen?»

«Nun, Sie haben bei mir etwa die gleiche Garantie, wie Sie es bei Herrn Wehrle hatten: Ich bin leicht auffindbar und habe viel zu verlieren – mein Leben. Ausserdem vermute ich, dass es schon auf der ersten Seite so viele Hinweise und Details hat, dass Sie den Text sehr schnell als authentisch erkennen werden. Aber das wissen wir erst, wenn die erste Seite übersetzt ist.»

«Mir ist der Ablauf der ganzen Geschichte nicht ganz klar», meldet sich Zurbrugg zu Wort.

«Es ist ganz einfach», erklärte ich. «Es gibt zwei weitere Treffen. Beim ersten Treffen bringe ich die erste entschlüsselte Seite mit. Das ist der Beweis, dass mein Spezialist tatsächlich in der Lage ist, zu liefern. Bei diesem Treffen möchte ich von Ihnen, Herr Watzke, die Bestätigung, dass Sie die acht Millionen liefern können. Danach lädt der Bilderdieb das restliche verschlüsselte Dokument auf die Website. Mein Spezialist entschlüsselt den Rest, schickt den Klartext aber nur an mich. Ich werde diesen Klartext ans nächste Treffen mitnehmen und an Herrn Watzke übergeben. Gleichzeitig macht er uns alle zu Millionären.»

«Und dann?», wollte Watzke wissen.

«Wie es dann weitergeht, ist Ihnen überlassen. Aber für uns andere endet die Geschichte damit. Sie müssen garantieren, dass wir nicht mehr von Ihrer Organisation belästigt werden. Ansonsten müsste ich die Behörden und auch die Medien einweihen über die Existenz des Goldenen Zuges – und dann würde die Bergung noch schwieriger.»

«Das Ganze hat nur einen kleinen Haken für uns», knurrte Watzke. «Unsere Organisation würde uns nie erlauben, die Million zu behalten. Wenn Sie das glauben, dann kennen Sie uns schlecht.»

«Tja», schaute ich ihm direkt ins Gesicht, «das ist eine Frage der Kommunikation. An Ihrer Stelle würde ich rapportieren, dass ich acht Millionen für mich selbst und den Kryptografen verlangt habe. Wie das Geld effektiv aufgeteilt wird, kann von mir aus gerne unter uns bleiben.»

Watzke schaute den Aufpasser am Eingang zweifelnd an. Aber die Aussicht auf so viel Geld brachte ein gieriges Leuchten in seine Augen, das eindeutig war.

«Wir wollen sowohl das Dokument als auch den entschlüsselten Text.»

«Ich schlage vor, dass wir das beim nächsten Treffen besprechen, bei dem wir alle die erste übersetzte Seite des Dokumentes begutachten. Ich bin sicher: Wer auch immer das Speer-Dokument hat, wird froh sein, es mit dem entschlüsselten Text zurückzugeben. Wir finden sicherlich einen Weg, ohne dass der Betreffende seine Identität preisgeben muss.»

«Wer garantiert uns, dass Sie nicht die Polizei verständigen und die über unser kleines Treffen in Kenntnis setzen?»

«Ich habe mich eben vor Zeugen dazu bekannt, mich von Ihnen mit einer Million bestechen zu lassen. Die Polizei würde mich fertigmachen. Wir haben damit alle viel zu gewinnen und viel zu verlieren. Alle gewinnen, wenn sie mitspielen. Alle verlieren, wenn sie aus der Reihe tanzen.»

«Das klingt nicht unvernünftig. Aber ich habe noch eine Frage: Wer garantiert uns, dass Ihr Kryptograf nicht mit dem entschlüsselten Text verschwindet und den Schatz selbst hebt?»

«Ich garantiere es. Ich kann Ihnen versichern: Das ist ein Nerd, wie er im Buch steht. Er ist an Geld nur insofern interessiert, als es ihm erlaubt, seine Schulden zurückzuzahlen. Und die neuste und beste IT-Infrastruktur für sich zu kaufen. Mit einer Million kommt er sehr weit.»

Watzke schaute mich zweifelnd an.

«Nur etwas ist wichtig: Die erste Seite muss übermorgen zwischen neun Uhr morgens und achtzehn Uhr übermittelt worden sein, sonst ist der Deal gestorben.»

«Warum die Eile? Und warum gerade zwischen neun Uhr und achtzehn Uhr?», fragte Watzke neugierig.

«Zwischen neun Uhr und achtzehn Uhr ist wichtig, weil dann mein Experte den Supercomputer diskret anzapfen kann. Es laufen dann so viele Tasks, dass eine mehr nicht auffällt. Das mit der Eile können Sie sich sicherlich denken, Herr Watzke», antwortete ich so höflich wie er. «Ich habe den Experten gefunden. Er möchte aber nicht noch einmal gefunden werden. Ihre zwei Grobiane könnten versucht sein, ihn zur Entschlüsselung zu zwingen, auch ganz ohne Millionen. Und nach getaner Arbeit zu entsorgen, so wie die Kundera.» Watzke schüttelte den Kopf. «Er hat sich deshalb abgesetzt und versteckt sich an einem Ort, den Sie nie finden werden. Er hat dort Internet-Anschluss und über ein Virtual Private Network Zugang zum Supercomputer im Tessin. Er braucht einen Tag, um sich einzurichten. Aber er hat keine Lust, sehr lange Verstecken zu spielen. Deshalb stehen wir alle etwas unter Zeitdruck: In spätestens fünf Tagen muss die ganze Übung gelaufen sein. Konkret: Nach dem Upload der ersten Seite schickt die Person, die den verschlüsselten Text hat, den restlichen Text an dieselbe Adresse. Mein Kryptograf entschlüsselt das Dokument, und ich prüfe das Dokument.»

«Und dann?»

«Dann machen wir alle wie gesagt das dritte Treffen, bei dem das entschlüsselte Dokument offiziell an Sie als Vertreter Ihrer Organisation übergeben wird. Und an dem wir alle zu Millionären werden. Allerdings muss ich darauf bestehen, dass ich selbst die Rahmenbedingungen festlegen darf. Ich bin noch zu jung zum Sterben.»

Er schaute mich durchdringend an, sagte aber nichts.

«Ich schlage vor, dass wir uns in zwei Tagen abends wieder treffen. Von mir aus wieder um achtzehn Uhr in der Villa Wehrle. Sie dürfen wieder das Prozedere und den Ort bestimmen. Solange nur die erste Seite und nicht der ganze Text entschlüsselt ist, fühle ich mich sicher. Ich bringe dann die Übersetzung der ersten Seite mit, und Sie können hoffentlich bestätigen, dass Sie das Geld beschaffen können. Dann nenne ich Ihnen die Rahmenbedingungen für das dritte, entscheidende Treffen. Und danach wollen wir alle sicherlich nichts mehr voneinander hören.»

* * *

Wir wurden auf demselben Weg wieder heimchauffiert, wie wir gekommen waren, allerdings ohne den zweiten Cherokee, der uns abgeschirmt hatte. Ich liess das Gespräch vor meinem geistigen Auge Revue passieren und war zufrieden mit mir selbst: Mein Auftritt war glatt über die Bühne gegangen und die fünf Verdächtigen hatten genauso reagiert, wie ich es vorausgesehen hatte.

Nur auf die wichtigste Frage kannte ich die Antwort nicht: Wer hatte das Bild gestohlen? Ich analysierte all die Signale, die ich durch Gesten und Körpersprache der

Anwesenden empfangen hatte und versuchte herauszufinden, wer es war. Keiner hatte sich offensichtlich verraten, dachte ich. Aber etwas Wichtiges hatte ich dennoch gelernt: Es erschien mir nun ziemlich unwahrscheinlich, dass es irgendeine unheilige Allianz gab. Jeder schien jedem zu misstrauen. Der Diebstahl war wahrscheinlich die Tat eines Einzelnen, dem mittlerweile klar geworden war, dass er sich in akute Lebensgefahr begeben hatte. Das Tuch zwischen Wehrle und seinem Privatsekretär war zerschnitten, das spürte ich schon aus der angespannten Stimmung auf dem Rücksitz des Cherokees. Ich würde darauf wetten, dass Zurbruggs Tage in den Diensten von Alexander Wehrle gezählt waren – es sei denn, er hatte so viel gegen ihn und über seine Kontakte zur rechtsextremen Szene in der Hand, dass er seinen Brotherrn erpressen konnte. Ebenso deutlich schien mir die Kluft zwischen dem alten Legionär und den drei Hammerskins. Jedenfalls hatte ich eine deutliche Abneigung gespürt, ohne dass ich genau wusste, was zur Entfremdung geführt hatte. Möglicherweise hielten die drei Skins das Szenario Zurbrugg mit einem Vertrauten von Fortress als Diebe durchaus für denkbar. Es war ihm deutlich anzumerken, dass er das Dasein als Privatsekretär satthatte – und nach einer Gelegenheit suchte, sich abzusetzen. Und zwar von Wehrle und seinen Nazi-Glaubensgenossen zu gleichen Teilen. Gebrochene Versprechungen, enttäuschte Erwartungen, dachte ich. Auch die Fassade der drei Hammerskins hatte Risse gekriegt. Klar war, dass Watzke nach wie vor den Ton angab. Vor allem im zweiten Teil meiner Ausführungen hatte er wieder deutlich das Heft in die Hand genommen. Aber Rinderknecht und Stickelberger hatten ziemlich genau hingehört, als ich das Szenario mit

Watzke als grossem Drahtzieher entwickelt hatte. Vielleicht hatten sie gespürt, dass sie missbraucht worden waren von Watzke, der sie hintergangen hatte? Vielleicht hatte Watzke die ganze Suche, inklusive den Mord an der Kundera und den Überfall, nur inszeniert, damit niemand auf die Idee kam, dass er selbst sich das Bild unter den Nagel gerissen hatte. Für ausgeschlossen hielt ich, dass Rinderknecht und Stickelberger unter einer Decke steckten: Keiner der beiden war ein Anführer, dazu brauchte es schon einen Dritten. Aber beiden traute ich zu, das Bild nach Anstiftung durch einen dritten Unbekannten zu stehlen.

Ich lehnte mich im Auto zurück und liess die Landschaft an mir vorbeiziehen. Eine grosse Anspannung war von mir abgefallen, denn ich hatte immer noch die Warnung von Oertli im Ohr. Du hast es hier mit Mördern zu tun, hatte er mir zu verstehen gegeben, dein Plan ist tollkühn und kann böse für dich enden! So weit, so gut, dachte ich, glücklicherweise hat er sich geirrt. Aber mir fiel ein, dass genau das auch einer sagen würde, der am Fenster im dritten Stock vorbeisegelte, nachdem er vom zehnten Stock gesprungen war. Mich schauderte. Nein, es war noch nicht überstanden. Glücklicherweise sagte niemand im Auto ein Wort, so dass ich in einen Halbschlaf verfiel.

Ein Sprichwort sagt: Den Seinen gibt es der Herr im Schlaf. Viele Leute denken, damit seien Menschen gemeint, denen Dinge gelingen, ohne dass sie sich gross anstrengen müssen. In meiner Tätigkeit als Ermittler habe ich festgestellt, dass das Bibelwort eine andere Bedeutung haben muss und dass wer immer auch die Bibel geschrieben hat, ein ziemlich kluger Mensch – oder zumindest klug von Gott inspiriert – gewesen sein muss.

Denn oft kamen mir im Schlaf oder Halbschlaf wertvolle Geistesblitze und ich erkannte die Dinge klarer als bei völligem Wachzustand. Ein Schlafforscher hatte mir einmal erklärt, das schlafende Gehirn lasse die Geschehnisse des Tages Revue passieren. Zuvor geknüpfte Assoziationen würden dabei verstärkt, und wir könnten so die Dinge klarer sehen.

«Aussteigen», befahl eine unsympathische Stimme, und ich war mit einem Ruck wieder wach. Aber statt auszusteigen blieb ich sitzen. Denn plötzlich wusste ich, wer das Bild gestohlen hatte. «Soll ich nachhelfen?», fragte die unsympathische Stimme. Ich kletterte aus dem Cherokee und gesellte mich zu Wehrle und Zurbrugg, die wie bestellt, aber nicht abgeholt in der Auffahrt der Residenz Wehrle standen. Gemeinsam schauten wir dem Cherokee mit den beiden unappetitlichen Gestalten nach, die Richtung Stadt entschwanden.

«Es ist unerhört, wie Sie mich behandelt haben», herrschte mich Wehrle an.

«Wieso?»

«Sie haben mich als Verdächtigen hingestellt. Dabei arbeiten Sie für mich! Ich war es, der Sie beauftragt hat, den Dieb zu fassen.»

«Sie können mich ja wieder entlassen», murmelte ich abwesend.

«Das tue ich hiermit.» Er schaute Zurbrugg an: «Und Sie packen am besten noch heute Abend. Sie sind entlassen. Ich habe es schon vermutet, aber nach dem heutigen Auftritt ist es mir völlig klar: Sie arbeiten mit denen zusammen und bespitzeln mich.»

Zurbrugg schien davon unbeeindruckt. «Ich schlage vor, wir schlafen zunächst einmal darüber. Morgen sprechen wir miteinander, und wir legen beide unsere Karten auf den Tisch», meinte er ganz zuversichtlich. «Ich bin mir ziemlich sicher, dass Sie dann zu einem anderen Schluss kommen werden.» Ohne mich eines Blickes zu würdigen, stapfte er in Richtung der Villa, und Wehrle folgte ihm auf dem Fuss.

Das kam mir entgegen, denn ich wusste, dass mich Freya in ihrem Anbau erwartete.

* * *

«Wie war es?», fragte sie gespannt, noch bevor ich eingetreten war.

«Ich könnte einen deiner Martinis gebrauchen, geschüttelt, nicht gerührt!», lächelte ich sie an.

Sie gab mir einen Kuss auf die Wange und rief mit gespielter militärischer Strenge: «Kommt sofort, Herr General!»

Sie mixte uns beiden einen ziemlich steifen Martini, und wir liessen uns auf die beiden Chaiselongues nieder. Durch die bis zum Boden hinuntergezogene Fensterfront erhielt man von innen einen Blick auf das Lichtermeer der «Pfnüselküste» auf der anderen Seite des Sees. Was für ein schöner Ort zum Wohnen, dachte ich. Freya sah mich fragend an: «Diese Ungeheuer haben dich offensichtlich leben lassen.»

«Oh ja, sagte ich, solange man für die nützlich ist, hat man nichts zu befürchten. Und nützlich bin ich für die.»

Ich gab Freya einen präzisen Rapport über den ganzen Abend, von der verfolgungssicheren Ausfahrt ins Zürcher Oberland über die einsame Hütte bis hin zum ganzen Gesprächsverlauf.

«Du bist ganz sicher, dass dein observierter Experte von der ETH den Code knacken kann?», fragte sie.

«Daran besteht nicht der geringste Zweifel. Er wird genau das liefern, was ich von ihm erwarte.»

Sie dachte nach. «Aber angenommen, einer von den fünf – oder gar alle – füttern ihn mit irgendwelchen Texten, die sie mit dem One-Time-Pad-Verfahren selbst verschlüsselt haben. Du hast mir gesagt, dass es auf dem Internet entsprechende Websites gibt, die das sogar automatisiert machen. Was geschieht dann?»

«Was soll geschehen», entgegnete ich, «denk nach: Texte, die ganz korrekt mittels One-Time-Pad verschlüsselt worden sind, kann er natürlich nicht knacken. Weil er sie nicht knacken kann, ist damit gleichzeitig auch bewiesen, dass es sich nicht um den gesuchten Text handelt. Natürlich wäre es blöd, wenn neben dem echten auch einer oder mehrere nicht authentische Texte raufgeladen würden. Denn es wäre eine Verschwendung der Ressourcen des Supercomputers im Tessin und würde das Entschlüsseln der echten Seite verlangsamen. Aber es wäre kein Beinbruch, und verhindern kann ich es eh nicht, da alle fünf die Adresse der Website kennen.»

«Wie bist du denn auf den komischen Namen gekommen?»

«Tja, kleine Erinnerung für die nicht so intelligenten unter den fünf Kandidaten, was sie tun müssen, wenn sie auf der Website sind.»

«Kann denn dein Experte herausfinden, wer die Probeseite herauflädt?»

«Nein, das ist unmöglich, und ich will das auch nicht. Ich will die ganze Sache möglichst schnell zu einem guten Ende führen. Sobald die erste Seite entschlüsselt ist, mache ich den Inhalt allen fünf Pappenheimern bekannt. Danach wird das ganze Dokument entschlüsselt, und Watzke beziehungsweise seine Organisation kriegen das entschlüsselte Dokument, und das Geld wird aufgeteilt. Ich glaube, nach meiner kleinen Rede haben alle verstanden, dass das Dokument viel zu gefährlich ist, um es zu behalten. Es ist etwa so, wie wenn man der Mafia einen Koffer voller Geld stehlen würde: eine schöne Bescherung, aber wahrscheinlich hätte man nicht allzu viel Zeit, den Zaster auszugeben. Das haben heue Abend alle verstanden, und ich bin ziemlich sicher, dass das Dokument übergeben wird. Dann wünsche ich denen alles Beste beim Heben des Schatzes, was, unter uns gesagt, alles andere als einfach sein dürfte. Ich denke, die polnische Regierung hat die ganze Gegend gut im Blick und wird es sich nicht gefallen lassen, dass irgendjemand einen ganzen Zug mit Tonnen von Gold und anderen Raubgegenständen abtransportiert. Aber das ist dann nicht mehr mein Problem. Ich kriege die Million Franken als Schmerzgeld von den Nazis, und damit hat es sich.»

«Du hast keine Angst, dass die den entschlüsselten Text aus dir herauspressen wollen, ohne zu bezahlen?»

Ich lachte. «Natürlich. Dass die nicht die geringsten Skrupel haben, jemanden ‹aufzumischen›, wie die das nennen, oder gar zu töten – das wissen wir. Deshalb werde ich mir eine Übungsanlage für das dritte und entscheidende Treffen überlegen, die garantiert, dass ich nicht plötzlich einen Nazi-Gürtel mit Germanenrunen um den Hals habe.»

Sie schauderte. «Lass uns von etwas anderem sprechen. Das sind definitiv nicht Themen, die mich anmachen.»

Sie erhob sich von Ihrer Chaiselongue und setzte sich mit gespreizten Beinen auf mich. «Ich glaube, du hast einen Lapdance verdient.» Sie küsste mich, und ihre Hüften setzten sich wie versprochen rhythmisch in Bewegung. Statt die Lichter der «Pfnüselküste» sah ich bald nur noch Sterne, und ich hoffte auf mehr – und darauf, dass die Chaiselongue der Belastung standhielt.

Leider hielt sie nach rund zehn Minuten inne, küsste mich innig und hauchte: «Es geht weiter, wenn die ganze Geschichte abgeschlossen ist. Ich bin im Moment einfach zu angespannt für mehr.»

Wenn das mal keine Motivation ist, den Fall möglichst schnell abzuschliessen, dachte ich und trollte mich zu meinem roten Flitzer, der immer noch in der Auffahrt auf mich wartete.

Zu Hause angekommen steuerte ich mein Gärtnerhäuschen an und wollte die Türe aufschliessen, doch eine Stimme fragte mich. «Wie ist es gelaufen?»

Es war mein Vater, der ganz im Dunkeln auf dem Stuhl in der Laube neben meinem Häuschen sass.

«Du hast lange ausgehalten», sagte ich und zündete die Lampe über der Türe an. Ich erkannte, dass er alte Jeans, einen Schlabberpulli und Turnschuhe trug, was ein ziemlich ungewöhnlicher Anblick für mich war. Bereit zum Einsatz, fuhr es mir durch den Kopf. Ich roch Maschinenöl an ihm und war ziemlich sicher, dass er seine Offizierspistole aus Militärzeiten gereinigt und geölt hatte.

Mein Vater und ich haben in vielem eine unterschiedliche Meinung, und mir war sehr wohl bewusst, dass meine misslungene akademische Karriere eine grosse persönliche Enttäuschung für ihn war. Ich war der erste Spross seit Generationen, der aus der Reihe tanzte. Nach mir kam niemand mehr, da meine Schwiegermutter verschiedentlich deutlich zu verstehen gegeben hatte, dass sie nicht gedachte, «sich zu vermehren». Mein Vater hatte sicherlich jede Hoffnung aufgegeben, dass aus mir doch noch einmal «etwas Rechtes» würde. Trotz allem war mir in diesem Moment klar: Der Mann wäre mit seiner Pistole ausgerückt und hätte nicht gezögert, sie zu nutzen, wenn mir die drei Nazis ein Haar gekrümmt hätten. Fast musste ich eine Träne vor Rührung verdrücken.

«Es ist alles gut gegangen», sagte ich.

«Ich habe mir Sorgen gemacht. Wer mit dem Teufel Suppe isst, muss einen langen Löffel haben. Du bist ein grosses Risiko eingegangen.»

Zum zweiten Mal an diesem Abend erzählte ich die ganze Geschichte, die sich mein Vater aufmerksam zu Gemüte führte. «Nicht schlecht», brummte er, was auf seiner Skala eine sehr hohe Anerkennung war. «Lass uns die Sache bald zu einem guten Ende bringen.» Damit drehte er sich um und ging zum Haupthaus.

Todmüde betrat ich mein Gärtnerhäuschen und beschloss, mir einen Macallan zu genehmigen. Habe ich schon erwähnt, dass ich mich ab und zu aus den Vorräten meines Vaters bediene? Natürlich staube ich niemals den Macallan M ab, der über sechstausend Franken pro Flasche kostet. Den hätte mein Vater mit Sicherheit vermisst. Sondern den simplen Macallan 12 – für mich immer noch Ambrosia.

Ich schaltete mein Mobiltelefon ein, das ich vom Rasen der Residenz aufgelesen hatte, und sah sechs verpasste Anrufe, den letzten vor fünfzehn Minuten. Oertli, dachte ich schuldbewusst, und wählte seine Nummer. «Es läuft», beschied ich ihm und erzählte die Geschichte zum dritten Mal an diesem Abend, allerdings in Kurzform.

Meine letzte Amtshandlung bestand in einer WhatsApp an Phoenix: «Es läuft», schrieb ich. Danach fiel ich wie ein Toter in mein Bett.

Am nächsten Morgen liess ich es ruhig angehen nach den Aufregungen des Vortages. Ich stand gegen zehn Uhr auf, gönnte mir ein ausgiebiges Frühstück und fuhr Richtung Werdinsel, wo ich mich mit einem Badetuch unter einem Baum installierte. Obwohl meine Rippe immer noch höllisch schmerzte, stürzte ich mich in die Limmat, liess mich zweihundert Meter den Schwimmkanal hinuntertreiben und kletterte erfrischt wieder aus dem Wasser. Ich war gerade eingeschlafen unter dem Baum, als mein Telefon klingelte. Es war Oertli.

«Der Fall ist gelöst», sagte er im Brustton der Überzeugung.

«Ihr habt das Bild gefunden?»

«Wer spricht hier vom Bild? Nein, der Mordfall ist gelöst», sagte Oertli. «Wir haben den Gürtel mit den Runen gefunden. Er wird momentan erkennungsdienstlich untersucht, aber ich bin ziemlich sicher, dass wir da die DNA von Frau Kundera finden werden. Man kann jemanden nicht mit einem Gürtel umbringen, ohne dass Spuren von DNA zurückbleiben.»

Ich war sprachlos.

Er fuhr fort: «Wir haben heute eine Hausdurchsuchung bei zwei Typen gemacht, die der Neonazi-Szene angehören. Sie wohnen in derselben Wohnung und gelten in der Szene als Rabaukenpaar, was ihrem Aktionsradius aber nicht ganz gerecht wird. Sie machen Ordnerdienste bei Neonazi-Anlässen, wobei sie alles andere als zimperlich sind, wenn sie das Gefühl haben, die Ordnung werde nicht beachtet. Sie sind aber auch zu mieten, wenn man jemanden gekonnt zusammenschlagen will. Zum Beispiel einen chinesischen Privatdetektiv.» Rinderknecht und Stickelberger, dachte ich.

«Wie seid ihr auf die beiden gekommen?»

«Wir haben einen anonymen Anruf gekriegt, der uns auf die beiden Typen gebracht hat. Sie bewohnen eine Bruchbude in Altstetten, gleich beim Bahnhof. Wir haben den Gürtel versteckt in einem Kasten gefunden.»

«Ist das nicht ein bisschen einfach: Ein anonymer Anruf, und der Fall ist gelöst?»

«Die Dinge sind oft sehr einfach, wir haben es hier nicht mit Intelligenzbestien zu tun. Die beiden hatten viele Feinde, weil sie schon ziemlich viele Nasen kaputtgeschlagen haben in Zürich. Irgendjemand hat vom Mord an der Kundera gehört und dass wir Neonazis verdächtigen. Der Betreffende hat uns auf die beiden gebracht.»

«Hat er praktischerweise auch grad gemeldet, wo ihr den Gürtel findet?»

«Hey, nicht so skeptisch. Nein, hat er nicht. Er hat nur gemeint, wir sollten bei den beiden nachschauen. Verstellte Stimme natürlich, von einer der wenigen noch existierenden Telefonzellen, leider ohne Überwachungskamera in der Nähe. Es ist auch nicht der erste Hinweis, dem wir nachgehen.»

«Haben sie gestanden?»

«Nein, das haben die nicht. Deshalb rufe ich dich an.»

«Soll ich sie foltern? Wir Chinesen haben eine lange Tradition darin.»

«Quatsch. Wir wären froh, wenn du aufs Revier kommen könntest. Dort machen wir eine Gegenüberstellung.

Wenn es die Typen sind, die dich zusammengeschlagen haben, dann sind die dran wegen schwerer Körperverletzung. Wir buchten sie ein und haben alle Zeit der Welt, ihnen auch noch den Mord an der Kundera hieb- und stichfest nachzuweisen. Sobald die DNA-Untersuchung des Gürtels abgeschlossen ist, sind die ohnehin geliefert. Da würde ich viel darauf wetten.»

«Ich weiss nicht, wie das gehen soll. Ich kann nicht sagen, wer mich zusammengeschlagen hat. Die waren ja maskiert.»

«Das weiss ich. Aber nur schon, wenn du aufgrund der Grösse und der Körperhaltung aussagen könntest, dass sie es gewesen sein könnten, gewinnen wir Zeit.»

Das roch mir nach Zeugenbeeinflussung. Die Zürcher Kantonspolizei fasste die Reichen der Stadt mit Samthandschuhen an, den Pöbel hingegen mit aller Härte des Gesetzes und scheute sich nicht, nachzuhelfen, um die Sache hinzukriegen. Aber ich war Oertli etwas schuldig – und viel Sympathie für die beiden hatte ich ganz und gar nicht. «Wann soll ich kommen?»

«So gegen sechzehn Uhr. Dann haben wir die Füller zusammen.»

«Die Füller?»

«Die anderen Personen für die Gegenüberstellung. Sie müssen ähnliche Merkmale aufweisen, also zum Beispiel Kahlkopf. Das ist gar nicht so einfach. Sonst hat man immer das Gefühl, dass die Stadt voller Rasierter ist. Bis man die dann zusammensuchen muss.»

Ich bekundete mein nicht ernst gemeintes Beileid, versprach, um sechzehn Uhr einzutreffen und streckte mich wieder unter meinem Baum aus.

Die Gegenüberstellung auf dem Revier war eine ziemliche Farce. Ich zweifelte stark daran, ob das Ganze dem

Kreuzfeuer eines guten Verteidigers standhalten würde. Erstens waren trotz der Verlautbarungen von Oertli nicht alle Füller glatzköpfig, zweitens hatten nur Rinderknecht und Stickelberger die nötige Grösse und die entsprechenden Muskeln. Die beiden konnten mich nicht hören oder sehen, da ich hinter einem schalldichten Einwegspiegel verborgen war. Ohne Mühe deutete ich auf die beiden Schläger, die mich indes nicht mehr so ganz klar an Dwayne Johnson erinnerten. Sie schienen deutlich geschrumpft.

Kommissar Meierhofer dankte mir überschwänglich für mein Kommen, es war ihm klar anzusehen, dass er den Fall für abgeschlossen hielt. «Den Drahtziehern kommen wir auch noch auf die Spur, keine Angst», versicherte er mir.

In einem unbemerkten Augenblick deutete ich Oertli mit dem Kinn nach draussen. Er nickte kaum wahrnehmbar, und ich musste nicht lange auf ihn warten, nachdem ich das Gebäude verlassen hatte.

«Also, was ist los?», fragte er.

Wir nahmen unseren Weg Richtung See unter die Füsse.

«Denkt ihr wirklich, dass ihr den Fall gelöst habt?», erwiderte ich.

«Es spricht alles dafür.»

«Der Meinung bin ich nicht. Es stinkt zum Himmel. Die wären mit Sicherheit nicht so blöd, den Gürtel aufzubewahren.»

«Es ist etwas komisch, dass ausgerechnet du die zwei Typen verteidigst. Bis vor Kurzem warst du dir ziemlich sicher, dass sie schuld sind am Tod der Kundera.»

«Mittlerweile sagt mir ein Bauchgefühl, dass sie es nicht sind.»

«Dein Bauchgefühl in Ehren, aber wir gehen mit den Fakten.»

«Aber lass uns den Plan ausführen wie abgemacht. Wir werden sehen, ob wir nicht einen anderen Fisch an Land ziehen können. Ich kann doch weiter auf dich zählen?»

Er nickte widerstrebend.

Den Abend verbrachte ich im Club. Ich hielt die ganze Zeit nach Tatjana Ausschau. Doch sie erschien nicht, und auch ihr lächerlicher Buchhalter-Freund war nicht zu sehen. Das war für mich noch sehr viel schlimmer, als wenn sie vor mir gesessen und geknutscht hätten. Denn meiner Vorstellungskraft waren im Hinblick auf Tatjana keine Grenzen gesetzt. Und ja, ich weiss: Ich bin ein Macho mit einer schmutzigen Fantasie. Aber immerhin stehe ich dazu. Ich tröstete mich mit einem Anruf an Freya und teilte ihr mit, sie müsse sich vor den beiden Kahlköpfen nicht mehr fürchten. Sie nahm es erleichtert auf und wünschte den beiden eine lange Gefängnisstrafe.

Natürlich hoffte ich, sie würde mich zu einem Martini einladen, aber sie tat es nicht. Sie sei müde und gehe jetzt schlafen, beschied sie mir. Kein Glück heute Abend, dachte ich, und trollte mich heim.

* * *

Am nächsten Morgen schrillte mein Wecker um acht Uhr. Das war für viele Menschen nicht sehr früh, mir schien es aber mitten in der Nacht zu sein – auch, weil ich gestern Abend dem Alkohol, den meine asiatischen Gene nicht gut vertragen, zu liberal zugesprochen hatte. Oder sagt man zugetrunken? Egal. Showdown heute, dachte ich. Immer noch gerädert absolvierte ich noch halb schlafend meine Morgentoilette, danach stand ich vor einem meiner gut bestückten Kleiderkästen, die eigentlich viel zu viel Platz in meinem Gärtnerhäuschen einnahmen. Ich beschloss, mich dem Anlass entsprechend in meinen feinsten Zwirn zu stürzen: ein Hemd von Ralph Lauren Purple Label, kombiniert mit einem massgeschneiderten Veston von Brioni, die Hose von Ermenegildo Zegna und handgefertigte Lederschuhe von Tod's, ohne Socken natürlich. Meine Stiefmutter hätte sicherlich applaudiert (trotz der etwas gewagten Farbkombination), mein Vater eher das Gesicht verzogen, denn er bevorzugte dunkelblaue massgeschneiderte Anzüge von der Londoner Savile Row. Der Fall war klar: Er hatte zu viele James-Bond-Filme gesehen.

Ich seufzte tief, verliess das Gärtnerhäuschen, bestieg den schwarzen, in Zürich völlig unauffälligen Audi A8 meines Vaters, fuhr durch den schon dichten Morgenverkehr zum Kongresshaus an der Claridenstrasse, wo ich einen Parkplatz suchte. Ich stieg aus und holte mir bei Starbucks meinen Kaffee. Dann marschierte ich zur riesigen pinkfarbenen Tasse am General-Guisan-Quai, die als Kunstwerk unter dem Namen Ganymeds Schwester lief, und tätschelte das Ungetüm. Ich setzte mich auf eine nahe Bank, schaute auf den Zürichsee und meditierte etwas über die Frage, warum das Kunstwerk ausgerechnet diesen Namen trug. Ganymed war bekanntermassen ein aussergewöhnlich schöner Jüngling, der von Zeus entführt wurde, damit er ihm als Becherträger und Geliebter diente. Hatte der Künstler mit dem Namen Ganymed auf die Tatsache anspielen wollen, dass Zürich eine Stadt mit ausserordentlich vielen Menschen homosexueller Neigung ist, vorzüglich männlichen Geschlechts?

Und sollte mit der «Schwester» ein weiblicher Gegenpunkt gesetzt werden? Ich wusste es nicht.

Zwei Stunden später wurde ich von einer durchdringenden Melodie geweckt. «Einzug der Götter in Walhalla», fuhr es mir durch den Kopf. «Phoenix!»

«Wie du gedacht hast: Zentralbibliothek. Ich kann den Upload ein bisschen verzögern, du hast knapp zehn Minuten.»

Ich sprintete zu meinem Auto und war in rekordverdächtigen neun Minuten am Zähringerplatz vor der Zentralbibliothek. Glücklicherweise musste ich dort keinen Parkplatz suchen, denn eben verliess eine mir wohlbekannte Person die Zentralbibliothek, bestieg ein Auto und brauste davon. Ich folgte mit meinem Audi A8 mit Mühe. «Wer fährt in Zürich ein solches Schiff?», dachte ich verärgert, aber es spielte keine Rolle, denn ich wusste, wohin der Weg führte. Ich rief Oertli an und sagte via Freisprecheinrichtung: «Wie vermutet. Gib mir neunzig Minuten, dann kriegst du deine fünf Minuten Ruhm.» Er antwortete nichts, und ich legte auf.

Auf der Seestrasse Richtung Herrliberg machte ich Boden gut und folgte dem Gefährt in sicherer Distanz. In Herrliberg gab ich Gas und konnte vor der Villa Wehrle zum Fahrzeug aufschliessen. Gemeinsam passierten wir das geöffnete Zugangstor.

«Was machst du denn hier?», fragte mich Freya völlig überrascht, «und mit was für einem Spiesserauto bist du heute unterwegs?»

«Tja, ich fürchte, heute sind wir keine Seelenverwandten mehr», sagte ich traurig. Zurbrugg stand verdutzt in der Eingangstüre des Haupthauses, und ich rief ihm zu: «Ich will nicht zu Ihnen oder Wehrle!» Und zu Freya gewandt: «Lass uns reden.»

«Klar», sagte sie, halbwegs wieder gefasst. «Bist du mir gefolgt?»

«Ja», entgegnete ich, «seit der Zentralbibliothek. Dein gelber Flitzer war nicht zu verfehlen.»

Schweigend führte sie mich in ihren Anbau, stellte sich vor die beiden Chaiselongues, auf denen wir beim letzten Treffen noch geturtelt hatten, drehte sich zu mir um und verschränkte ihre Arme vor der Brust.

«Also», sagte sie.

«Also», sagte ich. «Du hast den verschlüsselten Text aus dem Dokument vergeblich hochgeladen. Es gibt einen IT-Crack am anderen Ende, das stimmt schon. Aber sein Auftrag war nicht etwa, das Dokument zu entschlüsseln, sondern herauszufinden, von welchem PC das Dokument auf die Website geladen wird.»

«Was? Aber du hast mir doch gesagt ...» Sie hielt inne, als ich nicht antwortete.

«Ich habe dich angelogen, wie die anderen auch. Denn die Nazis hatten sehr viele schlechte Eigenschaften, aber blöd waren sie nicht. Sie haben ihre Dokumente lehrbuchmässig verschlüsselt. Niemand kann eine korrekt durchgeführte One-Time-Pad-Verschlüsselung knacken. Das ist so und wird so bleiben. Diese Verschlüsselung wird sogar zukünftige Quantencomputer überstehen.»

«Dann war das Ganze also eine einzige grosse Lüge, um mich zu veranlassen, die erste Seite des Dokumentes hochzuladen?»

«Dich – oder wer immer im Besitz des Dokuments war. Zunächst dachte ich ja tatsächlich, es sei einer der fünf Verdächtigen. Aber ich hatte nach dem Treffen mit den Verdächtigen im Zürcher Oberland das unbestimmte, aber feste Gefühl, es sei keiner von denen gewesen. Ich kann dir nicht einmal sagen, warum ich mir so sicher war. Es musste eine andere Erklärung geben. Diese ist mir praktisch im Traum zugeflogen: Alles deutete auf dich als Täterin.»

Sie sah mich an, als ob sie es mit einem Verrückten zu tun hätte.

«Aber natürlich brauchte ich den Beweis, und ich hoffte, du würdest anbeissen. Mein IT-Spezialist und ich haben damit spekuliert, du würdest irgendeinen öffentlichen PC zum Upload verwenden. Denn mittlerweile wissen die meisten Menschen, dass der Internet Service Provider verpflichtet ist, die Netzzugriffe seiner Kunden aufzuzeichnen. Auch wenn du dich mit einem Laptop in ein öffentliches Netz eingewählt hättest, wären auf dem Laptop Spuren zurückgeblieben, und es braucht schon ziemlich viel Know-how, um diese Spuren endgültig zu beseitigen. Also blieb nur ein öffentlicher PC für den Upload des Dokumentes. Den galt es zu finden. Es gibt ein völlig legales Programm, das nennt sich Traceroute. Das ist ein Netzwerkdienstprogramm, das verwendet wird, um den Pfad einer Internetverbindung zu verfolgen. Es zeigt die Hops, die Zwischenstationen auf dem Weg von deinem Computer zu einem Zielserver an und gibt die jeweiligen IP-Adressen der Hops zurück. So kann man theoretisch herausfinden, von welchem PC ein Dokument geschickt wird. Nur ist die Sache in der Praxis nicht ganz so einfach, und viele Anwender sind durch Firewalls oder Virtual Private Networks bestens geschützt. Aber wir mussten auch nicht einen bestimmten PC finden, sondern nur den Ort, an dem dieser öffentliche PC steht.»

«Wieso warst du so schnell vor Ort?»

«Geholfen hat, dass es in Zürich ja nicht so sehr viele öffentlich zugängliche PCs und Internet-Cafés gibt. Da ich wusste, dass du wie ich eine verunglückte akademische Karriere hinter dir hast, haben wir eine Liste erstellt mit den wahrscheinlichsten Orten, die du kennen und deshalb wohl verwenden würdest. Die Zentralbibliothek, die jeder Student in Zürich benutzt, stand an zweiter Stelle. Die Auswahl von zehn hochwahrscheinlichen Orten mit öffentlich zugänglichen PC hat es übrigens auch meinem Hacker wesentlich vereinfacht, den Ort so schnell ausfindig zu machen. Denn auch diese PCs sind geschützt. Aber wenn man sich vorbereiten kann, eine bestimmte Firewall zu überwinden, geht es ein bisschen schneller, und man kann mit Sicherheit sagen, ob das Dokument aus der Zentralbibliothek oder – beispielsweise – der ETH-Bibliothek gesendet wurde.

«Aber du hast mir gestern doch gesagt, dass du die Nazis oder meinen Stiefvater oder den Zurbrugg verdächtigst ...», begann sie.

«Ja, das habe ich. Die Rückfahrt gestern hat alles verändert. Kennst du die Theorie von Geistesblitzen, die man in der Nacht hat? Die Theorie, dass man im Schlaf oder Halbschlaf plötzlich Dinge erkennt, die man im Wachzustand nicht sieht oder sehen will?» Sie schwieg. «Nun, ich bin vorgestern bei der Heimfahrt von unserem kleinen Abstecher ins Oberland in einen Halbschlaf gefallen, der mich Dinge hat verknüpfen lassen, die ich im Wachzustand nicht sehen wollte. Ihr tanzt ja am Montag eure Bachata. Ich war diesen Montag da.»

Sie erbleichte. «Und? Ich habe dich gar nicht gesehen.»

«Ich bin fasziniert von diesem Tanz. Es knistert richtig vor Erotik. Wenn die Menschen irgendwann aufhören sollten, sich fortzupflanzen, dann muss man ihnen nur zehn Minuten Bachata zeigen, und ich bin sicher, sie kommen wieder auf den Geschmack. Ich war wirklich fasziniert – vom Tanz, aber auch von deinem Tanzpartner. Antonio Banderas in seinen allerbesten Tagen: pechschwarze Locken, dunkle Augen, männliches Kinn. Ihr habt göttlich getanzt – John Travolta und Uma Thurman in ‹Pulp Fiction› sind nichts dagegen!»

Nach einer kurzen Pause fragte ich sie: «Was fehlt ihm?»

Sie zögerte, aber ich blickte sie unverwandt an. «Heroin. Immer noch. Und er hat Schulden.»

«Ich habe danach mit deiner Tanzlehrerin gesprochen.»

«Was hat sie gesagt?»

«Dein Tanzpartner mache eine schwierige Zeit durch. Sie hat auch angedeutet, sie vermute, er nehme Drogen, was sie bedaure, weil er so begabt und schön sei. Sie hat auch gesagt, er komme leider nur montags, aber niemals am Mittwoch.»

«Sie sollte ihren Mund halten!»

«Ich war ein bisschen begriffsstutzig und habe die Verbindung damals noch nicht gemacht. Aber du und ich wissen, wer nur am Montagabend kann.»

«Enrique», sagte sie leise.

«Ja, der Sohn von Frau Gnägi. Offenbar hat er seine Sucht nicht überwunden – trotz seiner Halbgefangenschaft. Natürlich kam es mir ein bisschen seltsam vor, dass du mich trotz der Beziehung ziemlich offen angemacht hast. Aber wir Männer sind ja ein bisschen blöd, was das anbelangt. Natürlich hatte ich das damals auf meinen unwiderstehlichen Charme zurückgeführt. Aber eigentlich hast du mich warmgehalten, um von mir genau über den Stand der Ermittlungen informiert zu sein. Aber auch, um sicherzustellen, dass ich nicht dich verdächtige. Was wir begehren, das verdächtigen wir nicht.

Ist ein ganz simpler Mechanismus. Wie gesagt: Wir Männer funktionieren sehr einfach. Nur im Halbschlaf kann man uns nicht täuschen.»

«Was hat das alles mit dem Halbschlaf zu tun?», fragte sie mich.

«Im Halbschlaf haben sich wie durch Zauberhand all die kleinen Indizien zusammengefügt. Zuerst nur kleine Dinge. Weshalb wusstest du, dass dein Stiefvater sein Büro niemals abschliesst? Warum hättest du das wissen können, wenn du – wie du sagtest – praktisch nie im Haupthaus warst? Im Halbschlaf wurde mir auch klar, warum ich eure Haushälterin und dich von Anfang an ausgeschlossen habe: Das vermaledeite Bild ist enorm gross und schwer. Ich traute einer Frau schlicht nicht so viel Kraft zu, das Bild abzuhängen und wegzuschleppen. Aber dann fiel mir ein: Du bist Yogalehrerin. Du spielst Tennis. Du gehst reiten. Du gehst ins Fitnesscenter. Jemand wie du wäre durchaus in der Lage, das Bild über eine kurze Distanz zu transportieren – beispielsweise in ein Auto, das vor dem Eingang steht.»

«Das alles ist eine ziemlich wilde Theorie von dir.»

«Das war es. Mittlerweile ist es aber mehr. Im Halbschlaf ist mir auch die ganze Sache mit der komplizierten Trust-Struktur in South Dakota wieder hochgekommen. Ganz zu Beginn unserer Bekanntschaft hast du mir erzählt, wie deine Mutter deinen Stiefvater kurzgehalten hat, noch über ihren Tod hinaus, weil sie befürchtete, das viele Geld könne ihn verderben. Mir wurde plötzlich klar, dass genau dasselbe für dich gilt: Auch dich wollte deine Mutter vor den materiellen Verlockungen schützen. Sie war eine Frau mit klaren Prinzipien: Leistungsbereitschaft, Leistungswille, Selbstverantwortung, Pflicht und Disziplin – das waren vermutlich ihre Leitmotive im Leben. Mein Vater hat sie noch gekannt und konnte mir ein genaues Bild von ihr vermitteln.»

Ich sah sie an.

«Jedenfalls wollte sie keinesfalls, dass du dich auf dem vielen Geld ausruhst. Du solltest dir dein Leben und deine Stellung in der Gesellschaft selbst erkämpfen. Genau wie dein Stiefvater lebst du in einem goldenen Käfig. Wenn du könntest, wärst du schon lange ausgezogen. Ich habe mich plötzlich erinnert, welches Beispiel du genannt hast, um diese zwinglianische Einstellung zu illustrieren: Der Milliardär vom Herrliberg, der seinem Sohn nicht einmal einen VW-Käfer finanziert, sondern erwartet, dass der ihn sich selbst verdient. Mir ging auf: Da hast du eigentlich von dir gesprochen. Eine gewisse Bitternis in deiner Stimme war unverkennbar. Nur, dass du nicht so erfolgreich warst wie der Sohn des Milliardärs. Du gibst zwar Stunden im angesagtesten Yoga-Studio der Stadt, aber ich habe mich erkundigt: Reich wird man davon nicht, im Gegenteil.»

«Du vergisst, dass ich keinen VW-Käfer, sondern sogar einen Alfa habe.»

«Stimmt. Wahrscheinlich dein Geschäftsauto als Stiftungsrätin der Wehrle Stiftung?» Ich sah sie an und erkannte, dass ich es getroffen hatte. «Also wurde mir im Halbschlaf plötzlich klar: Du bist relativ unerfolgreich im Leben, hast kein eigenes Geld, dafür einen Freund, der sehr viele Schulden hat. Ich vermute, nicht nur Schulden aus seinem Privatkonkurs, sondern zusätzlich auch noch Schulden bei Leuten, bei denen man definitiv keine Schulden haben will. Das alles war verdammt hart für dich, denn du hast hier in der Gruselgrotte, wie du sie nennst, Bilder und Kunstwerke in Millionenhöhe vor Augen. Eins davon, der kleine Monet zum Beispiel, würde all deine Probleme lösen.» Sie schnaubte verächtlich, was mich vermuten liess, dass sie daran zumindest schon gedacht hatte. «Aber natürlich hast du nicht gewagt, dir den unter den Nagel zu reissen, denn dir war schon klar, dass dein Stiefvater das niemals hinnehmen könnte. Du hättest in Nullkommanichts die gesamte Wehrle Stiftung mit den nicht unbeträchtlichen Ressourcen im Nacken. Aber da kommt dir das Schicksal entgegen: Dein Stiefvater kriegt von seinen zwielichtigen Sinnesgenossen ein Bild zur Aufbewahrung.»

«Wie hätte ich das wissen sollen? Vielleicht hast du recht, und ich war ab und zu im Haupthaus und konnte deshalb sehen, dass Lexi das Büro nicht abschliesst. Aber wenn er eine Besprechung im Büro hat, dann macht er die schalldichte Türe immer zu.»

«Auch hier hat mir mein Halbschlaf geholfen. Du hast mir einmal erzählt, du habest den Verdacht, dein Stiefvater setze das Stiftungsgeld nicht immer im Sinn deiner Mutter ein. Aber beweisen konntest du es nie. Ich vermute, du hast ihm eine Wanze in sein Büro gepflanzt, um die Veruntreuung des Geldes zu beweisen. Ganz zufällig hast du so die Übergabe des Nazi-Bildes mitgekriegt.»

Erwartungsvoll blickte ich sie an, aber sie liess sich nichts anmerken.

«Na ja, das werden wir ja dann herausfinden. Wir werden nachsehen und ich verwette meinen Spider, dass wir Wanzen finden werden. Sehr weit mussten sie nicht übertragen – du wohnst ja praktischerweise gleich im Nebenhaus. Du hast dich wahrscheinlich sehr gewundert über das Bild, das dein Stiefvater aufbewahren sollte. Aber dumm bist du nicht, und es wurde dir schnell klar, dass dieses Bild wertvoll sein musste. Denn die Nazi-Truppe hatte sich intensiv über alle Sicherheitsvorkehrungen informiert und wies den Hausherrn sehr nachdrücklich an, das Bild wie seinen Augapfel zu hüten. Du hast sofort versucht herauszufinden, wie kostbar das Bild war, und warst enttäuscht, dass es auf den ersten Blick ziemlich wertlos schien. Aber genau wie ich bist du auf die Idee gekommen, es müsse sich darunter ein anderes, viel wertvolleres Bild verstecken. Oder es sei der Rahmen, der aus irgendeinem Grund den geheimen Wert darstellte. Irgendetwas musste es sein. Also hast du es gestohlen und es zur Kundera gebracht. Als Töchterchen des Hauses war es nicht allzu schwer, dich ins Büro deines Stiefvaters zu schleichen, das grosse Gemälde abzuhängen und mit einem seiner Autos zur Kundera zu bringen – wahrscheinlich mit dem Mercedes SUV.»

«Das ist völlig unlogisch.» Sie schaute mich triumphierend an. «Wie du selbst sagst: Mein Stiefvater und der Zurbrugg sind bald darauf wieder heimgekommen. Sie hätten mein Auto gesehen und die Abwesenheit des Mercedes sofort konstatiert.»

«Du hast recht. Also hat wahrscheinlich dein Freund mit einem Mietauto vor dem Tor auf dich gewartet. Ihr habt das Bild dort verstaut und seid dann in den beiden Autos zum munteren Bachata-Tanzen gefahren. Danach seid ihr dorthin, wo ihr immer hingeht nach dem Bachata. Wahrscheinlich hast du eine Wohnung in der Stadt gemietet. Oder es ist die Wohnung einer Freundin. Wie auch immer: Jedenfalls habt ihr das Bild dort abgeladen. Die gute Frau Gnägi hat natürlich dazu geschwiegen und euch beide gedeckt, denn sie war guter Hoffnung, du könnest ihren Sohn wieder auf den rechten Pfad zurückbringen. Wahrscheinlich hat sie aber nichts vom Bilderklau gewusst, das wäre wohl zu viel für sie gewesen. Jedenfalls ist Enrique am nächsten Tag wieder eingerückt und du hast das Bild zur Kundera gebracht.»

«Du hast eine lebhafte Fantasie!»

Ich bemerkte durch die Glasfassade zwei Autos. Sie fuhren schnell die Auffahrt hinauf, eines davon war ein Polizeiauto. Zu früh, Oertli, dachte ich. Ich habe dir doch gesagt, dass ich neunzig Minuten brauche.

«Nun passierten einige Dinge kurz nacheinander, die sich als verhängnisvoll erwiesen. Es war eine unglückliche Kombination und sollte letztlich zum Tod von Ludmilla Kundera führen. Am Donnerstagmorgen hast du ein Telefongespräch zwischen deinem Stiefvater und Watzke belauscht. Du hast zwar nur verstanden, was dein Stiefvater gesagt hat, aber das genügte: Du hast erfahren, dass der eigentliche Wert nicht das Bild war, sondern das darin versteckte Dokument. Und dass sich ganz am Ende des Dokumentes die detaillierten Aufzeichnungen in Form eines Zahlensalates befanden, die entschlüsselt zum sagenumwobenen Goldenen Zug führen würden. Das muss dir wie der sprichwörtliche goldene Weg aus deinem Käfig erschienen sein. Auch mit einem kleinen Bruchteil des Schatzes wärest du finanziell völlig unabhängig und die Schulden deines Geliebten wären eine winzige Rundungsdifferenz. Aber leider hast du nicht nur das gehört, sondern auch, dass dein Stiefvater die Kundera als mögliche Hehlerin genannt hat. Blöderweise hatte ich ihm das am Mittwochabend in einem Telefonat mitgeteilt. Du hast zwar die Reaktion der Nazis nicht gehört, aber dir war klar, dass sie sich schnurstracks zu ihr auf den Weg machten, um sie zu befragen. In Panik bist du in deinen gelben Flitzer gestiegen und zur Galerie gerast. Dort bist du gerade rechtzeitig angekommen, um zu sehen, wie die drei Nazis von einem zufälligen Passanten dabei aufgescheucht wurden, als sie die Kundera würgten, um in den Besitz des Bildes zu kommen. Als die drei verschwunden waren, bist du in die Galerie und hast sie halb betäubt vorgefunden. Dann hast du sie umgebracht.»

«Du bist verrückt. Warum sollte ich das tun?», schrie sie entgeistert.

«Die Kundera war jüdischen Glaubens», sagte ich, «nicht besonders religiös, aber trotzdem: eine Jüdin. Ich vermute sehr stark, dass sie das Dokument in der doppelten Wand gefunden hat. Sie war immerhin eine ausgebildete Restauratorin, und die doppelte Wand muss ihr seltsam erschienen sein. Natürlich konnte sie die unsichtbare Schrift nicht lesen, aber ganz sicher die handschriftlichen Aufzeichnungen von Albert Speer. All die Insassen von Konzentrationslagern, die für die Errichtung der Anlage unter Schloss Fürstenstein sterben mussten – das hat sie als Jüdin mit Sicherheit völlig entrüstet. Ich bin sicher, sie wollte das Dokument den Behörden übergeben. Aber genau das war so ganz und gar nicht in deinem Sinn, denn dann wäre auch die Aufzeichnung mit dem Weg zum Goldenen Zug für dich verloren gewesen.»

«Die Nazis haben die Kundera umgebracht – das hast du selbst gesagt!»

«Ja, das habe ich gesagt, und ich habe es auch fest geglaubt, lange Zeit. Aber es ist einfach nicht wahrscheinlich, und auch nicht logisch. Ich gehe fest davon aus, dass diese Schlägertypen nicht zum ersten Mal Gewalt anwenden. Die wissen genau: Wenn man die Blutgefässe am Hals acht bis zwölf Sekunden blockiert, dann tritt die Bewusstlosigkeit ein – aber das Opfer stirbt nicht, sondern kommt nach einer Zeit wieder zu sich und wird dann, ziemlich geschockt, möglicherweise preisgeben, was die Peiniger wissen wollen. In diesem Zusammenhang ist übrigens auch die Verwendung des Gurtes zu sehen, der mir sehr viel Kopfzerbrechen bereitet hat: Warum sollte man sich die Mühe geben, dem Opfer einen Gurt um den Hals zu legen? Die Antwort ist: um einen tödlichen Unfall zu vermeiden. Durch den ziemlich gleichmässigen Druck blockiert der Gurt wie gewünscht die Blutgefässe, es führt aber kaum zum Bruch des Kehlkopfes und des Zungenbeins. Denn dafür wäre sehr viel mehr Kraft erforderlich. Deshalb ist die Verwendung des Gurtes eigentlich der beste Beweis, dass die Nazibande die Frau nicht getötet hat und auch nicht töten wollte – jedenfalls nicht, bevor sie das Bild gefunden hätten. Dummerweise wurden sie aber gestört und sind in Panik abgehauen. Dabei haben sie der Kundera den Gurt um den Hals gelassen, was eine willkommene Einladung für dich war.»

«Ich bin keine Mörderin!»

«Doch, und leider gibt es keine mildernden Umstände, von wegen Affekt. Denn du bist ziemlich überlegt vorgegangen. Nachdem du Frau Kundera umgebracht hast, warst du kaltblütig genug, das Dokument an dich zu nehmen. Auch den Gurt hast du mitlaufen lassen, da dir klar war, dass du den vielleicht nochmals brauchen könntest, um die Nazis zu belasten. So war es ja dann auch: Als ich mit den beiden Schlägern auf meinem kleinen Ausflug war, hast du oder einer der halbseidenen Freunde von Enrique den Gurt in deren Wohnung versteckt.»

«Wie hätte ich wissen sollen, wo die wohnen?»

«Schildknecht und Stickelberger wohnen nicht nur zusammen, sie teilen offenbar auch eine Vorliebe für grosse amerikanische Gefährte: Jeep Cherokees. Gross, protzig, wenn es sein muss, einschüchternd. Sie waren so dumm, den deutschen Gehilfen ihre Autos für den kleinen Ausflug ins Zürcher Oberland auszuleihen. Von deiner Glasfront sieht man direkt auf die Auffahrt. Es war dir ein Leichtes, die Nummern der beiden Cherokees zu notieren. Dann brauchte es nur noch eine kurze Recherche im Autoindex des Kantons Zürich. Solche testosterongeladenen Typen sind oft nicht die Hellsten, vor allem steht der Schutz ihrer Privatsphäre nicht weit oben auf ihrer Prioritätenliste, sie fühlen sich sicher und überlegen in jeder Lebenslage. Deshalb haben sie ihre Daten nicht sperren lassen. Ich habe es überprüft. Unglaublich dumm für professionelle Kriminelle, aber wie mein Kollege Oertli immer sagt: Wir haben es hier nicht mit Nobelpreisträgern zu tun. Nach unserem Ausflug ins Zürcher Oberland habt ihr die Polizei auf sie gehetzt. Einerseits aus Rache für deine Entführung. Aber auch, damit die Polizei und ich den Fall für abgeschlossen halten würden, zumindest, was den Mord anbelangt. Damit niemand auf die Idee käme, du könntest die Mörderin sein.»

Es klopfte, und Oertli rief: «Li, wir kommen jetzt rein!»

«Fünf Minuten», rief ich zurück.

Freya geriet in Panik. «Du musst mir helfen. Du liegst völlig falsch, was die Kundera anbelangt. Niemand wird glauben, dass eine Frau so viel Kraft hätte, sie umzubringen.»

«Ich konnte es zuerst auch nicht glauben, aber du vergisst den Halbschlaf. Yoga, Tennis, Reiten, Fitness – all das braucht viel Kraft in den Händen und Armen. Zudem war die Kundera schon alt – und geschwächt nach der Misshandlung durch die Nazis. Als sie wieder zu sich kam und dich anschrie, sie wolle das Nazi-Dokument den Behörden übergeben, da hast du rotgesehen und sie eiskalt umgebracht. So etwa muss es gewesen sein, es gibt keine andere logische Erklärung.»

Sie schaute mich flehend an.

«Du hast die Galeristin umgebracht, das Dokument an dich genommen und den Gürtel eingepackt. Das alles zeigt genau, wie sehr du schon damals vorausgedacht hast. Dir war klar, dass du die Nazis bei Bedarf belasten könntest. Wer würde daran zweifeln, dass sie die Kundera umgebracht haben? Das alles passt so gut zusammen, weshalb ich nur eine einzige Frage habe, die ich absolut nicht verstehe: Ohne Zweifel hast du das Speer-Dokument an dich genommen. Aber was mir schleierhaft ist: Wo ist das Bild geblieben? Ich bin sicher, dass du es nicht aus der Galerie geschleppt hast. Viel zu gross, viel zu wertlos. Also: Wo ist es geblieben?»

Freya setzte zu einer Antwort an, aber es war schon zu spät: Oertli mit vier Beamten, zwei davon uniformiert, betraten den Raum. «Frau Wehrle, Sie sind vorläufig festgenommen. Meine beiden Kollegen bringen Sie aufs Revier. Wir übrigen warten auf einen Durchsuchungsbefehl und werden das ganze Grundstück durchsuchen. Sie könnten uns die Sache aber auch einfacher machen.»

Freya Wehrle hatte ganz und gar nicht vor, die Sache einfacher zu machen.

* * *

Den Rest des Tages verbrachte ich im Dojo, trotz meiner lädierten Rippe. Die ganze Anspannung der letzten Tage war von mir abgefallen, aber gleichzeitig plagte mich eine innere Unruhe und noch schlimmer: eine nagende Unzufriedenheit mit mir selbst. Obwohl ich von der Schuld Freyas überzeugt war und obwohl mir völlig klar war, dass ihre Gefühle für mich etwa so echt waren wie das Lächeln einer Prostituierten, hatte es mir wehgetan, mitanzusehen, wie sie abgeführt worden war. Ich war noch kurz vor Ort geblieben, um Oertli eine knappe Zusammenfassung meines Gesprächs mit Freya zu geben, aber ich hatte Wehrle und Zurbrugg ignoriert, die mich abfangen wollten. Beide hatten das Geschehen völlig schockiert verfolgt und wollten unbedingt wissen, was vorgefallen war. Nur war ich nicht in der Stimmung. Ich fühlte eine unendliche Müdigkeit in mir und einen Überdruss, vor allem, wenn ich an die zwei Typen dachte.

Widerwillig war ich in den protzigen Audi A8 meines Vaters gestiegen, in dem ich mir wie ein Hochstapler vorkam, und war die Seestrasse entlang Richtung Zürich geglitten. Dabei hatte ich all meine Aktionen hinterfragt, aber ich konnte nichts allzu Verwerfliches darin finden. Natürlich hatte ich bei meinem Ausflug ins Zürcher Oberland nur Theater gespielt und nie im Sinn gehabt, mich mit den Nazis und den beiden Bewohnern der Villa Wehrle zu verbünden. Ich wollte nur denjenigen aus dem Busch klopfen, der das Dokument gestohlen hatte. Und ja, natürlich hatte ich unmittelbar danach auch Freya etwas vorgespielt – aber immerhin war mir zugutezuhalten, dass ich nur Gleiches mit Gleichem vergalt. Freya war von Anfang an völlig unaufrichtig zu mir gewesen. Ich war nicht verpflichtet, höhere moralische Massstäbe anzulegen als sie selbst, da ich den dringenden Verdacht hatte, es mit einer kaltschnäuzigen Mörderin zu tun zu haben.

Aber warum dann diese Unzufriedenheit, dieses leise Gefühl der Schuld, das mich heimtückisch beschlich, wenn ich nicht aufpasste? Ich steuerte den Audi in die

Auffahrt unserer Villa am Zürichberg, packte meine Tasche mit meinen Karate-Kleidern, schwang mich in meinen vertrauten Spider und fuhr, nicht mehr ganz so elegant schnurrend wie im Audi, ins Dojo.

Ausser Hiro Suzuki war niemand anwesend. Ein Blick von ihm genügte, und er zog sich schweigend in sein kleines Büro zurück. Ganz allein im Dojo mit meinem Karate-Gi fühlte ich mich wie in einer anderen Welt, in der alles, ungleich der wirklichen Welt, klar und rein war. Ich begann meinen Atem zu kontrollieren und wärmte den Körper mit einigen Dehnungsübungen und leichten Bewegungen, um die Energie im Körper zum Fliessen zu bringen. Meine Rippe schmerzte höllisch, aber ich beschloss, es zu ignorieren.

Mit einem tiefen Atemzug begann ich mit der ersten Kata, war aber nach Beendigung nicht zufrieden mit der Ausführung. «Keine Harmonie», dachte ich, «keine Kraft und Dynamik in der Ausführung. Bruce Lee wäre nicht zufrieden mit dir», sagte ich mir selbstironisch, obwohl ich natürlich genau wusste, dass der grosse Kampfsportler nie Shotokan Karate praktiziert hatte. Ich begann von vorne, und nach rund neunzig Minuten hatte ich alle sechsundzwanzig Katas beendet. Als ich mich Richtung Duschen bewegte, bemerkte ich Hiro Suzuki. Er sah mich an und sagte nichts.

Es ist noch nicht vorbei, dachte ich.

* * *

Am nächsten Tag hatte mein Vater Oertli und mich ins Family Office gebeten. Zur «Schlussbesprechung», wie er das Treffen hoffnungsvoll nannte.

Als ich eintraf, war Oertli bereits vor Ort und unterhielt sich mit meinem Vater im grossen Besprechungszimmer. Aha, dachte ich, Dr. iur. Oertli arbeitet an seiner Karriere. Er begrüsste mich sehr freundlich, fast überschwänglich, und ich wusste nicht, ob es der Anwesenheit meines Vaters oder der Tatsache zuzuschreiben war, dass er mit der Verhaftung von Freya mächtig viel Boden gut gemacht hatte im Polizei-Korps.

Wir setzten uns, mein Vater am Kopfende, Oertli und ich zu seiner Rechten und Linken.

«Inspektor Oertli, könnten Sie uns einen Lagebericht geben?», begann mein Vater im Offiziersstil.

«Gerne. Fangen wir mit Alexander Wehrle und Heinrich Zurbrugg an. Wir haben die beiden über die Vorgänge in Kenntnis gesetzt. Also dass Freya Wehrle dringend des Mordes an Frau Kundera verdächtigt wird, um das Bild zurückzukriegen, das sie zuvor gestohlen hatte. Ich habe sie auch über die kleine Charade von Li informiert, die Frau Wehrle letztlich überführt hat.»

«Wie haben sie reagiert?»

«Sie waren natürlich entsetzt, seltsamerweise waren sie aber vor allem über das kleine Versteckspiel mit dem falschen Entschlüsselungs-Spezialisten entrüstet. Das ist etwas seltsam, denn wie gesagt: Es war diese Finte, die es erlaubt hat, Frau Wehrle als Diebin des Dokumentes auszuräuchern. Die Menschen reagieren manchmal seltsam», sagte er nachdenklich.

«Was passiert mit ihrem Freund, dem Sohn von Frau Gnägi?», wollte ich wissen.

«Das ist unklar, es hängt davon ab, was Frau Wehrle aussagen wird.»

«Mein Sohn hat mir erzählt, dass er Heroin nimmt. Wie kann das sein im Gefängnis?», entrüstete sich mein Vater.

«Er ist in Halbgefangenschaft, das lässt viel Spielraum. Natürlich haben wir die Gefängnisverwaltung verständigt. Ich nehme an, man wird das untersuchen.»

Wir schauten ihn beide zweifelnd an.

«Dann haben wir heute Morgen Herrn Widmer von Fortress verhaftet», beeilte er sich fortzufahren.

«Wieso denn das?», wollte mein Vater wissen.

«Er hat uns angelogen. Er hat zu Protokoll gegeben, niemand habe an jenem Donnerstagmorgen, als Frau Kundera ermordet wurde, das Wehrle-Anwesen verlassen. Das war gelogen. Er wurde dazu von Herrn Wehrle angestiftet, der damit seinen Privatsekretär entlasten wollte. Freya Wehrle hat das Anwesen in Richtung Galerie Kundera verlassen, dicht gefolgt von Zurbrugg. Die Lüge von Widmer war fatal. Denn sie hat gleichzeitig auch die wahre Mörderin, Freya Wehrle, entlastet. Es war wahrscheinlich ein Hauptgrund, weshalb du, Li, sie lange nicht auf dem Radar hattest.»

Ich nickte, gedankenverloren. «Das stimmt. Zudem hatte mir Herr Wehrle auch gesagt, dass er selbst das Anwesen am Montagabend als Letzter verlassen hatte. Damit kam sie für mich auch nicht als Bilderdiebin infrage. Ich war bis ganz am Schluss überzeugt, dass sie es nicht gewesen sein konnte. Erst mein Halbschlaf hat mich eines Besseren belehrt.»

«Dein Halbschlaf?» Mein Vater sah mich tadelnd an.

«Ich glaube zwar nicht, dass viel am Widmer hängenbleibt, er hat einen der besten Anwälte von Zürich engagiert. Leiden wird er trotzdem: Sicherheitsfirmen beschäftigen im Allgemeinen keine Leute, die mit der Polizei in Konflikt geraten sind. Fahren wir fort mit den drei Nazis», sagte Oertli hastig. «Wie Sie wissen, haben wir einen anonymen Hinweis erhalten, der zur Festnahme der zwei Schläger führte, bei denen der Gurt gefunden wurde, der bei der Ermordung von Frau Kundera verwendet worden war. Nach stundenlangem Verhör haben die beiden zugegeben, dass sie zusammen mit Watzke Frau Kundera misshandelt haben. Auch was den Angriff auf dich, Li, anbelangt, waren sie geständig. Von Watzke fehlt leider jede Spur, nach ihm wird gefahndet.»

«Ist das mit der Anklage wegen Körperverletzung nicht etwas schwierig, wenn wir davon ausgehen, dass Freya Wehrle die Mörderin war?»

«Das Strafgesetzbuch ist hier ganz klar. Die Strafverfolgung und Bestrafung einer Person wegen schwerer Körperverletzung erfolgt unabhängig davon, was später mit dem Opfer passiert, es sei denn, es liegen besondere Umstände vor, die einen Einfluss auf die Strafbarkeit haben könnten. Persönlich sehe ich keine solchen besonderen Umstände. Aber natürlich ist die Beweisführung etwas schwierig, wenn das Opfer tot ist. Aber da haben wir ja immer noch das zweite Opfer, das offensichtlich noch lebt.» Er zwinkerte mir zu, merkte aber, dass mir der Sinn nicht nach Spass stand. «Auch in deinem Fall ist es schwere Körperverletzung. Da beide schon vorbestraft sind, gehe ich davon aus, dass sie ins Gefängnis müssen.»

«Und was ist mit Freya – hat sie gestanden?»

«Nein. Sie hat sich den besten Verteidiger von Zürich geholt und verweigert die Aussage. Wir werden deshalb auf Indizien abstellen müssen.»

«Etwas ist mir nicht ganz klar», sinnierte mein Vater. «Die Abmachung war, dass die erste entschlüsselte Seite an Li und gleichzeitig an die geheime Mailadresse derjenigen Person geschickt werden sollte, die diese Seite hochgeladen hat. So quasi als Beweis, dass der Code geknackt werden kann. Aber die nächsten Seiten sollten gemäss der Falle nur noch an Li gesendet werden, damit er sie den Neonazis übergeben und das Geld kassieren könnte. Wie also konnte Freya Wehrle hoffen, an diese restlichen entschlüsselten Seiten zu kommen?»

«Tja», sagte Oertli, «genau das zeigt, welch gute Strategin und Planerin sie war. Sie hat nämlich dem vermeintlichen in Ungnade gefallenen Kryptografen nicht nur die erste Seite des verschlüsselten Dokumentes hochgeladen, sondern gleichzeitig ein Word-Dokument. In diesem Dokument hat sie ihm vorgeschlagen, gemeinsame Sache zu machen bei der Hebung des Schatzes und hat ihm einen sehr viel höheren Betrag in Aussicht gestellt als die lausige Million der Neonazis. Li hätte den ganzen Klartext nie erhalten vom Kryptografen, und die beiden wären untergetaucht. Wahrscheinlich hätten sie nie den ganzen Schatz heben können – aber ein Bruchteil von fünfzehn Milliarden ist auch nicht schlecht. Sie hätte so zwei Fliegen mit einem Schlag erwischt. Erstens hätte sie die Aufzeichnungen im Klartext erhalten, um den Schatz finden. Zweitens hätte sie einen guten Hacker in den eigenen Reihen, was nicht ganz unwichtig war. Denn so konnte sie darauf hoffen, sowohl die polnischen Behörden als auch die Neonazis elektronisch auszuspionieren. Denn sie wusste natürlich, dass beide ein Auge auf das Gebiet haben würden. Ihr Pech war nur, dass es keinen Kryptografen gab, sondern nur Phoenix.»

«Kann man dieses Word-Dokument mit ihr in Verbindung bringen? Nur die Tatsache, dass Frau Wehrle zu jener Zeit in der Zentralbibliothek war, dürfte nicht reichen, um ihre Schuld zu beweisen», wandte mein Vater ein, ganz Jurist.

«Nein, leider hat sie bezüglich dem Word-Dokument die notwendige Vorsicht walten lassen. Trotzdem haben wir einen wasserdichten Fall – der beste Anwalt wird ihr nichts nützen. Nachdem wir einen Durchsuchungsbefehl für den Anbau der Villa Wehrle erhalten haben, konnten wir das Dokument sicherstellen, und zwar sowohl die handschriftlichen Ausführungen von Albert Speer wie auch die ursprünglich leeren Seiten. Zudem haben wir die Chemikalie gefunden, deren Namen ich mir nie merken kann, mit der die geheime Schrift lesbar gemacht werden kann – einige Stellen waren nämlich schon wieder verblasst. Frau Wehrle ist damit sehr solide mit dem Diebstahl des Bildes beziehungsweise des darin versteckten Dokumentes in Verbindung zu bringen.»

«Habt ihr die Wanzen im Büro von Wehrle gefunden?»

«Ja, das haben wir. Zwar können wir sie nicht eindeutig mit Freya Wehrle in Verbindung bringen. Aber es ist doch ein starkes Indiz dafür, dass sie ihren Stiefvater abgehört und vom Bild erfahren hat. Und später davon, dass die Neonazis auf dem Weg zu Frau Kundera waren. Es passt alles schön zusammen, wie du es vermutet hast.»

«Aber das Bild selbst habt ihr nicht gefunden?», fragte ich mit Spannung in der Stimme.

Er nahm die Spannung wahr, missdeutete aber den Grund. «Nein, aber hey, Li, ich weiss: Du hattest den Auftrag, das Bild zu finden und bist enttäuscht, dass es nicht aufgetaucht ist. Aber hier geht es doch um sehr viel bedeutendere Delikte.»

«Nur, wenn ich es recht sehe, damit steht Frau Wehrle mit dem Diebstahl in Verbindung – aber keineswegs mit dem Mord?», fragte mein Vater.

«Was den Mord anbelangt, haben wir gleich drei Trümpfe in der Hand», verkündete Oertli stolz. «Trumpf eins: Wir haben einen Augenzeugen, der ihren auffälligen gelben Alfa Romeo zur Tatzeit in der Nähe der Galerie gesehen hat. Es ist ein frustrierter Rentner, der nicht viel Besseres zu tun hat, als auf die Fehler seiner Mitmenschen zu achten. Sie war in Eile und hat auf dem Trottoir parkiert, was den pedantischen Rentner dazu gebracht hat, Automarke, Nummernschild und Uhrzeit zu notieren und das der Stadtpolizei zu melden. Die hat es dann nach ein paar Tagen uns gemeldet, weil sie wusste, dass wir in einem Mordfall in der Nähe ermitteln. Damit ist Frau Wehrle eindeutig mit Tatort und Tatzeit verbunden. Noch besser ist Trumpf zwei: Wir haben auf dem Nazi-Dokument die Fingerabdrücke von Frau Kundera gefunden. Damit ist das Dokument, das bei Frau Wehrle gefunden worden ist, eindeutig mit Frau Kundera verbunden. Der beste Trumpf ist der dritte: Wir haben unter einem Fingernagel von Frau Kundera DNA gefunden. Nur sehr, sehr wenig – offensichtlich konnte sie sich nicht wirklich wehren. Aber es genügte für einen Abgleich. Es ist die DNA von Frau Wehrle. Auch der beste Verteidiger der Welt käme nicht gegen diese Indizien an.» Er lehnte sich selbstzufrieden zurück.

«Ich wusste gar nicht, dass ihr DNA gefunden habt ...», brummte ich.

«Wir halten immer bestimmte Details zurück und binden die auch nicht einem an sich geschätzten Kollegen mit Privatdetektiv-Lizenz auf die Nase.»

«Dann ist ja alles auf besten Wegen», fasste mein Vater zusammen, «obwohl ich gestehen muss, dass ich angesichts der kriminellen wie auch politischen Abwege der Familie Wehrle ziemlich entrüstet, um nicht zu sagen: angewidert bin.»

«Was geschieht jetzt mit ihrem Mandat?», wollte Oertli wissen.

Der Herr der Rennweg-Allianz beugte sich vor, verschränkte seine Hände und meinte defensiv: «Nun, unser Klient ist nicht Herr Wehrle, sondern die Wehrle Stiftung. Entscheidend wird sein, welche Schlüsse die Stiftungsräte aus der ganzen Affäre ziehen.»

Oertli hatte offenbar bemerkt, dass er einen taktischen Fehler begangen hatte. Es kommt nie gut, wenn man einen potenziellen Förderer in die Defensive drängt. Deshalb meinte er aufgeräumt: «Was zählt, ist: Wir haben die ganze Sache gut abgeschlossen!»

«Das haben wir ganz und gar nicht», sagte ich. Ich erhob mich und stürmte aus dem Raum. Mein Vater und Oertli schauten mir entgeistert nach.

* * *

Ich kletterte in meinen Alfa und steuerte auf dem bekannten Weg Richtung Herrliberg. Es war ein wunderschöner Tag, wie gemacht für eine kleine Spritzfahrt mit einem Cabrio. Allerdings stand mir der Sinn nicht danach. Ich wuchtete den kurzen Schaltknüppel in die Gänge und liess den betagten Motor aufheulen. Dann reduzierte ich die Geschwindigkeit und rollte auf eine Parkbucht am Zürichsee. Autofahren und Telefonieren ist nie ratsam – auch in diesem Fall.

«Herr Wehrle? Hier ist Li Rösti.»

«Was wollen Sie?»

«Mit Ihnen sprechen.»

«Das wollte ich gestern auch – aber Sie haben mich einfach stehen lassen. Ich werde kein Honorar für Ihren Dilettantismus bezahlen! Im Übrigen habe ich Sie schon lange gefeuert!»

«Darüber sind wir hinweg. Ich muss Sie sprechen. Und glauben Sie mir: Es ist besser, ich spreche mit Ihnen als mit dem Stiftungsrat der Wehrle Stiftung», sagte ich drohend.

«Sie haben eine Verschwiegenheitspflicht!»

«Ich dachte, ich sei schon lange gefeuert? Damit ist die Pflicht erloschen», log ich. «Ich bin auf dem Weg zu Ihnen – seien Sie da!» Ich legte auf.

Meine Drohung schien zu wirken, denn das Tor zur Villa Wehrle glitt lautlos zur Seite, als ich eintraf. Wehrle selbst stand in der Türöffnung. Frau Gnägi steckte den Kopf aus der Küche, aber der stürmische Verlauf der Geschichte hatte sie gelehrt, sich im Hintergrund zu halten. Möglicherweise hatte sie auch ein schlechtes Gewissen, weil sie mich belogen hatte, als sie angab, immer mit ihrem Sohn zusammen gewesen zu sein. Wahrscheinlich wusste sie auch, dass sie Probleme mit den Strafvollzugsbehörden kriegen würde, wenn die Sache ruchbar wurde. Sie schaute mich ängstlich an, zog aber ihren Kopf ohne ein Wort zu sagen zurück. Ich hatte keine Lust, mich mit ihr auseinanderzusetzen, da ich nicht sicher war, welche Konsequenzen die ganze Affäre für ihren Sohn hatte. Zumindest am Diebstahl war er wahrscheinlich beteiligt.

«Wo ist Zurbrugg?», fragte ich.

«Gefeuert. Sie sehen: Ich mache tabula rasa!»

«Ich auch, in gewissem Sinne. Gehen wir in Ihr Büro!» Ich schritt an ihm vorbei, womit ihm keine andere Wahl blieb, als mir zu folgen.

«Haben Sie schon mit Freya gesprochen?»

«Warum sollte ich? Sie hat sich das selbst eingebrockt.»

«Aber Sie werden Sie unterstützen bei ihrer Verteidigung?»

«Kaum. Wie Sie mittlerweile wissen: Ich bin zwar Geschäftsführer einer Stiftung mit sehr viel Geld. Aber das heisst nicht, dass ich selbst viel Geld habe. Also, kommen Sie zur Sache. Ich will keine Zeit mit Ihnen verschwenden, Sie haben mich auf der ganzen Linie enttäuscht und Ihren Auftrag offensichtlich nicht ausgeführt.»

«Oh, was das anbelangt, kann sich das in den nächsten Minuten ändern.»

«Wie meinen Sie das?»

«Wenn Sie es mir erlauben, kann ich gerne überall im Haus nachsehen, und ich würde hohe Summen darauf wetten, dass ich das verschwundene Bild finde.»

«Sie würden verlieren. Ausserdem hat die Polizei schon alles durchsucht.»

«Die Polizei hat den Anbau durchsucht, in dem Freya gewohnt hat. Sie hat auch ihr Büro durchsucht, wegen der Wanzen. Nicht jedoch das ganze Haupthaus. Ich weiss aber, dass Sie das Bild haben.»

«Eine abenteuerliche Behauptung, weil ich es ja war, der Sie angeheuert hat, um das gestohlene Bild zu finden. Da Sie versagt haben, kann es ja wohl nicht im Haus sein!»

«Ich bin ziemlich sicher, dass das Gemälde auf verschlungenen Wegen wieder ins Haus zurückgefunden hat. Aber dazu kommen wir noch. Sie haben recht: Freya hat das Bild tatsächlich mitlaufen lassen. Sie hat mitgekriegt, dass die Nazis Ihnen dieses scheussliche Gemälde übergeben haben mit der dringenden Bitte, es doch gut und sicher aufzubewahren. Sie ist nicht blöd und hat sich gefragt, was dahintersteckt. Nachdem sie herausgefunden hatte, dass es relativ wertlos ist, kam sie haarscharf wie wir alle auf den einzig vernünftigen Schluss: Es gibt etwas nicht Offensichtliches im Zusammenhang mit dem

Bild, das einen hohen Wert darstellt. Und da sie wegen ihrem drogenabhängigen Freund sehr dringend auf Geld angewiesen war, hat sie beschlossen, es zu stehlen und Frau Kundera zur Begutachtung zu bringen. Es mag mitgespielt haben, dass Freya Sie nicht besonders mochte, weil sie wusste, dass Sie Gelder der Wehrle Stiftung zweckentfremdet haben, um Ihre Nazi-Freunde zu unterstützen. Sie hat vielleicht auch gehofft, Sie würden es nicht wagen, den Diebstahl zur Anzeige zu bringen.»

«Das mit den zweckentfremdeten Mitteln verbitte ich mir!», sagte er scharf. «Aber im Übrigen haben Sie recht: Meine Stieftochter hat das Bild gestohlen!»

«Und das haben Sie spätestens am Donnerstagmorgen, vielleicht schon am Mittwoch, genau gewusst. Denn Sie und Zurbrugg haben sich mit Sicherheit die Köpfe zermartert, wer für den Diebstahl infrage käme. Die Liste ist kurz: Sie wussten ganz genau, dass es Ihre Nazi-Freunde kaum gewesen sein konnten.»

«Warum sind Sie da so sicher?»

«Ich hätte eigentlich schon nach meinem Gespräch mit Frau Gnägi wissen können, dass die drei nicht infrage kommen. Sie hat mir gesagt, dass Sie für die Reinigung des Hauses ein spezielles Reinigungsinstitut engagieren, das seine Mitarbeiter gründlich checkt und auch für sie bürgt. Trotzdem sind diese Mitarbeiter nie unbeaufsichtigt – Frau Gnägi und Ihr Kettenhund Zurbrugg beaufsichtigen sie permanent. Der Grund ist klar: Ihr Haus strotzt vor kostbaren Gegenständen. Mir hätte klar sein sollen, dass Sie es genauso halten mit Ihren Nazi-Freunden. Sie haben die pausenlos im Blick behalten während allen Treffen, denn es hingen Millionenwerte quasi griffbereit an den Wänden. Da wird man vorsichtig, wenn man solche dubiosen Gestalten im Haus hat. Nachdem

Sie sich von Fortress und danach auch von mir haben versichern lassen, dass wohl niemand von aussen eingedrungen ist, blieb nur noch Freya.»

«Wieso? Es könnte auch Zurbrugg oder Frau Gnägi gewesen sein.»

«Frau Gnägi haben Sie schnell ausgeschlossen. Das Bild ist zu gross und sperrig für sie zum Tragen. Sie ist im Gegensatz zu Freya keine starke Frau und ziemlich abgehärmt wegen ihrem Sohn. Auch passt das Bild ganz und gar nicht in ihren alten Opel Corsa. Im Gegensatz zu Freyas Auto, wo sich das Verdeck öffnen lässt und man das grosse Bild zumindest für eine kurze Strecke auf dem Nebensitz verstauen kann. Auch Zurbrugg kam nicht infrage. Ich vermute sehr stark, Sie haben etwas gegen ihn in der Hand und können ihn jederzeit auffliegen lassen, wenn er nicht spurt. Wahrscheinlich wussten Sie, dass sich Interpol immer noch für ihn interessiert wegen dem rassistisch motivierten Mord vor zehn Jahren. Sie haben ihm wohl genau aus diesem Grund Unterschlupf gewährt: Der Mord an einem Nordafrikaner passte gut in Ihr fremdenfeindliches Weltbild, und gleichzeitig waren Sie froh, etwas gegen Ihren engsten Vertrauten in der Hand zu haben, um sich seiner unbedingten Loyalität zu versichern. Blöd war nur, dass auch er begonnen hat, belastendes Material gegen Sie zu sammeln, weshalb mich erstaunt, dass Sie ihn feuern konnten. Jedenfalls war mir schnell klar, dass Sie beide sich gegenseitig eher nicht hintergehen würden, weil für Sie beide zu viel auf dem Spiel stand. Durch dieses Ausschlussverfahren kamen Sie dann nach dem ersten Schreck schnell auf Ihre Stieftochter. Ihnen war klar, dass sie mit sehr hoher Wahrscheinlichkeit die Hände im Spiel haben musste. Ich muss zugeben: Da waren Sie wesentlich schneller als ich,

ich habe das einfach nicht gesehen oder nicht sehen wollen. Aber allerspätestens am Donnerstagmorgen war die Sache für Sie klar.»

«Wie kommen Sie darauf?»

«Weil Sie mich am Donnerstagmorgen angelogen haben. Ich habe Sie nach meinem Besuch bei Fortress telefonisch befragt, wer am Montagabend das Anwesen als Letzter verlassen hat. Sie haben gelogen und gesagt, Sie seien es selbst gewesen. Es war einer der Gründe, weshalb ich Freya nie verdächtigt habe. Es war für mich komplett undenkbar, dass sie sich während ihrer Anwesenheit ins Haus schleichen, das schwere Bild unbemerkt in ihren Flitzer verladen und damit verschwinden konnte. Völlig undenkbar. Aber es ist sehr gut denkbar, wenn sie allein im Haus war. Sie konnte das Bild dann elegant aus Ihrem Büro stehlen, es auf den Nebensitz ihres Alfas laden und das Anwesen verlassen. Ich vermute, dass Enrique vor dem Tor auf sie gewartet hat mit einem grösseren, gemieteten Auto. So konnten die beiden das Bild sehr einfach in die Stadt schaffen und das Auto mit dem Bild irgendwo sicher parkieren. Dann sind sie mit dem Alfa zum Bachata an den Bürkliplatz gefahren, damit Freya ein Alibi hatte.»

Er schaute mich an. «Vielleicht war es tatsächlich so. Man sucht nach komplizierten Erklärungen. Dabei ist die einfachste wahr.»

«Tatsächlich», sagte ich, und nahm den Faden wieder auf: «Aber hier ist das Problem: Wie konnte Ihre Stieftochter wissen, dass es ein geheimnisvolles neues Bild in Ihrem Büro gab? Sie haben es ihr sicher nicht erzählt, denn Sie sprachen kaum miteinander. Auch Zurbrugg hatte nicht den geringsten Anlass, mit Freya darüber zu reden. Sie konnte nach menschlichem Ermessen nichts von diesem Bild wissen. Genau deshalb haben Sie und Zurbrugg Freya am Dienstag nicht verdächtigt. Erst nach längerem Nachdenken und dem Ausschlussverfahren sind Sie darauf gekommen, weshalb sie vom Bild gewusst hat.»

«Sie reden Unsinn. Hätte ich diesen Verdacht am Mittwoch oder Donnerstagmorgen gehegt, hätte ich Freya natürlich sofort zur Rede gestellt. Warum sollte ich den Unwissenden spielen?»

«Oh, dafür gibt es gute Gründe, hören Sie nur weiter. Am Donnerstagmorgen ist Ihnen oder Zurbrugg ein Licht aufgegangen. Es gab für das Verschwinden des Bildes nur eine Kandidatin, und es gab auch exakt nur eine Erklärung, wieso sie vom geheimnisvollen Bild wissen konnte: Sie musste Ihr Büro verwanzt haben. Ursprünglich wohl deshalb, um den abgezweigten finanziellen Mitteln der Wehrle Stiftung auf die Spur zu kommen. Aber zufälligerweise bekam sie dabei die Übergabe des Bildes mit – und beschloss, es zu stehlen. Vielleicht ursprünglich nur, um Sie zu ärgern oder um Sie in Schwierigkeiten mit Ihren dubiosen Freunden zu bringen. Oder um herauszukriegen, was es damit auf sich hatte. Wahrscheinlich spielte auch das Geld eine Rolle, obwohl sie zunächst nur annehmen konnte, es gehe um eine kleine Summe. Allerdings hat Freya Sie und Zurbrugg unterschätzt. Denn am Donnerstagmorgen oder vielleicht auch am Mittwoch, und nach sehr viel Zeit zum Nachdenken, sind Sie auf die richtige Lösung gekommen. In aller Stille haben Sie Ihr Büro gefilzt und gefunden, was Sie eigentlich schon geahnt hatten: dass es verwanzt war. Zurbrugg, der sich mit solcherlei elektronischen Geräten auskennt, wusste sofort, dass die Übertragungsreichweite der betreffenden Wanzen sehr begrenzt ist. Womit der- oder besser diejenige, die alles mithört, in der Nähe sein musste. Damit war für Sie beide endgültig klar, dass nur Freya dafür infrage kam.»

«Sie haben viel Fantasie!», lächelte er. «Aber nochmals: Wäre es da nicht völlig logisch gewesen, wenn ich die Wanzen zertreten hätte, zu Freya gestürmt wäre, sie zur Schnecke gemacht und das Bild zurückverlangt hätte? Ich glaube, das hätte in einem solchen Fall jeder getan. Aber offensichtlich ist das nicht passiert. Also stimmt Ihre kleine Geschichte nicht. Abgesehen vom Fakt, dass sie tatsächlich Wanzen versteckt hat. Davon wusste ich indes nichts. Ich war völlig erstaunt, als die Polizei die Wanzen gestern gefunden hat.»

«Nein, Sie waren nicht erstaunt, Sie sind nur ein guter Schauspieler. Als Sie die Wanzen an jenem unseligen Donnerstagmorgen gefunden haben, sind Sie durch den üblichen Prozess gegangen: Verleugnung, Schock, Ärger, Wut, Akzeptanz bis hin zur strategischen Überlegung: Wie soll ich damit umgehen? Zwar billige ich Ihnen wenig strategische Intelligenz zu.» Er zuckte beleidigt zusammen. «Aber Zurbrugg war nicht nur ein einfacher Soldat in der Fremdenlegion, er ist sehr schnell aufgestiegen und brachte es am Ende zum Offizier. Er hat gelernt, vermeintliche Vorteile der feindlichen Truppen in eigene Stärke zu verwandeln. Er ist wirklich sehr clever. Zwar hat er eine kurze Lunte, wenn man die richtigen Knöpfe drückt. Aber normalerweise ist er kalt überlegend und nur darauf aus, eine Situation zu schaffen, in der er die Oberhand hat. In diesem Sinne haben Sie beide beschlossen, die Wanzen vor Ort zu lassen und Freya zu manipulieren. Sie wollten zu diesem Zeitpunkt das Bild auch gar nicht zurückhaben. Denn es ist Ihnen, oder wahrscheinlich eher Zurbrugg, aufgegangen, dass sich das Verschwinden des Werkes auch gegenüber Watzke als Hebel nutzen liesse. Sie konnten ihn anrufen und ihm sagen: Hey, Watzke, dein Bild ist gestohlen worden, aber mach dir keine Sorgen, alter Junge, ich ersetze dir die paar Tausend Franken, die das Ding wert ist. Natürlich wussten Sie genau, dass Watzke dann an die Decke gehen würde und gezwungen war, Ihnen zu sagen, was es mit dem Bild wirklich auf sich hatte. Also haben Sie ihn von Ihrem Büro aus angerufen und ihm genau das mitgeteilt. Dabei war Ihnen bewusst, dass Freya höchstwahrscheinlich über die Wanzen mithörte und damit das Geheimnis des Bildes erfuhr.»

«Warum sollte ich das tun?»

«Das ist offensichtlich. Es gibt gleich mehrere gute Gründe dafür. Der erste und der allerwichtigste: Sie mussten unbedingt vermeiden, dass Freya das Bild für ein paar Tausend Franken verkaufte, ohne den wahren Wert zu kennen. Sie wussten, dass der Maler durchaus seine Anhängerschaft hat, da er nicht zuletzt auch bei Nazis und Altnazis beliebt war. Sie konnten nicht riskieren, dass das Gemälde in der Privatgalerie irgendeines Sammlers auf dieser Welt verschwindet. Was auch immer sich im Bild verbarg – es wäre für Sie wohl für immer verloren gewesen. Ihnen war viel lieber, wenn Freya den wahren Wert kannte und das Bild buchstäblich in Griffweite behielt: nämlich im Anbau der Villa. Sie wussten zu dem Zeitpunkt noch nicht, dass Ihre Stieftochter viel schneller war, als Sie angenommen hatten: Sie hatte das Gemälde bereits bei einer Galeristin deponiert.»

Nun liess Wehrle die Maske fallen. «Sie täuschen sich», sagte er kalt. «Wir wussten, dass das dumme Ding das Bild schon weggeschafft hatte. Denn wir haben den Anbau natürlich durchsucht, aber nichts gefunden. Wir haben gehofft, sie würde das Bild zurückholen, wenn sie erfuhr, welcher Wert sich damit verbindet. Oder dass sie uns zumindest zum Versteck führen würde.»

«Sieh an, wir kommen der Sache also gemeinsam näher!» Jetzt war ich es, der sehr gönnerhaft tat. «Aber es gab noch einen zweiten Grund, weshalb Ihnen sehr recht war, dass das Bild bei Freya blieb: Sie wussten nicht so ganz genau, wie die Nazis auf den Verlust reagieren würden. Sie hofften vielleicht, dass die zunächst einen grossen Aufstand machen, dann aber die ganze Sache vergessen würden. In diesem Fall konnten Sie sich das Dokument still und heimlich aneignen – Sie wussten ja, wo es war. Oder aber der zweite Fall: Die Nazis könnten ernsthaft in Versuchung kommen, Sie und Zurbrugg als Verantwortliche für den Verlust zur Rechenschaft zu ziehen. Sie wussten, dass diese Typen ziemlich ungemütlich werden können. In diesem Fall konnte Ihnen im allerletzten Moment doch noch einfallen, dass das Bild bei Freya sein musste. Falls es haarig werden sollte, konnten Sie sie verraten und wären selbst gerettet. Als Sie erfuhren, was sich im Bild versteckte, wussten Sie sofort, dass die ganze Sache noch viel gefährlicher war, als Sie angenommen hatten, und dass die Nazis die Suche nie aufgeben würden. Es war Ihnen auch sofort klar: Sollten Ihre Nazi-Freunde auf die Idee kommen, dass Sie ein falsches Spiel spielen, dann wäre Ihr Leben in akuter Gefahr. Einen Sündenbock zur Hand zu haben, war Ihnen viel wert. Sollte es nötig werden, konnten Sie immer elegant auf Ihre Stieftochter zeigen. Das Dokument wäre dann für Sie verloren, aber Sie hätten immer noch den Vorteil, Ihre schärfste Kritikerin im Stiftungsrat loszuwerden.»

Er lächelte gedankenverloren.

«Aber zurück zum mitgehörten Telefonat mit Watzke. Als Freya gehört hat, was es mit dem Bild auf sich hat, hat sie genauso reagiert, wie Sie es vorgesehen haben: Sie ist schnurstracks zum Bild beziehungsweise zur Galerie Kundera gefahren, um das Dokument zu retten, und Sie oder Zurbrugg sind ihr gefolgt. Dummerweise hatte die Kundera schon Besuch von Ihren Nazifreunden, die von Ihnen darauf aufmerksam gemacht wurden, dass ich die Galeristin in Verdacht hatte. Ich könnte mich heute noch ohrfeigen, dass ich Ihnen am Mittwochabend ihren Namen genannt habe. Es war wirklich nicht sehr klug von mir und hat die schrecklichen Ereignisse in Gang gesetzt. Aber immerhin waren Sie mein Auftraggeber, und ich konnte nicht vermuten, dass Sie mit diesen fürchterlichen Menschen in Kontakt standen. Jedenfalls waren die drei Typen am Donnerstagmorgen bereits da, als Freya vor der Galerie eintraf. Die drei Schläger sind dann zwar abgezogen, weil sie gestört wurden, was Freya wahrscheinlich mit Erleichterung festgestellt hat. Sie ist in die Galerie, um zurückzufordern, was sie Frau Kundera einen Tag zuvor anvertraut hatte. Nur zeigte sich die geschockte Galeristin, obwohl halbtot von der Misshandlung der Nazis, stur. Sie wollte zur Polizei rennen, die Nazis anzeigen und auch das Nazidokument, das sie mittlerweile in der doppelten Wand gefunden hatte, den Behörden übergeben. Sie nahm es zwar nicht immer so genau mit den Gesetzen, aber bei Nazis kannte sie kein Pardon: Sie wollte die auffliegen lassen. Das konnte Freya nicht geschehen lassen. Da sie Frau Kundera nicht von ihrem Vorhaben abbringen konnte, griff sie buchstäblich zum letzten Mittel: Sie fasste den Gürtel, den die unglückliche Frau immer noch um den Hals baumeln hatte, und zog die Schlinge zu. Sie muss wirklich verzweifelt gewesen sein, vielleicht wird man ihr zubilligen, es sei im Affekt geschehen. Sie hat das Dokument als einzigartige Chance angesehen, um aus ihrem goldenen Käfig zu entkommen und gleichzeitig ihrem drogenabhängigen und verschuldeten Freund zu helfen. Wenn der Mord im Affekt geschehen ist, war ihr weiteres Vorgehen dann aber sehr überlegt und sorgfältig geplant. Sie hat das Dokument an sich genommen und ganz cool mit demjenigen angebandelt, der mit der Aufklärung des Falles betraut war: mit mir. Es passt alles haargenau zusammen. Nur eine Kleinigkeit lässt mir keine Ruhe: Wo um alles in der Welt ist das vermaledeite Bild geblieben? Freya hat es nicht mitgenommen – warum sollte sie auch? Sie wusste, dass es fast wertlos war, oder zumindest niemals so viel Geld einbringen würde, wie sie brauchte. Es war für sie mit ihrem kleinen Alfa auch viel zu sperrig für den Transport. Wo also ist das Bild? Die Kundera hat es sicher nicht verkauft – dafür fehlte die Zeit. Also: Wo ist das Bild?»

Er verzog das Gesicht. «Wo?»

«Sie oder Zurbrugg sind Ihrer Stieftochter gefolgt, als sie am Donnerstagmorgen das Haus nach dem Telefonat mit Watzke fluchtartig verlassen hat. Genau das war Ihr Plan: Sie dazu zu veranlassen, das Bild schleunigst zurückzuholen. Sie haben Ihre Stieftochter dann mit dem Dokument aus der Galerie herauskommen sehen, jedoch ohne Bild. Da Sie genau wussten, wohin sie gehen würde, sind Sie ihr nicht gefolgt, sondern wollten herausfinden, was in der Galerie Kundera vorgefallen war. Ich gehe davon aus, dass Sie ziemlich erschrocken sind, als Sie die Frau tot aufgefunden haben. Und genau wie bei der Wanze ist derselbe Film abgelaufen: Wie kann ich das zu meinem Nutzen verwenden? Ich muss sagen, ich bewundere Ihre Coolness. Oder anders gesagt: Ich vermute, es war Zurbrugg, der Ihrer Tochter gefolgt ist und die beachtliche situative Intelligenz an den Tag gelegt hat.»

«Werden Sie nicht wieder beleidigend. Wie sollten wir das zu unserem Vorteil nutzen?»

«Sie nahmen Bild an sich. Sie wussten, dass Freya höchstwahrscheinlich keine Handschuhe getragen hatte, als sie das Bild gestohlen hatte. Warum sollte sie auch? Sie konnte zum Zeitpunkt des Diebstahls unmöglich ahnen, welche Brisanz es später einmal haben würde. Ergo war das Bild mit den Fingerabdrücken Ihrer Stieftochter und wahrscheinlich von Enrique übersät. So konnten Sie Freya mit dem Diebstahl und indirekt mit dem Mord in Verbindung bringen. Ein perfektes Mittel, um sie zu erpressen. Damit sie das Dokument zurückgibt oder zumindest gemeinsame Sache mit Ihnen macht. Die ganze Geschichte nahm jetzt eine immer bessere Wendung für Sie. Zu Beginn waren Sie hoch exponiert: Ihre Stellung als Geschäftsführer der Wehrle Stiftung wackelte. Ihre Stieftochter wartete mit gezücktem Messer, das sie Ihnen bei erster Gelegenheit in den Rücken rammen wollte. Und Sie hatten die Nazis im Nacken wegen des gestohlenen Bildes. Plötzlich sahen Sie die Chance, mit Ihrer grössten Gegnerin gemeinsame Sache zu machen und zu viel Geld zu kommen. Und wenn es schiefgehen sollte, war Ihre Stieftochter nach wie vor ein perfekter Sündenbock. Aber Sie haben nicht mit mir gerechnet. Als Sie merkten, dass ich einen Plan hatte, um den Bilderdieb zu enttarnen, haben Sie alles unternommen, um das Mandat und damit mich zu stoppen. Erfolglos.»

«Hätte ich denn meine Stieftochter nicht gewarnt vor dem Upload der ersten Seite der Anleitung zum Goldenen Zug?»

«Nein, natürlich nicht. Denn Sie wussten zu diesem Zeitpunkt noch gar nicht, dass das eine Falle war. Im Gegenteil bin ich sicher, dass der kleine Ausflug ins Zürcher Oberland für Sie sehr befriedigend war. Klar, Sie hatten Angst vor den Nazis. Bei den Burschen weiss man nie. Aber im Grunde genommen war für Sie eine sehr günstige Situation entstanden: Ohne einen Finger zu rühren, hofften Sie zu erfahren, ob mein IT-Spezialist tatsächlich in der Lage war, den Code zu knacken. Sollte die erste Seite erfolgreich übersetzt werden können, wussten Sie ganz genau, wo die restlichen Seiten zu finden waren. Da Sie Freya mit dem Mord an Frau Kundera in Verbindung bringen konnten, waren Sie sicher, dass sie einwilligen würde, das Dokument zu übergeben oder doch zumindest gemeinsame Sache mit Ihnen zu machen.»

Er nickte stumm.

«Jetzt verstehe ich auch Ihre schockierten Gesichter, als Sie die Verhaftung von Freya mitgekriegt haben. Ich habe mich dort noch täuschen lassen und mir gedacht, Sie würden vielleicht doch mehr für Ihre Stieftochter empfinden, als ich vermutet hatte. Aber das war es nicht, ich habe Ihre Gefühle völlig falsch gedeutet. Sie haben die Verhaftung ausserordentlich bedauert. Aber nicht etwa, weil Sie Sympathien für sie gehabt hätten. Sondern weil Ihnen klar war, dass der Traum vom vielen Geld damit auch für Sie dahin war. Es passt alles wunderbar zusammen. Ein kleines Detail würde mich interessieren.»

«Wenn ich Ihnen damit zur Selenruhe verhelfen kann», sagte er sarkastisch.

«Fortress hat meinem alten Freund Oertli gesagt, an besagtem Donnerstagmorgen habe niemand das Anwesen verlassen. Das war für mich in der Ermittlung sehr wichtig, denn es bedeutete, dass niemand aus der Villa

Wehrle für den Mord an Frau Kundera infrage kam. Aber offensichtlich ist das nicht richtig. Sowohl Ihre Tochter als auch Sie oder Zurbrugg waren in der Stadt. Wie haben Sie die dazu gebracht, zu lügen?»

«Fragen Sie das im Ernst? Der Widmer ist ein Account Manager, also ein Verkäufer. Deren Herz schlägt hinten rechts, wo das Portemonnaie sitzt. Abgesehen davon unterschätzen Sie mich: Ich verkehre in den besten Kreisen von Zürich. Ich kenne die dunkle Seite von Fortress. Es war einer meiner Bekannten, der vom Fortress-Mitarbeiter beklaut wurde. Er wusste, dass ich ein Kunde bin und hat mich gewarnt. Aber ich bin Fortress treu geblieben, weil mich Widmer überzeugt hat, dass ich bei einem anderen Unternehmen nicht sicherer wäre. Das Wissen kam mir in der Situation zugute.»

«Sie haben ihn bestochen und gleichzeitig erpresst?»

Er lächelte böse. «Zuckerbrot und Peitsche ist meistens das Beste. Sagen wir so: Ich habe ihm klar gemacht, was für ein guter Kunde ich bin.» Er machte eine Pause. «Ich habe Sie tatsächlich unterschätzt. Nur vergessen Sie etwas.»

«Das wäre?»

«Ich habe gegen kein einziges Gesetz verstossen. Wir reden hier ganz privat, und deshalb kann ich ganz offen sein. Sie haben mit fast allem recht. Nur in einem irren Sie: Das Bild befindet sich nicht in meinem Haus, ich habe es für immer verschwinden lassen. Warum sollte ich es behalten? Ich habe es ursprünglich aus der Galerie Kundera mitgenommen, damit ich etwas in der Hand habe gegen meine Stieftochter. Aber nachdem sie nun verhaftet wurde und ziemlich sicher auch verurteilt wird, brauche ich es nicht mehr. Das Bild interessiert mich nicht, es ist tatsächlich scheusslich. Damit bin ich persönlich wieder auf Feld eins und mache genau dort weiter, wo ich begonnen habe: als Geschäftsführer der Wehrle Stiftung, der überall gerne gesehen wird, weil er viel Geld zu verteilen hat.»

«Aber auch Sie vergessen etwas.» Ich schaute ihm tief in die Augen.

«Und das wäre?»

«Ich hatte während der ganzen üblen Affäre genügend Zeit, tief in Ihre Seele zu blicken. Es hat mich schockiert, wie kaltblütig und berechnend Sie vorgegangen sind. Es hat mich schockiert, wie viel Sie zu riskieren bereit sind, um an das Geld zu kommen, das Ihnen erlaubt, aus Ihrem goldenen Käfig zu entkommen. Ich habe verstanden, dass Sie eigentlich ein Niemand sind. Ein Anhängsel von Frau Wehrle, das seine Existenzberechtigung im Augenblick ihres Todes verloren hat. Natürlich sind Sie noch gerne gesehen als Chef der Wehrle Stiftung, denn Sie verteilen ja Geld. Aber diese Sympathien gelten Ihrer Funktion, nicht etwa Ihrer Persönlichkeit. Deshalb haben Sie sich den rechtsextremen Ideologien angeschlossen und Geld verteilt, weil Sie dort Bestätigung suchten. Nun werde ich Ihnen aber auch das noch wegnehmen, und dann sind Sie gar nichts mehr. Das ist fast schlimmer als die Gefängnisstrafe von Freya.»

«Was meinen Sie?»

«Mein Hacker hatte den Auftrag, herauszufinden, von wo die erste Seite der Anleitung zum Goldenen Zug hochgeladen wurde. Aber das war nur ein Teil seiner Aufgabe. Der zweite Teil bestand darin, ein Mail an alle Stiftungsräte zu versenden. Ein Mail mit detaillierten und gut überprüfbaren Angaben über den Missbrauch von Geldern der Stiftung. Freya hat mir einmal erzählt, dass alle Stiftungsräte ziemlich renommiert sind. Renommierte

Leute sind im Allgemeinen auch sehr exponiert. Mit der Verwendung von Stiftungsgeldern für Neonazis wollen sie mit Sicherheit nicht in Verbindung gebracht werden. Ihre Tage als gut situierter Geschäftsführer der Stiftung sind gezählt. Ich bin sicher, man wird Sie mit einer wohlformulierten Pressemitteilung verabschieden, in der Ihnen für Ihre wertvollen Dienste für die Stiftung gedankt wird. Gleichzeitig wird man Ihnen viel Glück wünschen für die neue Herausforderung, die Sie bald annehmen werden.»

«Das kostet Sie den Kopf», schrie er mich mit hochrotem Kopf an. «Das fällt direkt auf Ihr Family Office zurück!»

«Das Family Office hat damit nicht das Geringste zu tun. Wir reden hier ganz privat, und deshalb kann ich ganz offen sein. Irgendein Hacker hat die Buchhaltung der Wehrle Stiftung geknackt, ist auf die verdächtigen Überweisungen gestossen, hat den Stiftungsräten über eine temporäre E-Mail-Adresse des äusserst diskreten und genau darauf spezialisierten Dienstes guerillamail eine Nachricht mit sämtlichen notwendigen Informationen geschickt, wobei der Hacker so clever war, die IP-Adresse des PCs zu verschleiern, von der er auf den Mail-Dienst zugegriffen hat. Es kann nichts zurückverfolgt werden.»

Er schaute mich verdutzt an.

«Das sagt Ihnen wahrscheinlich alles nichts, aber ich kann Ihnen versichern: Nicht mal der amerikanische Geheimdienst könnte herausfinden, wer der Hacker ist und wie er an die Informationen gekommen ist. Die Sache ist absolut wasserdicht. Denn der Stiftungsrat der Wehrle Stiftung wird nicht mal versuchen, den Absender zu enttarnen. Er wird nur in aller Stille prüfen, ob die Anschuldigungen stimmen. Er wird zu seinem Erstaunen schnell merken, dass das alles völlig zutreffend ist, und dann alles daransetzen, die Sache elegant aus dem Weg zu schaffen. Das wichtigste Element dabei ist der plötzliche Abschied des Geschäftsführers, der gemerkt hat, dass er für die zweite Hälfte seines Lebens eine neue Herausforderung braucht.»

Ich erhob mich, schwang mich in meinen roten Flitzer und verliess die Villa Wehrle zum letzten Mal.

* * *

Nachdem auch der letzte Akt in dieser deprimierenden Geschichte geschrieben war, fühlte ich mich total ausgelaugt. Ich lag auf dem Bett in meinem Gärtnerhäuschen und dache über die Schlechtigkeit der Menschheit im Allgemeinen und der Bewohner der Villa Wehrle im Besonderen nach. Diese galten bis anhin als Ausbund schweizerischer Solidität, Anstand und Wohlfahrt. Genau das Gegenteil war der Fall.

Es klopfte diskret an meiner Türe. Als ich öffnete, stand mein Vater da, mit einer Flasche Macallan 25 years Sherry Oak in der Hand. Offenbar denkt er, dass ich ganz besonders viel Trost brauche, sagte ich mir, als ich den teuren Whisky sah.

«Ich gehe davon aus, du hast zwei Gläser!»

Ich bejahte, stellte zwei Gläser auf das Tischchen vor meinem Häuschen und holte einen zweiten Stuhl.

Mein Vater schenkte zwei Fingerbreit ein, wir prosteten uns zu und tranken schweigend.

«Schlimm?», fragte er.

«Etwas ausgelaugt», wich ich aus.

«Du hast etwas empfunden für die junge Wehrle, oder?» Er hatte meinen abrupten Abgang aus seinem Büro offensichtlich meinen verletzten Gefühlen gegenüber Freya zugeschrieben.

«Eine gewisse Grundsympathie war da», gab ich zu. Nach einer Weile schob ich nach. «Ich bin vor allem enttäuscht über mich selbst. Ich wollte einfach nicht wahrhaben, dass Freya das Bild gestohlen und dann auch noch die Kundera ermordet hat. Es schien mir lange völlig unmöglich.»

«Aber du wurdest gleich zweifach angelogen. Von Wehrle, der behauptete, er selbst habe das Anwesen als Letzter verlassen am Montag. Und dann noch vom Account Manager von Fortress, der bescheinigte, niemand habe das Anwesen zum Zeitpunkt des Mordes verlassen.»

«Das ist alles keine Entschuldigung. In meinem Gewerbe geht man immer davon aus, angelogen zu werden. Ausserdem hätte ich Wehrles Lüge leicht durchschauen können.»

«Wie das?»

«Wehrle hat behauptet, er und Zurbrugg hätten das Anwesen als Letzte verlassen. Das macht aber offensichtlich keinen Sinn. Sie waren natürlich die beiden Ersten und haben das Anwesen demonstrativ verlassen. Denn sie wollten gegenüber Freya und Frau Gnägi den Eindruck erwecken, dass sie an jenem Abend nicht zu Hause sein würden. Die beiden sollten ja nichts von den klandestinen Treffen in der Villa Wehrle ahnen. Spätestens als ich von diesen Treffen erfuhr, lag die Reihenfolge klar auf der Hand: zuerst Wehrle und sein Privatsekretär, dann die Haushälterin und schliesslich Freya. So hatte sie die Gelegenheit, das Bild mitzunehmen.»

«Ja, das ist logisch. Aber du bist sehr hart zu dir selbst. Von aussen betrachtet hat nicht das Geringste auf Freya Wehrle hingedeutet. Ganz im Gegenteil. Warum sollte eine reiche Erbin ein wertloses Bild stehlen? Das machte keinen Sinn, also konntest du es auch nicht erkennen.»

Ich sagte nichts.

Er fuhr fort: «Die ganze Übungsanlage stand von Beginn weg auf schwankendem Fundament. Herr Wehrle hat uns von Anfang an belogen. Auch ich war nicht völlig offen zu dir, weil ich dessen Verbindung zu den Reichsbürgern verschwiegen habe. Es tut mir leid.» Er prostete mir zu. «Ich werde mit Herrn Wehrle morgen ein ernsthaftes Gespräch führen müssen.»

«Dann solltest du aber auch die ganze Wahrheit kennen.»

Er schaute mich verständnislos an. Ich berichtete ihm detailliert von meinem Treffen mit Wehrle vom Nachmittag. Allerdings liess ich die Geschichte mit dem anonymen Mail an die Stiftungsräte der Wehrle Stiftung aus. Ich wusste, dass mein Vater das im höchsten Mass missbilligt hätte. Ich ersparte ihm das Wissen.

«Ich werde morgen mit ihm sprechen», rief er erbost. «Das Mandat ist zu Ende.»

Ich sah ihm an, dass es ihm ernst damit war. Als Leiter eines Family Office kommt man mit verschiedensten reichen Leuten in Kontakt, die es mit der Moral oder sogar den Gesetzen nicht immer so genau nehmen. Trotz all den Jahren zwischen solchen moralisch höchst flexiblen Leuten hatte mein Vater seinen Moralkodex bewahrt und war bereit, entsprechend zu handeln, auch wenn es viel Geld kosten würde. Denn die Wehrle Stiftung war ein bedeutender Kunde unseres Family Office.

«Ich würde noch warten», sagte ich unbestimmt, «ich könnte mir gut vorstellen, dass Herr Wehrle nicht mehr lange im Sattel sitzt.»

Er horchte auf und schaute mich prüfend an. Aber ich war nicht bereit, mehr zu sagen.

Er nickte, stand auf und nahm die Flasche vom Tisch.

«Was wirst du heute Abend noch machen?»

Ich zuckte die Schultern. «Eigentlich wollte ich zu Hause bleiben, aber ich glaube, ich muss mich mal in unserem Club zeigen. Es gibt das Gerücht, dass ich nach der Schlägerei gestorben sei – dem werde ich heute Abend energisch widersprechen. Irgendetwas sagt mir, dass ich den Clubrekord heute brechen kann.»

«Den Clubrekord?»

«Gimme, gimme, gimme», sang ich.

Er schaute mich zweifelnd an, öffnete den Mund, sagte nichts und verliess mein bescheidenes Häuschen.

Mal sehen, was Tatjana dazu sagen wird. Noch ist Polen nicht verloren.